詩經重章藝術

朱孟庭

自 序

少年時研讀《詩經》，醉心於「蒹葭蒼蒼，白露爲霜。所謂伊人，在水一方」的朦朧美，往往於吟詠之際，腦海中便勾勒出美好的景象。曾經，下決心要熟背三百零五篇，因而認眞地開書吟誦，在一章、二章、三章……的重沓中，時感含意雋永、餘味無窮。然而，掩卷背誦時，卻經常爲此種回環往復的旋律所苦，或忘卻了詩中變換疊詠的字詞；或將前後章變換疊詠的字詞相互顚倒，一首美好的詩篇，就在這樣支離破碎的記憶裡，情意盡失。年少無知的我，在自責之餘，不禁對此種疊詠手法產生好奇。

正式從師研讀《詩經》後，方知「重章複沓」乃《詩經》特有的寫作手法，不僅能充分地抒發情感，更兼負著表意的功能，使得詩歌的內容向深度與廣度發展，蘊涵著豐富的語言藝術。原來，若能深知詩篇「重章」的藝術，則章與章之間，成了有機的連繫，背誦《詩經》就不再是件困難事了。在後知後覺的恍然大悟中，於是想進一步做全面而深入的探討，以一窺其藝術的堂奧。儘管研究初衷堂廡不大，然一路行來，卻如遊玄圃而見積玉，有著意外的豐盈收穫。

在細心檢閱《詩經》重章詩篇後，未免有遺珠之憾，一些零散於非重章詩篇中的「部分疊詠句」亦盡蒐羅，計有五百六十一組「變換疊詠句」，將其悉數分類，並依類分章論述，不僅就形式方面，探討其章法的藝術；亦就內容方面，探討其變換疊詠的藝術。發現

這些變換疊詠的字詞間，實具有漸層、互足、並列、協韻、承接、錯綜等六大關係，且此六大藝術手法之下，還可細分爲若干小類與子目。於此，方才明白《詩經》之重章，實乃一內涵複雜且手法高明的藝術，倘隨意輕忽略過，必無法深入領會《三百篇》精美的意涵與意境，也就無法優遊吟詠於各篇章之間了！

　　因而不揣淺陋，詳加分析，於各類目下或引證前人之說，或以己意申論之，以闡明其定義、手法、特色與效用。且爲詳明計，各類目之下不僅有「詳例」詳加說明，亦將其他各例排比於後，以備檢索。總之，乃以分別類目爲經，以解說藝術爲緯，故各家說解歧異之字詞義、詩旨，依詩文之內容、形式、句法、詩意等，先行裁斷後，直接引用較精確的解說論述，因而文中較少涉及辯證的過程，誠乃一缺失也。然才疏學淺，又恐文繁篇長，掩蓋主題，故不得不魚與熊掌，僅取其一。對喜愛《詩經》的人而言，本文《詩經》重章藝術的研究，或提供了一個詮解的方向，今後若要背誦、欣賞《三百篇》，不會再爲其重章所擾、所苦，而能深入其境，有所會心，此便算有其意義與價值了。尚祈　方家教正之。

二○○六年冬月　**朱孟庭**　謹識於臺北城

目　次

表格目次

第一章　緒論

第一節　研究動機、目的與方法

一、研究動機

　　《詩經》為中國最早的一部詩歌總集，起初僅稱「詩」或「詩三百」，是周朝先民的歌唱，自古亦奉為「六經」之一。然「詩無達詁」，由於體裁與作法的關係，它的意旨往往不太顯露，易為人誤解。自秦漢以還，經師們就以《詩經》的效用來解釋三百零五篇的內容，將它看成篇篇關乎政治得失、道德教訓的經典，遂蒙蔽了它本來的面目。裴普賢先生以為：

> 所謂詩，是文學的作品，所謂文學，是時代的產物，是社
> 會人生的反映，是人們內心感情的流露。雖然它免不了有
> 一些有關政治、道德等的詩篇，但都是透過文人的筆墨，
> 用文學的技巧表達出來的。所以《詩經》三百篇，實在有
> 它了不起的文學價值。[1]

---

[1]　見林師慶彰編《詩經研究論集》（一），頁 151，臺灣學生書局，1983 年。

　　《詩經》具有「了不起的文學價值」。在思想內容上相當豐富；在語言藝術上則有極高的造詣和深遠的影響。唐朝古文大家韓愈曾說：「《詩》正而葩」[2]，所謂「正」，是就其思想內容而言，即孔子所言：「《詩》三百，一言以蔽之，曰思無邪」[3]是也；所謂「葩」是就其語言藝術而言，即其整齊多變的章法形式；特殊新穎的敘述方式；多種多樣的修辭藝術；以及細緻入微的情感表達等等。故而瑞典學者高本漢云：

> 那些詩都是非常精熟的作品，節律分明，用韻嚴格而一致，並且常有雕琢的上層階級的用語。[4]

《詩經》「正而葩」，正反映其崇高的文學價值，將文學作品的思想性與藝術性巧妙地組合統一，兼具了內在美與外在美，故能屹立二千多年，仍不斷地為人吟詠與深究。

　　同時，《詩經》又為各體詩歌的源頭，許多創作的形式與技巧，都直接或間接地受到它的啟示，對於後世詩人與作品的影響既深且巨，是值得窮畢生之力去研究的經典。而《詩經》在形式組織及創作方法上，最顯著的特徵，就是運用了「重章疊詠」法，這種相同語境的回應與重複，並非僅是單純的、無意義的再三詠嘆，而是在整個詩義、詩境上，都得到了一種提升、擴大或深化等作用，豐富了詩的內涵並加深了讀者的感受力。

　　聞一多先生即已注意到《詩經》「重章疊詠」在表達詩義上的特殊涵意，在其未完成的《風詩類鈔》的〈序例提綱〉中，將研讀

---

[2]　見韓愈〈進學解〉，《韓昌黎文集校注》，馬其昶校注，頁 26，漢京文化事業公司，1983 年。
[3]　見《論語‧為政》，頁 16，藍燈文化事業公司：十三經注疏。
[4]　《高本漢詩經注釋》，頁 7，中華叢書，1960 年。

詩體、歌體、綜合體的方法加以區分，提出了所謂的「橫貫讀法」
與「直貫讀法」[5]：

> 1、歌體：數章詞句複疊，只換韻字，則用橫貫讀法，取
> 各章所換韻字合併解釋。
>
> 2、詩體：用直貫讀法，自上而下，依次解釋，以一章為
> 一段落。
>
> 3、綜合體

余師培林對《詩經》詩義與詩旨做深入地研究與分析後，即更
清楚指出：

> 詩有縱面承接，亦有橫面連貫，讀詩者縱橫以觀，則詩義
> 畢現矣。[6]

又云：

> 竊嘗謂詩篇文字不僅有縱面之層次，亦有橫面之脈絡，觀
> 此詩（〈小雅・瞻彼洛矣〉）益信。[7]

聞一多先生所謂「橫貫讀法」乃「取各章所換韻字合併解釋」，專
指「重章」而言，余師培林所謂「橫面連貫」，則不僅包含「重章」
詩篇，亦包含「非重章」詩篇，二說雖有廣狹之不同，皆以為「重
章」詩篇具有縱、橫兩面。蓋《詩經》乃既為詩體又為歌體之綜合
體，因而研讀《詩經》，尤其是「重章」的詩篇，除了採用「直貫

---

[5] 聞一多《風詩類鈔》頁 6、7，見於《聞一多全集》（四），北京：新華書店，
1982 年。

[6] 余師培林《詩經正詁》（下），頁 11，三民書局，1995 年。

[7] 同註 6，頁 247。

讀法」，以瞭解每章的意義外，還需加上「橫貫讀法」，取各章所換
之字、詞、句合併解釋，方能有真確的瞭解。且高本漢先生亦指出：

> 在大多數的情形下，語文方面的探討，都可以不必顧及整
> 篇的意思而順利的進行。[8]

若從詩人創作的角度來看，《詩經》「重章」實具有特殊的意涵與豐
富的藝術手法。詩人在創作時，除以「縱面承接」表達詩義外，如
何再運用重章疊詠的手法與形式，以「橫面連貫」表達其深厚的思
想與情感，是相當值得研究的一個課題；而歷來研究《詩經》者，
多未能給予較多的重視與研究，使之不得完全彰顯，故而本論文針
對此一課題，做一全面、深入而透徹的研究。

二、研究目的

杜書瀛於《文學原理》一書中提到：

> 技法的運用和藝術規律的把握（技巧），都與表現藝術內容
> 不可分割。[9]

除了技巧與內容不可分割外，形式與內容之關係，亦極為密切。日
人荻原朔太朗曾將詩的內容與形式之間的關係，做一番比喻說明，
他說：

---

[8]　同註4，頁9。
[9]　杜書瀛《文學原理——創作論》，頁335，北京：社會科學文獻出版社，
　　1989年。

　　　　藝術中的內容與形式，好像一張木板的表與裏，人物與映
　　　　像，實體與投影一樣的，翻轉這一面，那一面便出來了；
　　　　這一面有變動，那一面也會變動；彼此是形成在相互不離
　　　　的關係……[10]

由此可知，詩的技巧、形式與內容，應是一種綜合的生命。《詩經》
重章藝術，正是技巧、形式與內容有機結合的一種綜合藝術，重章
技巧與形式的運用，正與其豐富的內涵有著密切的相關。

　　因而，本論文之研究目的可以從兩方面來看：

　　一是從訓詁、理解的層面來看。《詩三百》中有許多篇章，其
字、詞、句的涵義至今仍曖昧難明，學者常各持己見，時有極大的
差異，令人莫衷一是；事實上，有些問題是可以從作品本身著手。
藉著本論文對《詩經》重章的分析、歸納，進而瞭解作者創作時的
構思與技巧，那些疑問常可迎刃而解；因為，技巧、形式正是表現
內容的有機組成。我們在探討詩義、內容的同時，絕不可拋開其創
作的方法與形構的方式，而僅引用外在的佐證，這樣常會徒勞無
功，或有自為臆測之嫌。

　　本論文即針對《詩經》重章之方式、形式及內容表達上的這種
「綜合生命」加以研究，一方面對於一些曖昧難明的字、詞，能選
擇最適切的解釋；一方面又能印證或修正其已成定讞的字義、句
義，期能對《詩經》的詩意、內涵及主旨，有更深入而透徹的賞析，
這對於研讀《詩經》將有很大的幫助。

　　另一方面，從文學、藝術的角度來看。《詩經》重章之方式、
形式與內容表達，亦為一種「綜合藝術」，蘊涵有豐富的文藝寶藏。

---

[10]　荻原朔太朗《詩的原理》，徐復觀譯，頁3，臺灣學生書局，1989年。

黑格爾說：「詩，語言的藝術」[11]，《詩經》「重章」的表現手法，即高度地發揮了詩的「語言藝術」，這其中不僅包含許多的表現技巧，還包括許多獨特性與創造性的運用；同時，「重章」對於規律性與變化性亦有獨特的掌握，並能以最少的字句，表達最豐富的內涵，是一種極為精練的語言藝術。故而《詩經》的「重章」，不僅僅是一種「技巧」的運用，而且已神乎其技地進入了「藝術」的殿堂，成為《詩經》重要的表現藝術。因而本論文所要研究的，不僅是重章「技巧」的層面，更要往上一層，探究其整體的藝術表現。

而這些藝術手法，都是詩人的精心設計、匠心獨運；然卻不著痕跡，隱藏在語言文字的背後，若不加以探究發掘，則易湮沒而為人所忽略。此外，這種種的藝術手法，對後世各種詩體，乃至於其他各種文體、藝術，都有相當深遠的啟示與影響，因而本論文即針對《詩經》的重章「藝術」加以深究，期能對此一藝術有所彰顯與發揚。

三、研究方法

本論文之研究方法，可從以下三方面說明：

（一）研究資料

研究本論文，首先須廣蒐資料，舉凡《詩經》重要之注疏本、賞析本；或對《詩經》做進一步研究之書籍，尤其是有關《詩經》起源發展、語言文字、章法形式、藝術表現等研究之專書，皆須廣為蒐集；而一些單篇論文之專題研究、單篇詩歌之賞析研究等，亦

---

[11] 黑格爾《美學》（四），頁 2，朱孟實譯，里仁書局，1983 年。

能提供許多觀點與啓示；至如經學、小學、美學、詩學、詩美學、文法學、修辭學、文學史、文學理論等其他相關學科，亦須廣爲涉獵、蒐集，以便從多種角度切入主題，對於《詩經》之重章藝術，將有更確切地剖析與深究。待仔細閱讀所蒐集來的各方資料後，即加以分類整理，做成筆記。

（二）研究對象

　　研究《詩經》重章藝術，則所研究之對象，首要條件必爲分章之詩篇。三百零五篇中，〈國風〉一百六十篇、〈小雅〉七十四篇、〈大雅〉三十一篇、〈魯頌〉四篇及〈商頌〉之〈長發〉與〈殷武〉二篇，共計二百七十一篇皆爲分章之作，歷來並無歧異。至如〈周頌〉三十一篇與〈商頌〉之〈那〉、〈烈祖〉、〈玄鳥〉三篇是否分章，則較有岐異，其分章之說乃從明季明德開始，毛、鄭以後之學者本不分章，孔穎達《正義》於首篇〈關雎〉後即詳加說明：

> 唯〈周頌〉三十一篇及〈那〉、〈烈祖〉、〈玄鳥〉皆一章者，以其〈風〉、〈雅〉敘人事、刺過論功，志在匡救，一章不盡，重章以申殷勤，故〈風〉、〈雅〉之篇無一章者。〈頌〉者，太平德洽之歌，述成功以告神，直言寫志，不必殷勤，故一章而已，〈魯頌〉不一章者，〈魯頌〉美僖公之事，非告神之歌，此則論功頌德之詩，亦殷勤而重章也。高宗一人而〈玄鳥〉一章，〈長發〉、〈殷武〉重章者，或詩人之意，所作不同；或以武丁之德，上不及成湯，下又踰於魯僖，論其至者，同於太平之歌；述其祖者，同於論功之頌，明成功有大小，其篇詠有優劣。

　　余師培林亦以爲，〈頌〉乃祭神時的禱詞，文字極短，不須分
章；且〈頌〉與音樂的關係，不如〈風〉、〈雅〉密切，應無章可分，
故主張〈周頌〉以不分章爲是，而云：

> 毛、鄭去古未遠，或者還能知道，後來的注家，妄以一己
> 之意加以分章，或者合數章爲一篇，都是狂悖的行爲，不
> 可依從。[12]

至如〈商頌〉之〈那〉、〈烈祖〉、〈玄鳥〉三篇，余師培林以爲此文
字古樸，句數相同，當同爲正考父所作、同爲敬告神明之用，故云：

> 還是如〈周頌〉一樣，沒有分章。[13]

如是，經初步分析，研究對象爲以上分章之二百七十一篇。

　　至如各篇分章或有歧異，余師培林〈三百篇分章歧異考辨〉一
文，詳細考辨歷代注家分章歧異的詩篇，發現：

> 無論是〈國風〉、二〈雅〉、三〈頌〉，還是毛、鄭的分章，
> 大多比後人正確。偶或有不當之處，朱子都已加以改正。
> 因此，後人研究詩篇的分章，以注疏本爲主，而以朱子《集
> 傳》本爲輔，就已經足夠了。[14]

---

[12] 詳見余師培林〈三百篇分章歧異考辨〉，刊於《國立臺灣師大國文學報》
　　第 20 期，頁 21-23，1991 年 6 月。
[13] 同註 12，頁 23。
[14] 同註 12，頁 24。

據此，本論文對於《詩經》之分章，除〈邶風‧簡兮〉、〈小雅‧伐木〉、〈大雅‧生民〉依朱熹《集傳》；〈小雅‧北山〉依何楷《詩經世本古義》外，他皆依《毛傳》之分章。[15]

再則，一一研讀此二百七十一篇分章之作，仔細蒐羅運用重章疊詠的詩篇與詩句。其中，不僅包括全篇均運用疊詠手法的重章詩篇；或僅數章運用疊詠手法的不完全重章詩篇；甚至零散於詩篇中，僅部分詩句疊詠的詩篇，亦盡爲蒐羅，並將其重複疊詠的詩句與變換字、詞、句以疊詠的詩句，分別標識，以使研究對象更爲顯明。由此，則確定研究對象爲二百三十九篇。

（三）研究綱目

研究《詩經》重章，首先，應探討重章之定義，依此定義，即能確認研究對象的範疇。此外，對於《詩經》重章之起源與發展的問題，亦須加以深究，如此，對於重章之本質有一清楚地認識，才能更進一步探究重章藝術的表現。

其次，從「方式」與「形式」兩方面，探究《詩經》重章之章法藝術。即先從表面上來看，《詩經》重章如何運用了重複疊詠與變化字、詞、句以疊詠兩大方式，加以巧妙地交織、變化組合，構成多樣的重章形式，均詳爲歸納、分類、說明。而二者又是如何配合，以對於詩歌內容的呈現，有更佳的輔助與相成；及其章法藝術對於詩歌本身，又造成了哪些效用，均加以一一深究、分析。

雖然，對於《詩經》疊詠的方式、重章的形式及其特點有了進一步地認識，可以幫助我們推測或瞭解詩句更爲精準；但，這並不

---

[15]　同註 12，頁 6、7；12、13；16；19、20。對〈簡兮〉、〈伐木〉、〈北山〉、〈生民〉之分章，何以分別從朱氏與何氏，均有詳細的考辨說明。

是意味著僅從形式上的分析探討,就足以瞭解全詩的內涵與精神;事實上,這樣對詩的理解亦很可能是錯誤的。因此,在探求詩篇章法的同時,仍需致力於篇章間逐字的探討與分析。

故而再次,則從「內容」方面,探究《詩經》之重章,如何在章法形式的配合下以表達詩義的藝術技巧。茲參酌各家之說,將五百六十一組「變化疊詠句」悉數分類。在「精贍覈實」的分類原則下,歸納出「漸層」、「互足」、「並列」、「協韻」、「承接」、「錯綜」等六大重章藝術,將此六大重章藝術分立專章以討論。各章中,再就其所屬的疊詠句,條分縷析爲數個小類與小項,首先說明各類、各項重章藝術之定義,及其寫作手法、特色;其後,則依類別、子目列舉詩篇,解析其藝術手法及其藝術效用。前人已有說明者,即援引前人之說爲證;前人未有說明者,則引用各家確切之注解、或其他旁證自爲說明。乃以類別爲經;以解說藝術爲緯,全面而深入地探析《詩經》重章之藝術。

各子目均有「詳例」,一般以兩篇爲原則,若此目僅列一篇,是其僅一篇耳。「詳例」之解說,爲一目瞭然計,均直向平列詩文;其他尚有此類詩篇者,則以橫向連排之方式,依序列舉於後,並略加說明。若於典型類型外,另有繁複、稍作變化者,則依其較顯著之特徵分類,列於各類之後,比照「詳例」之說明方式,直向平列詩文詳爲解說,使能全面觀照此類疊詠句之多種面貌;若在一詩中,多種手法平分秋色、錯綜運用時,則列於「錯綜」類。至其詩篇本文,均從藍燈文化事業公司影印《十三經注疏》之《毛詩正義》本。

最後,分別歸納、統計《詩經》運用重章的「方式」,在「形式」與「內容」二方面的藝術表現,以總觀重章運用與變化的整體藝術,進而從這些歸納、統計的分析中,得出一些啓示與證明。此外,重章藝術對詩篇本身及讀者吟詠所造成的多方效用,亦加以綜

合歸納；並就訓詁、理解的角度而言，綜理重章藝術對於吾人解詩，確定字詞義、句義，乃至於詩意、詩旨等方面的特殊貢獻，益見本論文研究之價值。

第二節　重章的定義

《詩經》採用往復迴環的重疊形式，唐孔穎達即稱之爲「重章」，其云：

> 詩本畜志發憤，情寄於辭，故有意不盡，「重章」以申殷勤。[16]

清姚際恆《詩經通論》，是較早從文學的角度對《詩經》進行研究的著作，他已經注意到《詩經》特別是〈國風〉，多採用此種表現手法，並稱之爲「疊詠體」，其云：

> 惟此疊詠，故為風體。……風詩多疊詠體。[17]

姚氏所言之「疊詠體」，即爲孔氏所言之「重章」，二人從不同的角度言之，故有不同的名稱。蓋「重章」是就其形式而言；「疊詠」是就其方式而言。若要嚴格地加以區分，則「重章」定採用「疊詠」的方式；但採用「疊詠」方式的，不必定爲「重章」。因爲，《詩經》中有些詩篇僅數句運用疊詠，並非全章皆複沓，如〈小雅・六月〉僅首章末二句「王于出征，以匡王國」與二章末二句「王于出

---

[16] 此乃孔穎達《毛詩正義》於〈卷耳〉三章下所云，頁34，藍燈文化事業公司：十三經注疏本。

[17] 此乃姚際恆《詩經通論》於〈樛木〉篇所云，頁22，河洛圖書出版社，1978年。

征，以佐天子」疊詠，其他詩句均不疊詠。又有些詩篇在數章複疊
之外，尚有部分詩句與之重疊，如〈周南・卷耳〉二、三章複疊，
第四章則有「陟彼砠矣，我馬瘏矣」句與二、三章首二句複疊。這
些非整章複沓、疊詠的詩章，並不能稱其為「重章」。然一般並不
如此細分，「重章」即為「疊詠」；「疊詠」亦為「重章」，又稱之為
「複疊」、「複沓」。

至於「重章」的定義為何？近人周滿江云：

> 即每章字句基本相同，只換少數詞語，反覆詠歌。[18]

王曉平更進一步指出：

> 所謂疊詠體，指的是這樣一種形式：即在包含兩章或兩章
> 以上的詩作中，各章不僅句數相同，而且其對應的詩句具
> 有相同的節奏和句式，某些短語或詩句重複出現。[19]

以上對於「重章」所下的定義，已極為精要地指出重章之基本精神
與重要特性。若再加以詳盡說明，則所謂「重章」，即：在包含兩
章或兩章以上的詩作中，或全部各章；或僅部分章（兩章或兩章以
上）之所有章句相對應；而其相對應的詩句，大致具有相同的句數、
整齊的句式、同樣的節奏、相關的內容及相稱的情感。某些短語或
詩句重複出現；某些則做部分的變易，或換字、或換詞、或換句；
而所變換的字、詞、句之間，多具有義同、義近、同類、承接、互
補等密切關係。全詩所包含的時間、空間、情感，則是以章為單位，
做跳躍式地、斷續式地向前進行。

---

[18] 周滿江《詩經》，頁 130，國文天地雜誌社，1990 年。
[19] 王曉平〈詩經疊詠體淺論〉，刊於《內蒙古師院學報》，1982 年第 2 期。

第三節 《詩經》重章的源起與發展

一、重章的源起

關於《詩經》重章之源起，大致可以分為兩大不同的說法。

一派認為重章疊詠是為了歌詞配樂的需要。《史記‧孔子世家》云：「三百五篇，孔子皆弦歌之，以求合〈韶〉、〈武〉、〈雅〉、〈頌〉之音。」[20]顧頡剛先生因而進一步指出：

> 《詩經》裏的歌謠都是已經成為樂章的歌謠，不是歌謠的本相。凡是歌謠，只要唱完就算，無取乎往復重沓。惟樂章則因奏樂的關係，太短了覺得無味，一定要往復重沓的好幾遍。[21]

一派則認為重章複沓是歌謠表現法的特徵。認為原始民族用以詠嘆他們的悲傷和喜悅的歌謠，即是用節奏的規律和重複等等最簡單的審美的形式，來作這種簡單的表現而已。故而魏建功先生強調：

> 詩的復沓在作者有他的內心的要求而成。[22]

並且認為：

---

[20] 《史記會注考證》卷四七，頁760，洪氏出版社，1986年。

[21] 顧頡剛〈從詩經中整理出歌謠的意見〉，收於《古史辨》第3冊下編，頁591，顧頡剛編，明倫出版社，1970年。

[22] 魏建功〈歌謠表現法之最要緊者——重奏復沓〉，收於《古史辨》第3冊下編，頁598，顧頡剛編，明倫出版社，1970年。

歌謠是很注重重奏復沓的；重奏復沓是人工所不能強為
的。……所以重奏復沓是歌謠的表現的最要緊的方法之一。[23]

以上兩種說法，表面上看來，似乎是相互對立的；然而，本質上是
可以相通的，只是各就不同的角度立論而已。

　　蓋自古以來，皆以為詩歌之產生，源於人心自然之感發。人生
下來就有情感，情感需要外洩，最恰當的方式即是歌詠。《尚書・
堯典》：「詩言志」[24]《禮記・樂記》：「詩，言其志也。」[25]《毛詩
序》：「詩者，志之所之也，在心為志，發言為詩。」[26]近人朱光潛
《詩論》亦云：

表現情感最適當的方式是詩歌，因為語言節奏與內在節奏
相契合，是自然的，『不能已』的。[27]

因此，詩的歷史應與人類的歷史一般久遠，是原始人類在表情達意
上必須採用的形式。

　　同時，在原始人類的社會生活裡，詩歌與音樂、舞蹈具有不可
分離的關係，在語言尚未發明以前，三者的結合，構成了原始人類
藝術活動的一般形式，《呂氏春秋・古樂篇》載：

昔葛天氏之樂，三人摻牛尾，投足以歌八闋：一曰「載民」，
二曰「玄鳥」，三曰「遂草木」，四曰「奮五穀」，五曰「敬

23　同註22，頁607。
24　《尚書正義・堯典》：「詩言志，歌永言，聲依永，律和聲。」，頁46，藍
　　燈文化事業公司：十三經注疏。
25　《禮記正義・樂記》：「詩，言其志也；歌，詠其聲也；舞，動其容也。」，
　　頁682，藍燈文化事業公司：十三經注疏。
26　《毛詩正義・毛詩序》，頁13，藍燈文化事業公司：十三經注疏。
27　朱光潛《詩論》，頁8，漢京文化事業公司，1982年。

天常」，六曰「達帝功」，七曰「依地德」，八曰「總萬物之極」。[28]

這裡，「投足」是一種舞蹈的姿態，有三個人手裡拿著牛尾巴，投足而歌，正是歌、舞、樂相結合的最好說明。〈邶風‧簡兮〉亦有一段相當貼切的描述：

> 簡兮簡兮，方將萬舞；日之方中，在前上處。（一章）
> 碩人俁俁，公庭萬舞，有力如虎，執轡如組。（二章）
> 左手執籥，右手秉翟，赫如渥赭，公言錫爵。（三章）

表現了詩和音樂、舞蹈密切的關係。

再就「章」本身的定義而言，《說文》：「章，樂竟為一章。從音十。十，數之終也。」[29]則「章」的本義是樂竟，為一個音樂名詞。桂馥《說文義證》亦云：「〈春官‧籥章〉注云：『籥章，吹籥以為詩章。』……蓋詩即樂，詩章，樂章也。」[30]則知詩與樂本是一體，詩章就是樂章也，故余師培林云：「《詩三百篇》章節多複疊，當是受音樂的影響。」[31]即此之謂也。

朱光潛認為詩、樂、舞三者的公同命脈是在於節奏，後來三種藝術分化各自發展，但每種均仍保持節奏[32]。在節奏的統合下，許

28　《呂氏春秋》，頁 33，臺灣商務印書館：四部叢刊正編第 22 冊。
29　《說文解字注》三篇上，頁 103，黎明文化事業公司，1992 年。
30　桂馥《說文義證》卷八，頁 274，臺灣商務印書館：四部叢刊廣編第 7 冊。
31　同註 12，頁 1。
32　朱光潛《詩論》：「詩歌、音樂、舞蹈原來是混合的。它們的公同命脈是節奏。在原始時代，詩歌可以沒有意義，音樂可以沒有『和諧』（Melody），跳舞可以不問姿態，但是都必有節奏。後來三種藝術分化，每種均仍保持節奏，但於節奏之外，音樂盡力向『和諧』方面發展，跳舞盡力向姿態方面發展，詩歌盡量向文字意義方面發展，於是彼此距離遂日漸其遠了。」

多原始的歌謠配合著樂、舞，藝術表現的方法上，往往具有重疊複沓的特點；而藉著這種一而再，再而三的反復吟詠，亦可以盡情地將人們心中的感情宣洩出來，這種重疊複沓，也就成為原始歌謠的生命。因此，《詩經》「重章」，既可說是源於配樂的需要；亦可說是歌謠原有的特徵，二說是互為因果、一體的兩面。

二、重章的發展

「重章」的發展與詩體、音樂、時代等的發展均密切相關。起初，有如一般歌謠，配合著簡單的樂舞，而有著幾句重複歌詠的詩篇，如〈大雅・蕩〉二到八章之首句皆云：「文王曰咨，咨女殷商」，其餘詩句均無疊詠。爾後，隨著詩體、音樂的發展；且人們覺得這種疊詠的手法，能夠充分抒發自我的情感、表達自我的意識，在條暢中增加了抒情的效果，因而更加廣泛地運用，而有了部分篇章疊詠的詩篇，如〈小雅・菀柳〉全詩共三章，一、二章從首句至末句均疊詠，三章則不與之疊詠。其後，詩人們醉心於此，這種作法更是變本加厲，使得重章的形式更為整齊而多樣；重章的手法更為靈活而多變，如〈齊風・敝笱〉乃全詩三章均複疊。

由此，《詩經》重章的發展，應從部分詩句複疊，至部分篇章複疊，最後才發展為所有篇章均複疊的完全重章，故而晚出的〈國風〉，大多為二章或三章的完全疊詠。日人青木正兒即云：

> 我推定二章及三章疊詠體為〈國風〉之典型的詩型。[33]

同註 27，頁 13。
[33] 日青木正兒《中國文學概說》，頁 62，重慶出版社，1982 年。

事實上，這種完全重章，不僅僅是〈國風〉的典型詩型，亦爲《詩經》的基本形式，糜文開先生即云：

> 《詩經》三百零五篇，雖然沒有統一格式的規定，但細加考察，隱然有一個基本形式，存在於其間，呼之欲出。《三百篇》的作品，在無意之中，都環繞著這個基本形式而變化。這個基本形式是：四字成句，四句成章，三章成篇。而一篇的三章，有如三環之相連，結合成靈活的一體，完美的典型。這個基本形式，共計十二句四十八字，稱為四字四句三環式。[34]

而《詩經》重章的藝術性，至此也達到了高峰，疊詠的手法甚至進入了神聖的宗廟，〈魯頌〉與〈商頌〉均有不少疊詠的詩句及完整的重章。這些重章的發展，將在第九章〈結論〉的歸納統計中，得到更充分的說明與更有力的證明。

---

[34]　糜文開〈詩經的基本形式及其變化〉，刊於《文壇月刊》第 43 期，1964 年。

第二章 《詩經》重章章法的藝術

「組織篇章的方法，歷來被看作是一種語言藝術。」[1]《詩經》大都採用四言體，每篇又各分章段，全書三百零五篇，有二百七十一篇分章，其分章的詳情列表如下：[2]

表一：《詩經》分章之章數／篇數統計表

章數	二	三	四	五	六	七	八	九	十	十二	十三	十六
篇數	40	110	47	18	20	7	21	3	2	1	1	1

分章的詩少則兩章，有四十篇；多則十六章，僅〈大雅・桑柔〉一篇；而以分三章的數量最多，共有一百一十篇，可見「分章」是為《詩經》結構組織上的一大特點。

而在這分章的二百七十一篇中，有七成以上的作品運用了「重章」的章法形式，《詩經》裡豐富的內涵以及高度的文藝價值，主要也就是依著這種「重章」之章法形式表現出來。張啓成先生《詩經入門》一書即云：

---

[1] 白春仁《文學修辭學》，頁 53，吉林教育出版社，1993 年。

[2] 依前章「研究對象」之規範，各篇之分章數，除〈邶風・簡兮〉、〈小雅・伐木〉依《集傳》，分別由三章易為四章；六章易為三章外，〈小雅・北山〉則依《詩經世本古義》，由六章易為四章，他皆依《毛傳》之分章，至如〈大雅・生民〉，《毛傳》與《集傳》雖略有不同，然皆分為八章。

　　　　《詩經》的詩歌格式，主要是由詩歌內容的表達需要而確
　　　　定的。[3]

因此，《詩經》「重章」之章法，並不僅是一種結構的形式，它實際
上已與詩的內容情感融合爲一個整體，具有極高的藝術性。

　　劉勰《文心雕龍‧知音篇》:「夫綴文者情動而辭發，觀文者披
文以入情，沿波討源，雖幽必顯。」[4]當我們欣賞作品的時候，首
先接觸到的不是情，而是「發情」的「辭」。所以，欣賞或審美時，
無不是先和藝術的形式打交道的。然而，當我們被「文」或「形式」
擋住了，或對他不熟悉、不了解，對文章的內容及其妙處，也就難
以有深刻的領會。欲揭《詩經》內涵情感的神祕面紗，則必先探討
重章之「章法」藝術。

第一節　重章的方式

　　《詩經》重章，運用了多種多樣的疊詠方式，或某些詩句完全
重複;或換字疊詠、換詞疊詠、換句疊詠。然這許多的方式，並非
僅單一地運用於詩篇中，而常常是詩人根據內容、情感的需要，在
整首詩中靈活地、生動地交錯應用著。依其疊詠方式的不同，可以
分爲二大類:一是重複疊詠;一是變換疊詠。

---

[3]　張啟成《詩經入門》，頁 112，貴州人民出版社，1991 年。
[4]　王師更生注譯《文心雕龍讀本》(下)，頁 352，文史哲出版社，1991 年。

一、重複疊詠

　　所謂「重複疊詠」，是指前後章在所對應的位子上，重複運用了相同的詩句。裴普賢先生云：

> 《詩三百篇》多相同之句，篇有疊章，則各章之間有相同之句。[5]

《詩經》雖有許多特色與作法，對後代文學產生很大的影響，然此種「重複疊詠」的方式，卻未能爲唐宋以來的詩歌所承襲，成爲《詩經》獨特的藝術手法。詩人運用「重複疊詠」，多是依照其表達上的需要而特加反複之，在反複的句數、反複的部位、反複的方式上都有所不同。有下列幾種方式：

（一）間隔重複

　　即反複疊詠的語句間隔出現，《詩經》中運用這種重複疊詠的詩篇，計有一百零九篇[6]，如〈召南‧摽有梅〉：

---

[5]　裴普賢《詩經相同句及其影響》，頁 1，三民書局，1974 年。
[6]　運用間隔重複疊詠的詩篇計有以下 109 篇：
　　〈周南〉：〈關雎〉、〈樛木〉、〈螽斯〉、〈桃夭〉、〈兔罝〉、〈芣苢〉、〈漢廣〉
　　〈召南〉：〈鵲巢〉、〈采蘩〉、〈草蟲〉、〈殷其靁〉、〈摽有梅〉、〈小星〉
　　〈邶風〉：〈綠衣〉、〈燕燕〉、〈日月〉、〈北門〉、〈北風〉、〈二子乘舟〉
　　〈鄘風〉：〈柏舟〉、〈牆有茨〉、〈桑中〉、〈載馳〉，〈衛風〉：〈淇奧〉、〈河廣〉、〈有狐〉
　　〈王風〉：〈黍離〉、〈君子于役〉、〈君子陽陽〉、〈中谷有蓷〉、〈兔爰〉、〈葛藟〉
　　〈鄭風〉：〈將仲子〉、〈大叔于田〉、〈有女同車〉、〈蘀兮〉、〈狡童〉、〈褰裳〉、〈揚之水〉、〈野有蔓草〉、〈溱洧〉
　　〈齊風〉：〈甫田〉、〈敝笱〉，〈魏風〉：〈園有桃〉、〈伐檀〉、〈碩鼠〉
　　〈唐風〉：〈蟋蟀〉、〈揚之水〉、〈椒聊〉、〈綢繆〉、〈杕杜〉、〈鴇羽〉、〈無衣〉、〈有杕之杜〉、〈采苓〉

摽有梅，其實七兮。求我庶士，迨其吉兮。（一章）

摽有梅，其實三兮。求我庶士，迨其今兮。（二章）

摽有梅，頃筐塈之。求我庶士，迨其謂兮。（三章）

全詩共三章，每章兩句為一小節，共為二小節。前一小節說梅落情
形，故首句「摽有梅」特加重複；後一小節說女子求婚心切，故「求
我庶士」亦特加重複。如此一、三句「摽有梅」、「求我庶士」的重
複，不僅具有加強主題、統一前提、引起下文的功效；同時，這種
間歇性的重複，亦造成了一種自然的律動。

重章中的重複疊詠句，大多是運用在章中小節的開頭句，由於
《三百篇》的詩章，多是兩句成一節的，因而也可以說，重複疊詠
句多用於每章的單數句。其運用的句數亦多有變化，如〈周南〉的
〈樛木〉、〈螽斯〉、〈桃夭〉均是一、三句重複疊詠；〈魏風·碩鼠〉
為一、三、五句重複疊詠；〈唐風·蟋蟀〉為一、三、五、七句重
複疊詠；〈鄭風·大叔于田〉一、五句為重複疊詠；〈小雅·南山有
臺〉三、五句為重複疊詠。

此外，亦有三句成一小節的；那麼，間隔重複句就不一定都落
在單數句了，一百零九篇間隔重複中，計有七篇[7]運用此法。如：

〈秦風〉：〈車鄰〉、〈蒹葭〉、〈終南〉、〈黃鳥〉、〈晨風〉、〈無衣〉、〈渭陽〉
〈陳風〉：〈衡門〉、〈東門之池〉、〈東門之楊〉、〈澤陂〉
〈檜風〉：〈隰有萇楚〉，〈曹風〉：〈候人〉、〈鳲鳩〉、〈下泉〉，〈豳風〉：〈破斧〉
〈小雅〉：〈鹿鳴〉、〈采薇〉、〈魚麗〉、〈南山有臺〉、〈蓼蕭〉、〈湛露〉、〈彤
　　　　弓〉、〈菁菁者莪〉、〈沔水〉、〈鶴鳴〉、〈祈父〉、〈白駒〉、〈我行
　　　　其野〉、〈節南山〉、〈谷風〉、〈蓼莪〉、〈無將大車〉、〈小明〉、〈瞻
　　　　彼洛矣〉、〈裳裳者華〉、〈桑扈〉、〈鴛鴦〉、〈頍弁〉、〈青蠅〉、〈魚
　　　　藻〉、〈采菽〉、〈菀柳〉、〈都人士〉、〈隰桑〉、〈綿蠻〉、〈瓠葉〉、
　　　　〈漸漸之石〉
〈大雅〉：〈既醉〉、〈洞酌〉、〈民勞〉、〈雲漢〉，〈魯頌〉：〈有駜〉、〈泮水〉
7　三句成一節，而使間隔重複句落於雙數句的有以下 7 篇：

〈鄭風‧將仲子〉：

將仲子兮，無踰我里，無折我樹杞。豈敢愛之？畏我父母。
仲可懷也；父母之言，亦可畏也！（一章）

將仲子兮，無踰我牆，無折我樹桑。豈敢愛之？畏我諸兄。
仲可懷也；諸兄之言，亦可畏也！（二章）

將仲子兮，無踰我園，無折我樹檀。豈敢愛之？畏人之多
言。仲可懷也；人之多言，亦可畏也！（三章）

全詩共三章，每章可分爲三小節，重複疊詠的句子「將仲子兮」、「豈
敢愛之」、「仲可懷也」，均爲每小節的頭一句；然而，由於這首詩
章節的分法是上三、中二、下三，「豈」句與「仲」句的重複疊詠
就落到了雙數句。

　　他如〈魏風‧伐檀〉四、六、八句爲重複疊詠；〈小雅‧黃鳥〉
一、四、六句爲重複疊詠；〈唐風‧鴇羽〉三、六句爲重複疊詠，均
有雙數句的重複疊詠句。而不論其重複疊詠的句數如何變換，它們
有一個共同的地方，那就是重複句多用於章中小節的首句（二句爲一
節者），或首二句（三句爲一節者）。

（二）單句重複

　　即某數章中僅有一句重複疊詠，而其上下句皆無重複疊詠句，
依重複疊詠位置的不同，有下列三種類型：

〈鄭風〉：〈將仲子〉，〈魏風〉：〈伐檀〉，〈唐風〉：〈杕杜〉、〈鴇羽〉，〈小雅〉：
〈四牡〉、〈庭燎〉、〈黃鳥〉

1、重于章首

有些詩篇僅第一小節的首句，亦即章首句重複疊詠，《詩經》中運用此種重複疊詠的有十八篇[8]，如〈召南・甘棠〉：

> 蔽芾甘棠，勿翦勿伐，召伯所茇。（一章）
> 蔽芾甘棠，勿翦勿敗，召伯所憩。（二章）
> 蔽芾甘棠，勿翦勿拜，召伯所說。（三章）

全詩三章，僅首句「蔽芾甘棠」重複疊詠，其所以重複，意在突出甘棠樹的高大茂密，顯出其旺盛的生命力，以做為刻劃召伯的崇高形象做鋪墊；同時，各章的後兩句雖有所變換歌詠，也都能統一在「蔽芾甘棠」同一個意境之下，增加了章與章之間的聯絡。

又如〈鄭風・遵大路〉全詩二章之章首均言「遵大路兮」；〈小雅・鴻鴈〉全詩三章之章首均言「鴻鴈于飛」；〈周南・汝墳〉全詩三章，一、二章章首均言「遵彼汝墳」。而其中部分詩篇，全詩也僅此一句重複句為疊詠句，並無其他疊詠句，此多出現於〈大雅〉、〈小雅〉中，如〈小雅・天保〉全詩六章，僅一、二、三章之章首言「天保定爾」；〈大雅・烝民〉全詩八章，僅一、二章首句言「人亦有言」，他句皆不疊詠。根據裴普賢先生的研究，「人亦有言」乃〈大雅〉詩人的「習慣話頭，發議論時往往引用它」[9]，

8　運用「章首」單一重複的，計有以下 18 篇：
〈周南〉：〈汝墳〉，〈召南〉：〈甘棠〉、〈何彼襛矣〉，〈邶風〉〈凱風〉、〈雄雉〉，〈鄭風〉：〈遵大路〉
〈小雅〉：〈天保〉、〈出車〉、〈杕杜〉、〈鴻鴈〉、〈何人斯〉、〈賓之初筵〉、〈苕之華〉
〈大雅〉：〈皇矣〉、〈公劉〉、〈桑柔〉、〈雲漢〉、〈烝民〉
9　同註 5，頁 7。

三百篇有許多的習慣話頭，不僅重複出現在一篇中，且重複出現在數篇中。

此外，篇章的第一句，非但是章中首節的第一句，同時也是整章的第一句，裴普賢先生認為：「國風中用興式開頭的往往用相同的句子」[10]。因此，我們可以說，有部分重複疊詠于章首的詩句，是用來做為起興句的，如「間隔重複」中〈召南・鵲巢〉全詩三章之首句「維鵲有巢」；〈鄭風・揚之水〉全詩二章之首句「揚之水」；〈小雅・杕杜〉全詩四章，一、二章之首句「有杕之杜」皆是。又如「單一重複」中〈召南・甘棠〉全詩三章之首句「蔽芾甘棠」；〈小雅・苕之華〉全詩三章，一、二章之首句「苕之華」，均為章首之重複疊詠句；亦為篇章的起興句。

2、重于章中

即在章中某一小節的頭一句重複疊詠之，《詩經》中運用此種疊詠手法的有篇六十一篇[11]，如〈王風・采葛〉：

---

[10]　同註5，頁3。
[11]　運用「章中」單一重複的，計有以下61篇：
　　〈召南〉：〈行露〉、〈江有汜〉
　　〈邶風〉：〈柏舟〉、〈綠衣〉、〈終風〉、〈凱風〉、〈旄丘〉、〈新臺〉
　　〈鄘風〉：〈鶉之奔奔〉、〈蝃蝀〉、〈干旄〉，〈衛風〉：〈伯兮〉
　　〈王風〉：〈采葛〉、〈大車〉
　　〈鄭風〉：〈叔于田〉、〈羔裘〉、〈風雨〉、〈子衿〉
　　〈齊風〉：〈東方之日〉、〈南山〉、〈載驅〉
　　〈魏風〉：〈汾沮洳〉、〈陟岵〉
　　〈唐風〉：〈山有樞〉、〈羔裘〉、〈葛生〉
　　〈秦風〉：〈小戎〉，〈陳風〉：〈宛丘〉、〈墓門〉、〈防有鵲巢〉
　　〈檜風〉：〈羔裘〉、〈匪風〉
　　〈曹風〉：〈蜉蝣〉，〈豳風〉：〈狼跋〉
　　〈小雅〉：〈皇皇者華〉、〈常棣〉、〈南有嘉魚〉、〈六月〉、〈采芑〉、〈正月〉、〈雨無正〉、〈小旻〉、〈小弁〉、〈何人斯〉、〈巷伯〉、〈蓼莪〉、〈鼓

彼采葛兮！一日不見，如三月兮！（一章）

彼采蕭兮！一日不見，如三秋兮！（二章）

彼采艾兮！一日不見，如三歲兮！（三章）

　　全詩三章，章三句，僅第二句「一日不見」重複疊詠，此句乃全詩的重心，詩人爲表達其相思之苦，故而一再強調實際分別的時間爲「一日不見」，對比、襯托出層層遞進的心理時間：三月──三秋──三歲，深具感動人心的藝術力量。假若「一日不見」不爲重複疊詠，而改爲變換疊詠，如「一日──二日──三日不見」的話，這種藝術力量必當大爲減少。

　　又如〈關風‧狼跋〉全詩二章之第三句皆言「公孫碩膚」；〈唐風‧山有樞〉全詩三章之第七句皆言「宛其死矣」；〈小雅‧何草不黃〉全詩四章，二、三章之第三句皆言「哀我征夫」等，這些重複句，不論它位於何處，它們都是章中小節的頭一句，是詩人所要特別強調的一個意象、思想或情感。

　　此外，另有三篇雖然各章皆在同樣的句數上重複，但卻分爲兩組不同的重複句，即：〈齊風‧南山〉全詩四章皆第三句重複，然一、二章疊詠「魯道有蕩」，三、四章則疊詠「取妻如之何」；〈小雅‧白華〉全詩八章，一、八章的第三句疊詠「之子之遠」，四、六章的第三句則疊詠「維彼碩人」；〈大雅‧下武〉全詩六章，三、四章的第三句疊詠「永言孝思」，五、六章的第三句則疊詠「於萬斯年」，可以顯出其在不變中求變的藝術特點。

〈鍾〉、〈楚茨〉、〈采菽〉、〈黍苗〉、〈白華〉、〈何草不黃〉

〈大雅〉：〈旱麓〉、〈下武〉、〈文王有聲〉、〈既醉〉、〈鳧鷖〉、〈卷阿〉、〈抑〉、〈崧高〉、〈瞻卬〉

3、重于章末

　　即全詩僅章末一句重複疊詠之,《詩經》中運用此種疊詠法的有以下五篇,均爲章末的感歎句,如〈周南・麟之趾〉:

　　　　麟之趾,振振公子,于嗟麟兮!（一章）

　　　　麟之定,振振公姓,于嗟麟兮!（二章）

　　　　麟之角,振振公族,于嗟麟兮!（三章）

全詩共三章,三章的最後一句,都以「于嗟麟兮」四字的讚歎做結,顧炎武名之爲「章之餘」,其云:「古人之詩,言盡而意長,歌止而音不絕也,故有句之餘,有章之餘。……章之餘如于嗟麟兮、其樂只且、文王烝哉之類是也。」又言:「凡章之餘皆嗟歎之辭,可以不入韻,然合三數章而歌之,則章之末句未嘗不自爲韻也。」[12]近人朱光潛、糜文開先生均以爲其乃祝賀時合唱的和聲[13]。然而無論如何,再三的感歎,正表達了詩人的餘意無窮,蓋「言之不足,故長言之;長言之不足,故嗟嘆之。」[14]同時,此所重言者,正是作者所要強調的一份情感,糜先生即云:「麟之趾篇,其重心在『于嗟麟兮』之嗟歎,上兩句,乃補充其嗟歎之意也。」[15]

　　又如〈召南・騶虞〉全詩二章之章末皆云「于嗟乎騶虞!」;〈王風・君子陽陽〉全詩二章之章末皆云「其樂只且!」;〈秦風・權輿〉

---

[12]　見顧炎武《詩本音》卷一,頁 37,臺灣商務印書館:四庫全書第 241 冊。

[13]　糜文開、裴普賢《詩經欣賞與研究》（一）:「三章的最後一句,都用『吁嗟麟兮』四字來讚歎作結,文開疑其為祝賀時和唱的和聲。」頁 43,三民書局,1987 年改編版。朱光潛《詩論》:「其次是『和聲』,一詩數章,每章收尾都用同一語句,上文『吁嗟麟兮』便是好例。」頁 14,漢京文化事業公司,1982 年。

[14]　見《禮記正義》卷三九〈樂記〉,頁 702,藍燈書局:十三經注疏。

[15]　同註 13,頁 45。

全詩二章之章末皆云「于嗟乎不承權輿！」；〈大雅・文王有聲〉全詩八章之章末，分別兩兩重言「文王烝哉」、「王后烝哉」、「皇王烝哉」、「武王烝哉」，此亦皆爲章末的感歎句。蓋詩人欲藉著重複疊詠，以強調內心感歎之意。

此外，在「間隔重複」中，亦有部分的章末重複疊詠句爲章末感歎句，如〈鄭風・將仲子〉全詩三章之章末「亦可畏也！」；〈鄭風・褰裳〉全詩二章之章末「狂童之狂也且！」；〈魯頌・有駜〉全詩三章之章末「于胥樂兮！」等，皆屬此類。

（三）連續重複

即某數章中有連續二句，或二句以上的重複疊詠句。

1、章首連續

即于章之首連續數句重複疊詠，《詩經》中運用此種疊詠法的有十篇[16]，如〈豳風・東山〉：

> 我徂東山，慆慆不歸。我來自東，零雨其濛。我東曰歸，
> 我心西悲，制彼裳衣，勿士行枚，蜎蜎者蠋，烝在桑野，
> 敦彼獨宿，亦在車下。（一章）
> 我徂東山，慆慆不歸。我來自東，零雨其濛。果臝之實，
> 亦施于宇。伊威在室，蠨蛸在戶，町畽鹿場，熠燿宵行，
> 亦可畏也！伊可懷也！（二章）

---

[16]　運用「章首」連續重複的，計有以下 10 篇：
　　〈周南〉：〈葛覃〉，〈邶風〉：〈式微〉，〈豳風〉：〈七月〉、〈東山〉
　　〈小雅〉：〈采芑〉、〈瞻彼洛矣〉
　　〈大雅〉：〈泂酌〉、〈卷阿〉、〈蕩〉，〈魯頌〉：〈駉〉

我徂東山，慆慆不歸。我來自東，零雨其濛。鸛鳴于垤，
婦歎于室，洒埽穹窒，我征聿至，有敦瓜苦，烝在栗薪，
自我不見，于今三年。（三章）

我徂東山，慆慆不歸。我來自東，零雨其濛。倉庚于飛，
熠燿其羽。之子于歸，皇駁其馬。親結其縭，九十其儀，
其新孔嘉，其舊如之何？（四章）

全詩四章，每章均重複開頭的四句「我徂東山，慆慆不歸，我來自東，零雨其濛」，朱自清先生從歌唱的角度而言，認為這樣的重複也「很像是和聲」[17]。然而從內涵深意來看，四句有如銀幕上的一個場景，戰士久役不歸的辛酸，形單影隻的孤獨，都在這濛濛細雨的感傷氣氛中得到了充分的象徵。詩人於四章章首皆疊詠「我徂東山，慆慆不歸，我來自東，零雨其濛」，營造出一個濃厚的抒情氣氛，奠定並加深了悲苦的心理基礎。朱熹《詩集傳》云：「章首四句言其往來之勞，在外之久，故每章重言，見其感念之深。」[18]而各章四句以下的內容，就是從詩人腦海中所閃現的種種片斷，其中有回憶也有想像，內容複雜，章首的四句重複句，能將這複雜的內容統一起來，將各章緊密地聯繫在一起，使得章與章之間遙相呼應；且其自為押韻，渾然為一個整體，是相當高明的藝術手法。

又如〈邶風・式微〉全詩共二章，章首三句皆云「式微！式微！胡不歸？」，直陳詩人滿腹的痛苦和憂傷。朱熹云：「微，猶衰也。再言之者，言衰之甚也」[19]，那麼，二章重複疊詠「式微！式微！」，則衰之更甚也，表現出詩人處於極度衰弱的狀態，給予讀者以情緒

---

[17]　朱自清《中國歌謠》，頁178，世界書局，1958年初版。
[18]　朱熹《詩集傳》卷八，頁94，中華書局，1989年12版。
[19]　同註18，頁22。

上的感染，接下來再重言「胡不歸？」，藉著這樣的問句，不僅引起下文，更加重了傷感的氣氛。章首的連續重複，營造出一個濃厚的抒情氛圍，有助於引起讀者對詩人感傷的共鳴。

又如〈魯頌‧駉〉全詩四章之首三句皆言「駉駉牡馬，在坰之野。薄言駉者」，首二句可說是一個馬場的意象，經由重複疊詠，成了特寫的鏡頭，突顯出這樣的意象，「薄言駉者」則具有承上啟下的作用，引起下文對馬場不同意象的鋪陳。

以上所舉三篇，乃全篇各章之上半章均連續重複疊詠，至如〈周南‧葛覃〉則全詩三章中，僅一、二章章首「葛之覃兮，施于中谷」二句；〈小雅‧采芑〉則全詩四章中，僅一、二章章首「薄言采芑，于彼新田」二句為重複疊詠，並非全篇各章均重複疊詠。

2、章中連續

即于章之中連續數句重複疊詠，《詩經》運用此種疊詠法的有六篇[20]，如〈召南‧草蟲〉：

> 喓喓草蟲，趯趯阜螽。未見君子，憂心忡忡；亦既見止，
> 亦既覯止，我心則降。
> 陟彼南山，言采其蕨。未見君子，憂心惙惙；亦既見止，
> 亦既覯止，我心則說。
> 陟彼南山，言采其薇。未見君子，我心傷悲；亦既見止，
> 亦既覯止，我心則夷。

---

[20] 運用「章中」連續重複的，計有以下 6 篇：
〈召南〉：〈草蟲〉，〈鄭風〉：〈溱洧〉，〈小雅〉：〈四牡〉、〈采芑〉、〈鶴鳴〉
〈大雅〉：〈卷阿〉

全詩三章，每章七句，第五、六句「亦既見止，亦既覯止」三章重複疊詠之。此「既覯」乃「既見」的更進一步，「既見」指彼此尚有一段距離；而「既覯」則是彼此面對面的相聚在一起，糜文開、裴普賢即以爲「連用『亦既見止，亦既覯止』兩句，必有特別的原因」[21]。蓋這首詩特別強調未見君子時的憂心，不僅是要到「既見」，更要到「既覯」了以後才會放心，因而兩句連用，並且三章重複疊詠以爲加強；同時，這兩句在全詩中又具有承上啓下的作用，與上節「未見君子」形成了對比，並襯托出下句由「降」而「說」而「夷」，思婦一節深一節的喜悅之情。

　　又如〈小雅‧采芑〉全詩四章，其一、二、三章的四、五句均重複疊詠「方叔涖止，其車三千」二句；〈小雅‧鶴鳴〉全詩二章之五、六句均重複疊詠「樂彼之園，爰有樹檀」二句。至如〈鄭風‧溱洧〉其所連續重複的句數尤多，全詩二章，第五至十句疊詠「女曰：觀乎？士曰：既且。且往觀乎！洧之外，洵訏且樂。維士與女」，共六句二十三字，若依朱熹《集傳》所云：「將，當作相，聲之誤也」[22]，則其下二句「伊其相謔，贈之以勺藥」亦均爲重複疊詠句，此即爲連續八句的章末重複疊詠。

3、章末連續

　　即于章之末連續重複疊詠，《詩經》中有運用此種疊詠法的有十九篇[23]，如〈周南‧漢廣〉：

---

[21] 糜文開、裴普賢《詩經欣賞與研究》（一），頁 57，三民書局，1987 年改編版。

[22] 同註 18，頁 56。

[23] 運用「章末」連續重複的，計有以下 19 篇：
　　〈周南〉：〈漢廣〉，〈召南〉：〈殷其靁〉
　　〈邶風〉：〈北門〉、〈北風〉，〈鄘風〉：〈柏舟〉、〈桑中〉

南有喬木，不可休息。漢有游女，不可求思。漢之廣矣，
不可泳思；江之永矣，不可方思。（一章）
翹翹錯薪，言刈其楚。之子于歸，言秣其馬。漢之廣矣，
不可泳思；江之永矣，不可方思。（二章）
翹翹錯薪，言刈其蔞。之子于歸，言秣其駒。漢之廣矣，
不可泳思；江之永矣，不可方思。（三章）

全詩三章，其末四句重複疊詠「漢之廣矣，不可泳思！江之永矣，
不可方思！」朱自清先生認為此與〈豳風‧東山〉首四語相同，很
像是和聲，其云：「和聲或在歌後，或在歌前，是沒有一定的」[24]。
事實上，這不僅僅是「和聲」而已，亦是高明的寫作技巧，此三章
末四句重複疊詠，將漢水茫茫浩渺之景及詩人心中的痴迷、失望之
情，在長歌浩歎的疊詠中，十分濃烈地表現出來。蓋「情動于中而
形於言，言之不足故嗟歎之，嗟歎之不足故永歌之」[25]，情不能已，
故詞亦不得不爾。姚際恆稱其為「一唱三歎」[26]，方玉潤更讚歎說：
「〈漢廣〉三章疊詠，一字不易，所謂『一唱三歎有遺音』者矣」[27]。
此種方式亦可使各章緊密地聯繫成一個整體，將各章的抒情內涵都
歸結在這四句上，使詩篇意味雋永、餘音繚繞，有千迴萬轉之致。

〈衛風〉：〈淇奧〉、〈芄蘭〉、〈木瓜〉
〈王風〉：〈黍離〉、〈揚之水〉，〈鄭風〉：〈緇衣〉
〈魏風〉：〈園有桃〉，〈唐風〉：〈椒聊〉、〈杕杜〉、〈有杕之杜〉、〈采苓〉
〈秦風〉：〈黃鳥〉、〈晨風〉

[24] 同註17。
[25] 《毛詩正義‧毛詩序》，頁13，藍燈文化事業公司：十三經注疏。
[26] 姚際恒《詩經通論》卷一，〈漢廣〉篇云：「三章一字不換，此方謂之『一
唱三歎』」，頁27，河洛圖書出版社，1978年。
[27] 方玉潤《詩經原始》卷一，頁87，北京：中華書局，1986年。

　　章末連續重複的詩句，亦大多含有感歎、感傷之意，如〈邶風·北門〉全詩三章末三句重複「已焉哉！天實為之，謂之何哉！」詩人一再發出同樣的感歎，再配合三章前半節的描述，可以體會出詩人的感情洶湧澎湃，層層遞進，越來越強烈而不可抑制。在用韻上與前半不同，然意義上則是上下相貫的。

　　又如，〈王風·黍離〉全詩三章之後半重複「知我者，謂我心憂；不知我者，謂我何求。悠悠蒼天，此何人哉！」這是詩人的血淚所凝結而成的，無限的悲憤、憂傷、委曲及無人體諒等一連串的痛苦與感傷，都包括在這二十三字當中。經由「再三反覆而詠嘆之，其沈痛之情，似有無盡無已者」[28]，深深地留在讀者的心坎裡。

　　至如〈秦風·黃鳥〉全詩三章之後半重複疊詠「臨其穴，惴惴其慄。彼蒼者天，殲我良人。如可贖兮，人百其身。」六句，牛運震曰：「臨穴惴惴，寫出慘狀。三良不必有此狀，詩人哀之，不得不如此形容爾。」[29]詩人反複三次的吟詠，其哀憤的情感曲曲傳出，如排山倒海之勢不可遏阻；因而雖多達六句重複句，卻不會顯得拖沓，反而加強了讀者的共鳴，令人感到惴惴惻惻，恨怒不已；同時，章末的「人百其身」又與前半中「百夫之特」、「百夫之防」「百夫之禦」句映照迴繞，極為高妙。若是當初的樂曲還存在著，配合那種哀痛欲絕的歌聲，更能催人淚下。

　　以上所舉，皆為後半章採用連續重複的疊詠手法，他如〈邶風·北風〉全詩三章之末二句重言「其虛其邪？既亟只且。」〈王風·揚之水〉全詩三章之末二句重言「懷哉懷哉！曷月予還歸哉？」〈秦

28　余師培林《詩經正詁》（上），頁193，三民書局，1993年。
29　見於裴普賢編著《詩經評註讀本》（上），頁464，三民書局，1990年。

風‧晨風〉全詩三章之末二句重言「如何如何！忘我實多！」等，均僅連續重複疊詠末二句。然而，于章末重複，不論其重複句數是一句、二句；或半章以上，它都能使得章與章的後面遙相呼應。若再從樂歌的角度來看，這些章末的重複句，如「章之餘」、「合唱之和聲」，充分收到了餘音繚繞、一唱三歎的抒情效果。

4、交錯重複

　　重複疊詠中尚有一種交錯重複法，其所重複的句子並非是在相對應的位子上；而是上下交錯，顛倒語次疊詠。《詩經》中運用此種疊詠法的有六篇[30]。如〈召南‧羔羊〉：

> 羔羊之皮，素絲五紽。退食自公，委蛇委蛇。（一章）
> 羔羊之革，素絲五緎。委蛇委蛇，自公退食。（二章）
> 羔羊之縫，素絲五總。委蛇委蛇，退食自公。（三章）

第一章末二句「退食自公，委蛇委蛇」，第二、三章末二句易爲「委蛇委蛇，自公退食」；「委蛇委蛇，退食自公」。其不僅上下句之間交錯重複（如一、三章）；同一句中的上下詞彙亦以交錯倒置的方式重複疊詠（如二、三章），字詞並未變換，只是上下顛倒了位置，殷光熹先生認爲這種重複的方式，從整體上看沒有太大的變化，只是移換了字詞位置，然「一經反覆諷詠，其味似乎逐漸加濃，詩中的人物形象似乎歷歷在目，嘲諷的氣氛也因之形成」[31]。這種顛倒重複的方式，不僅吸引了讀者的注意力，亦加深了讀者的印象。

30　運用「交錯重複」的，計有以下六篇：
　　〈召南〉：〈羔羊〉、〈何彼襛矣〉，〈鄘風〉：〈鶉之奔奔〉，〈衛風〉：〈竹竿〉，
　　〈鄭風〉：〈丰〉，〈唐風〉：〈葛生〉
31　周嘯天主編《詩經鑑賞集成》上冊，頁62，五南圖書公司，1994年。

又如〈唐風・葛生〉全詩五章，第四章首二句「夏之日，冬之夜」，第五章則顛倒語次爲「冬之夜，夏之日」，由其間可見星移斗轉，時光流失，使人更能體會那孤零零的歲月，是何等的漫長而難捱。（可說將交錯重複法運用得極爲巧妙而自然。）

以上大致將重複疊詠的類型分爲三大類，每一大類之下又分了若干小類，而每一小類之下，又有許多的變化。值得注意的是，這許多的類型是相當靈活地運用著，一篇詩中，或僅用某一類型的重複疊詠，如〈周南・麟之趾〉全詩三章，僅章末單句重複；〈豳風・東山〉全詩四章，僅章首連續重複。或某幾類型的重複疊詠混合運用，如〈鄘風・柏舟〉全詩二章，前半章採間隔重複，後半章採連續重複；〈大雅・卷阿〉全詩十章，五、六章有章中單句重複疊詠，二、三、四章有章中連續重複疊詠，七、八章有章首連續重複疊詠。其中，又以〈小雅・采芑〉最特殊，一、二章之首二句「薄言采芑，于彼新田」爲章首連續重複疊詠；一、二、三章之四、五句「方叔涖止，其車三千」爲章中連續重複疊詠；此二組連續重複疊詠又與第七句「方叔率止」爲間隔重複疊詠，而三、四章中的第十句「顯允方叔」，又爲章中單句重複，可謂變化多端。然而，不論是怎樣的類型、怎樣的組合，詩人都是配合著詩歌的內容而加以運用，充分發揮了藝術效用。

二、變換疊詠

除了「重複疊詠」外，《詩經》更巧妙而藝術地運用「變換疊詠」的手法。所謂「變換疊詠」，是指各章在所對應的詩句上，變換了其中某一字、某一詞或某一句；而在所變換的字、詞、句之間，

多具有同義、近義、同類等密切的關係，且句中語意相關、情感相稱。

　　茲將變換疊詠的方式分類說明如下：

（一）換字疊詠

　　即各章在所對應的詩句上，僅變換了其中的一個字，如〈鄭風‧籜兮〉：

> 籜兮籜兮！風其吹女。叔兮伯兮，倡予和女。（一章）
> 籜兮籜兮！風其漂女。叔兮伯兮，倡予要女。（二章）

全詩共二章，第二章僅將第一章之二、四句「吹」、「和」，換爲「漂」、「要」。其中，「吹」、「漂」在此同義，「漂女」猶「吹女」也；「和」、「要」二字則爲同類字，一爲歌唱時爲之應和，一爲歌唱時爲之竟成，此二詩句即運用了「換字疊詠」法。

　　又如〈衛風‧有狐〉：

> 有狐綏綏，在彼淇梁。心之憂矣，之子無裳。（一章）
> 有狐綏綏，在彼淇厲。心之憂矣，之子無帶。（二章）
> 有狐綏綏，在彼淇側。心之憂矣，之子無服。（三章）

全詩共三章，二、三章僅將首章之二、四句「梁」、「裳」，分別變換爲「厲」、「側」；「帶」、「服」。其中「梁」、「厲」、「側」三字爲同類字，分指淇水三個不同的處所；「裳」、「帶」、「服」三字亦爲同類字，依次指人自下而上，不同部位的衣著。此即運用了「換字疊詠」法。

至其所變換的字，大多是韻腳字，即句末字；或句末助字的前一字。如前所舉〈有狐〉篇，三章所變換的字「梁」、「裳」；「厲」、「帶」；「側」、「服」，均為句末韻腳字。又如〈齊風‧東方之日〉：

> 東方之日兮，彼姝者子，在我室兮；在我室兮，履我即兮。
> （一章）
> 東方之月兮，彼姝者子，在我闥兮；在我闥兮，履我發兮。
> （二章）

全詩共二章，二章之一、三、四、五句均換字疊詠，其所變換之字「日」、「月」；「室」、「闥」；「即」、「發」均為句末助詞前的韻腳字。

另有少部分的換字疊詠，在其句中的上下兩個詞彙，分別變換一個字，即一句中有兩個換字疊詠。此種疊詠，依其換字部位的不同，又可分為兩種型式。

一種是在句中助字及句末助字的前一字分別變換之，如〈小雅‧瓠葉〉全詩四章之第二句分別云「采之烹之」、「炮之燔之」、「燔之炙之」、「燔之炮之」，均是於上下兩個「之」字前換字，一句內即包含兩組換字疊詠。

另一種則是在句首助字及句中助字的後一字分別變換疊詠，如〈秦風‧終南〉全詩二章之第二句分別云「有條有梅」、「有紀有堂」，即是於上下兩個「有」字後換字，一句內亦包含兩組換字疊詠。

（二）換詞疊詠

即在所對應的詩句上，變換了其中的一個詞，如〈周南‧螽斯〉：

　　　　螽斯羽，詵詵兮！宜爾子孫，振振兮！（一章）

　　　　螽斯羽，薨薨兮！宜爾子孫，繩繩兮！（二章）

　　　　螽斯羽，揖揖兮！宜爾子孫，蟄蟄兮！（三章）

全詩共三章，二、三章將第一章之二、四句「詵詵」、「振振」，分別變換爲「薨薨」、「揖揖」；「繩繩」、「蟄蟄」。其中「詵詵」、「薨薨」、「揖揖」爲同義詞，形容羽聲之眾多；「振振」、「繩繩」、「蟄蟄」亦爲同義詞，形容眾盛貌，此即運用了「換詞疊詠」法。

　　又如〈陳風・東門之楊〉：

　　　　東門之楊，其葉牂牂。昏以爲期，明星煌煌。（一章）

　　　　東門之楊，其葉肺肺。昏以爲期，明星晢晢。（二章）

全詩共二章，第二章將第一章二、四句「牂牂」、「煌煌」，易爲「肺肺」、「晢晢」，即爲「換詞疊詠」。在語義上，「肺肺」猶「牂牂」，皆爲茂盛貌；「晢晢」猶「煌煌」皆謂大明也。此二句詩均運用了「換詞疊詠」法。

　　　大部分的換詞疊詠，其所變換的詞，亦多爲押韻之詞，即句末詞；或句末助字的前一詞。如前所舉〈山有扶蘇〉，一、二章的一、二、四句爲換詞疊詠，第三句爲換字疊詠，「蘇」、「華」、「都」、「且」相押韻；「松」、「龍」、「充」、「童」相押韻。又如〈檜風・素冠〉全詩三章，二、三章末二句分別云「我心傷悲兮，聊與子同歸兮」；「我心蘊結兮，聊與子如一兮」，運用了換詞疊詠法，其所變換的詞「傷悲」、「同歸」；「蘊結」、「如一」，均爲句末助字「兮」字前之押韻詞。

　　　另有少部分的換詞疊詠，並非於句末變換之，而是於句首即加以換詞疊詠，如〈齊風・南山〉全詩四章，其三章首句云「蓺麻如

之何」，四章首句則易爲「析薪如之何」，相異之詞「蓺麻」、「析薪」
爲句首詞，此即爲句首換詞疊詠。

此外，亦有少數疊詠句是將換字與換詞合併運用的，即以某一
字爲中心，此字不變，而變換其上下的字、詞。如〈大雅・棫樸〉
全詩五章，三章首句云「淠彼涇舟」，四章相應句則易爲「倬彼雲
漢」，句中「彼」爲重複字，其上由「淠」字換爲「倬」字；其下
由「涇舟」換爲「雲漢」。此即以助字「彼」爲中心，其上換字疊
詠，其下換詞疊詠。

又如〈邶風・雄雉〉全詩四章，首章二句云「泄泄其羽」，二
章相應句則易爲「下上其音」，句中「其」字爲重複字，其上由「泄
泄」易爲「下上」；其下則由「羽」字易爲「音」字。

（三）換句疊詠

即各章在所對應的詩句上，整句詩都予以變換，然在句意相
連、音樂不變的基礎上，仍爲重章之體。如〈鄭風・有女同車〉：

> 有女同車，顏如舜華。將翱將翔，佩玉瓊琚。彼美孟姜，
> 洵美且都。（一章）
> 有女同行，顏如舜英。將翱將翔，佩玉將將。彼美孟姜，
> 德音不忘。（二章）

全詩共二章，其末句「洵美且都」、「德音不忘」乃爲不同角度的讚
美句，此即運用了「換句疊詠」法；而「都」、「忘」亦爲韻腳字。

又如〈陳風・澤陂〉：

> 彼澤之陂，有蒲與荷。有美一人，傷如之何！寤寐無爲，
> 涕泗滂沱。（一章）

彼澤之陂，有蒲與蕑。有美一人，碩大且卷！寤寐無為，
中心悁悁。（二章）

彼澤之陂，有蒲菡萏。有美一人，碩大且儼！寤寐無為，
輾轉伏枕。（三章）

全詩共三章，其末句皆寫憂傷之情，由「涕泗滂沱」變換為「中心悁悁」、「輾轉伏枕」，即運用了「換句疊詠」法；而「沱」、「悁」、「枕」亦為韻腳字。

在「換句疊詠」中，尚有稍變其意義者，然因整章之章意、字數、音樂不變，仍屬於重章之體。如〈檜風‧羔裘〉：

羔裘逍遙，狐裘以朝。豈不爾思，勞心忉忉。（一章）

羔裘翱翔，狐裘在堂。豈不爾思，勞心憂傷。（二章）

羔裘如膏，日出有曜。豈不爾思，中心是悼。（三章）

全詩三章，第三章之第二句「日出有曜」，抽離前二章相應句「狐裘以朝」、「狐裘在堂」之句義，直承前句「羔裘如膏」而來，寫羔裘在陽光照曜下閃閃發光之狀，全章之章意、字數與前二章並無更異，故仍屬重章之體。

又如〈召南‧草蟲〉全詩三章，首章之「喓喓草蟲，趯趯阜螽」，與二、三章相應之句「陟彼南山，言采其蕨」；「陟彼南山，言采其薇」含義不同，因其僅為首章之「起興句」，章意與後二章並無二致，音樂亦應相同，仍為完全重章之體。

《詩經》在複疊的形式裡，偶爾會夾雜少數幾句改動意義的詩句，雖不為疊詠句，然在章意、音樂不變的情形下，仍不減重章之本色，且給予讀者以一種似同而非同的新鮮感。

（四）交錯字詞

變換疊詠法尚有一種特殊的方式，即「交錯字詞」以變換疊詠。

其一，所變換的字詞與前章相應句的字詞相互顛倒，如〈齊風・東方未明〉：

> 東方未明，顛倒衣裳。顛之倒之，自公召之。（一章）
> 東方未晞，顛倒裳衣。倒之顛之，自公令之。（二章）
> 折柳樊圃，狂夫瞿瞿。不能辰夜，不夙則莫。（三章）

全詩三章，一、二章複疊，其二、三句均運用此種疊詠法。首章「顛倒『衣裳』」後章易為「顛倒『裳衣』」，此乃將上下「字」加以顛倒之換詞疊詠法；首章之「顛之倒之」後章易為「倒之顛之」，此乃將上下「詞」加以顛倒之換句疊詠法。詩人經由這種字面上交錯顛倒的連章疊詠，更加活現出主人公在倉皇起身後胡亂穿衣，以致衣裳顛倒、上下不分的窘態，字詞的顛倒適足以展現詩歌的內涵。

其二，是將上下句中的字詞交錯以疊詠。如〈小雅・鶴鳴〉全詩二章，首章之「魚『潛在淵』，或『在于渚』」二句，二章即交錯變換為「魚『在于渚』，或『潛在淵』」，顯示魚兒的不定所，時而浮游在淺水灘上；時而潛游到水潭中，這即是所謂「形式表現內容，內容決定形式」的最佳例證。

以上換字、換詞、換句與交錯字詞之變換疊詠法，不僅單一運用於詩篇中，亦往往是靈活地混合運用著，如前所舉〈陳風・澤陂〉，即同時運用換字、換詞與換句三種變化疊詠法。又如〈齊風・東方未明〉，其一、二章即同時運用交錯與換字二種變化疊詠法。

《詩經》的「重章」，即是運用了「重複疊詠」與「變換疊詠」兩大方式，依內容、情感的需要，巧妙而靈活地參差運用；同時，

偶爾又夾雜了幾句改變意義的詩句。因此，雖有重複，卻不嫌其單調，而在換字、換詞、換句與交錯疊詠中，鍊字各盡其妙，表現出更深的意涵與更高的藝術境界。至其所變換的字、詞、句之間，往往血脈相連、息息相關，在變化中又具有內在的一致性。《詩經》「重章」，就是在這種「同中求異」、「異中求同」的變化中，恰到好處地表達了全詩的內容、情感，烘托出全詩的精神與意境，也展現了它獨特的章法藝術。

第二節　重章的形式

《詩經》之重章，或僅變換疊詠；或變換疊詠與重複疊詠交錯運用，構成了多種多樣的複疊形式，茲整理分析如下：

一、完全重章

所謂完全重章，顧名思義是在包含二章或二章以上的詩作中，全詩各章均為複疊的形式。有的是通篇同一詩章複疊；有的則是一篇之中有兩種重章。

（一）通篇同一詩章複疊

即通篇一意到底，各章共敘一事，同一詩章、詩意複疊。

1、二章複疊

　　全詩共二章，二章均爲複疊的形式。此類詩計有三十六篇[32]，如〈魏風・十畝之間〉：

> 十畝之間兮，桑者閑閑兮，行與子還兮。（一章）
> 十畝之外兮，桑者泄泄兮，行與子逝兮。（二章）

全詩二章，章三句，三句均變換疊詠。
　　又如〈唐風・椒聊〉：

> 椒聊之實，蕃衍盈升。彼其之子，碩大無朋。椒聊且！遠
> 條且！（一章）
> 椒聊之實，蕃衍盈匊。彼其之子，碩大且篤。椒聊且！遠
> 條且！（二章）

全詩二章，章六句，一、三、五、六句重複疊詠；二、四句變換疊詠。

---

[32] 通篇同一詩章複疊中「二章複疊」者計有以下 36 篇：
　〈召南〉：〈小星〉、〈騶虞〉，〈邶風〉：〈式微〉、〈二子乘舟〉
　〈鄘風〉：〈柏舟〉、〈鶉之奔奔〉
　〈衛風〉：〈芃蘭〉、〈河廣〉，〈王風〉：〈君子于役〉、〈君子陽陽〉
　〈鄭風〉：〈遵大路〉、〈有女同車〉、〈山有扶蘇〉、〈蘀兮〉、〈狡童〉、〈褰
　　　　　裳〉、〈揚之水〉、〈出其東門〉、〈野有蔓草〉、〈溱洧〉
　〈齊風〉：〈東方之日〉，〈魏風〉：〈園有桃〉、〈十畝之間〉
　〈唐風〉：〈椒聊〉、〈杕杜〉、〈羔裘〉、〈無衣〉、〈有杕之杜〉
　〈秦風〉：〈終南〉、〈渭陽〉、〈權輿〉
　〈陳風〉：〈東門之楊〉、〈墓門〉、〈防有鵲巢〉，〈豳風〉：〈狼跋〉
　〈小雅〉：〈鶴鳴〉

2、三章複疊

全詩共三章，三章均爲複疊形式，此類詩計有七十五篇[33]，如〈齊風‧著〉：

　　　　俟我於著乎而，充耳以素乎而，尚之以瓊華乎而。（一章）
　　　　俟我於庭乎而，充耳以青乎而，尚之以瓊瑩乎而。（二章）
　　　　俟我於堂乎而，充耳以黃乎而，尚之以瓊英乎而。（三章）

全詩三章，章三句，三句均爲變換疊詠。

又如〈衛風‧有狐〉：

33　通篇同一詩章複疊中「三章複疊」者計有以下 75 篇：
　　〈周南〉：〈樛木〉、〈螽斯〉、〈桃夭〉、〈兔罝〉、〈芣苢〉、〈麟之趾〉
　　〈召南〉：〈鵲巢〉、〈草蟲〉、〈采蘋〉、〈甘棠〉、〈羔羊〉、〈殷其靁〉、〈摽有
　　　　　　梅〉、〈江有汜〉
　　〈邶風〉：〈北風〉、〈新臺〉，〈鄘風〉：〈牆有茨〉、〈桑中〉、〈相鼠〉、〈干旄〉
　　〈衛風〉：〈淇奧〉、〈考槃〉、〈有狐〉、〈木瓜〉
　　〈王風〉：〈黍離〉、〈揚之水〉、〈中古有蓷〉、〈兔爰〉、〈葛藟〉、〈采葛〉、
　　　　　　〈丘中有麻〉
　　〈鄭風〉：〈緇衣〉、〈將仲子〉、〈叔于田〉、〈大叔于田〉、〈清人〉、〈羔裘〉、
　　　　　　〈風雨〉
　　〈齊風〉：〈還〉、〈著〉、〈盧令〉、〈敝笱〉，〈魏風〉：〈汾沮洳〉、〈陟岵〉、
　　　　　　〈伐檀〉、〈碩鼠〉
　　〈唐風〉：〈蟋蟀〉、〈山有樞〉、〈綢繆〉、〈鴇羽〉、〈采苓〉
　　〈秦風〉：〈蒹葭〉、〈黃鳥〉、〈晨風〉、〈無衣〉
　　〈陳風〉：〈東門之池〉、〈月出〉、〈澤陂〉，〈檜風〉：〈羔裘〉、〈素冠〉、〈隰
　　　　　　有萇楚〉
　　〈曹風〉：〈蜉蝣〉，〈豳風〉：〈破斧〉
　　〈小雅〉：〈彤弓〉、〈鴻鴈〉、〈庭燎〉、〈黃鳥〉、〈我行其野〉、〈無將大車〉、
　　　　　　〈瞻彼洛矣〉、〈青蠅〉、〈魚藻〉、〈緜蠻〉
　　〈大雅〉：〈泂酌〉
　　〈魯頌〉：〈有駜〉

　　有狐綏綏，在彼淇梁。心之憂矣，之子無裳。（一章）

　　有狐綏綏，在彼淇厲。心之憂矣，之子無帶。（二章）

　　有狐綏綏，在彼淇側。心之憂矣，之子無服。（三章）

全詩三章，章四句，一、三句重複疊詠；二、四句變換疊詠。

3、四章複疊

　　全詩共四章，四章均爲複疊形式，此類詩計有六篇[34]，如〈小雅・南有嘉魚〉：

　　南有嘉魚，烝然罩罩。君子有酒，嘉賓式燕以樂。（一章）

　　南有嘉魚，烝然汕汕。君子有酒，嘉賓式燕以衎。（二章）

　　南有樛木，甘瓠纍之。君子有酒，嘉賓式燕綏之。（三章）

　　翩翩者鵻，烝然來思。君子有酒，嘉賓式燕又思。（四章）

全詩四章，章四句，一、二、四句變換疊詠；第三句重複疊詠。

　　又如〈曹風・鳲鳩〉：

　　鳲鳩在桑，其子七兮。淑人君子，其儀一兮。其儀一兮，
　　心如結兮。（一章）

　　鳲鳩在桑，其子在梅。淑人君子，其帶伊絲。其帶伊絲，
　　其弁伊騏。（二章）

　　鳲鳩在桑，其子在棘。淑人君子，其儀不忒。其儀不忒，
　　正是四國。（三章）

---

[34] 通篇同一詩章複疊中「四章複疊」者計有以下 6 篇：
　　〈邶風〉：〈日月〉，〈曹風〉：〈鳲鳩〉，〈小雅〉：〈南有嘉魚〉、〈菁菁者莪〉、
　　〈瓠葉〉，〈魯頌〉：〈駉〉

　　　　鳲鳩在桑，其子在榛。淑人君子，正是國人。正是國人，
　　　　胡不萬年！（四章）

全詩四章，章六句，一、三句重複疊詠；二、四、五、六句變換疊詠。

　　4、五章複疊

　　全詩五章，五章均爲複疊形式，此類詩計有三篇[35]，如〈小雅・
南山有臺〉：

　　　　南山有臺，北山有萊。樂只君子，邦家之基。樂只君子，
　　　　萬壽無期。（一章）
　　　　南山有桑，北山有楊。樂只君子，邦家之光。樂只君子，
　　　　萬壽無疆。（二章）
　　　　南山有杞，北山有李。樂只君子，民之父母。樂只君子，
　　　　德音不已。（三章）
　　　　南山有栲，北山有杻。樂只君子，遐不眉壽。樂只君子，
　　　　德音是茂。（四章）
　　　　南山有枸，北山有楰。樂只君子，遐不黃耇。樂只君子，
　　　　保艾爾後。（五章）

全詩五章，章六句，一、二、四、六句變換疊詠；三、五句重複疊詠。
　　又如〈大雅・鳧鷖〉：

　　　　鳧鷖在涇，公尸來燕來寧。爾酒既清，爾殽既馨。公尸燕
　　　　飲，福祿來成。（一章）

---

[35]　通篇同一詩章複疊中「五章複疊」者計有以下 3 篇：
　　　〈小雅〉：〈南山有臺〉，〈大雅〉：〈鳧鷖〉、〈民勞〉

鳧鷖在沙，公尸來燕來宜。爾酒既多，爾殽既嘉。公尸燕飲，福祿來為。（二章）

鳧鷖在渚，公尸來燕來處。爾酒既湑，爾殽伊脯。公尸燕飲，福祿來下。（三章）

鳧鷖在潨，公尸來燕來宗。既燕于宗，福祿攸降。公尸燕飲，福祿來崇。（四章）

鳧鷖在亹，公尸來止熏熏。旨酒欣欣，燔炙芬芬。公尸燕飲，無有後艱。（五章）

全詩五章，章六句，一、二、三、四、六句變換疊詠；第五句重複疊詠；而第四章之三、四句為換句疊詠，與前後章之句意較不同，然在章意、句數不變的情形下，仍歸於完全重章。

（二）一篇之中有兩種重章

這種形式可說是第（一）類的變化型，詩中明顯的分為前、後兩個部分，前、後各自以不同的詩意複沓。

1、四章兩兩複疊

全詩共四章，分為兩部分，一章與二章；三章與四章兩兩各自複疊。此類詩計有八篇[36]，如〈鄭風‧丰〉：

子之丰兮，俟我乎巷兮；悔予不送兮！（一章）

子之昌兮，俟我乎堂兮；悔予不將兮！（二章）

---

[36] 兩種詩章各自複疊中「四章兩兩複疊」者計有以下 8 篇：
〈邶風〉：〈綠衣〉、〈凱風〉，〈鄭風〉：〈丰〉，〈齊風〉：〈南山〉、〈載驅〉
〈小雅〉：〈湛露〉、〈鴛鴦〉、〈何草不黃〉

衣錦褧衣，裳錦褧裳。叔兮伯兮，駕予與行。（三章）

裳錦褧裳，衣錦褧衣，叔兮伯兮，駕予與歸。（四章）

全詩四章，前兩章與後兩章各自複沓，前一重章著意於表達一個「悔」字，描寫女子懊悔拒絕了一個美好健壯的殷勤男子；後一重章則是描述女子的想像，盼望與情人相會、與情人同歸，這在詩意上為一個轉換，表現了主人公心理活動的跳躍變化，因而用了兩個不同的重章來表達。且後一重章由三句加長為四句，這使得在視覺上，也產生了一種跳躍變化，恰能與心理上的變化相互呼應。因而這種一篇中有兩種重章的體式，是為了內容表達的需要。

又如〈小雅・鴛鴦〉：

鴛鴦于飛，畢之羅之。君子萬年，福祿宜之。（一章）

鴛鴦在梁，戢其左翼。君子萬年，宜其遐福。（二章）

乘馬在廄，摧之秣之。君子萬年，福祿艾之。（三章）

乘馬在廄，秣之摧之。君子萬年，福祿綏之。（四章）

全詩四章，章四句，前二章與後二章各自複疊。

2、五章三二複疊

全詩共五章，分為兩部分，前三章與後二章各自複疊，此類詩僅〈唐風・葛生〉一篇：

葛生蒙楚，蘞蔓于野。予美亡此，誰與獨處！（一章）

葛生蒙棘，蘞蔓于域。予美亡此，誰與獨息！（二章）

角枕粲兮！錦衾爛兮。予美亡此，誰與獨旦！（三章）

夏之日，冬之夜。百歲之後，歸于其居。（四章）

冬之夜，夏之日。百歲之後，歸于其室。（五章）

全詩五章，章四句，一、二、三章複疊；四、五章複疊。

3、六章三三複疊

全詩共六章，分爲兩部分，前三章與後三章各自複疊，此類詩僅〈小雅·魚麗〉一篇：

> 魚麗于罶，鱨鯊。君子有酒，旨且多。（一章）
> 魚麗于罶，魴鱧。君子有酒，多且旨。（二章）
> 魚麗于罶，鰋鯉。君子有酒，旨且有。（三章）
> 物其多矣，維其嘉矣。（四章）
> 物其旨矣，維其偕矣。（五章）
> 物其有矣，維其時矣。（六章）

全詩六章，前三章複疊，每章四句；後三章複疊，每章二句。

二、不完全重章

所謂不完全重章，即並非全篇各章均複疊，或數章複疊、數章獨立；或各章部分複疊、部分不複疊；或二者混合之。可分爲以下六種類型：

（一）數章複疊，它章部分複疊

基本上，此類詩定爲三章或三章以上，其中有數章複疊，他章則僅有部分詩句與之複疊，計有二十一篇[37]，如〈唐風·揚之水〉：

---

[37] 　數章複疊，他章部分複疊者計有以下 21 篇：
　　〈周南〉：〈關雎〉、〈卷耳〉、〈漢廣〉，〈邶風〉：〈終風〉、〈北門〉
　　〈唐風〉：〈揚之水〉，〈陳風〉：〈宛丘〉

　　　　揚之水，白石鑿鑿。素衣朱襮，從子于沃。既見君子，云
　　　　何不樂。（一章）
　　　　揚之水，白石皓皓。素衣朱繡，從子于鵠。既見君子，云
　　　　何其憂。（二章）
　　　　揚之水，白石粼粼。我聞有命，不敢以告人。（三章）

全詩三章，一、二章複疊；三章則僅一、二句與之複疊。

　　此外，亦有數章複疊、數章獨立與部分複疊混合運用者，如〈周
南‧關雎〉：

　　　　關關雎鳩，在河之洲。窈窕淑女，君子好逑。（一章）
　　　　參差荇菜，左右流之。窈窕淑女，寤寐求之。（二章）
　　　　求之不得，寤寐思服。悠哉悠哉，輾轉反側。（三章）
　　　　參差荇菜，左右采之。窈窕淑女，琴瑟友之。（四章）
　　　　參差荇菜，左右芼之。窈窕淑女，鍾鼓樂之。（五章）

全詩五章，二、四、五章「跳格複疊」[38]，為三百篇所僅見；首章
亦有「窈窕淑女，君子好逑」二句與之複疊；而三章則為獨立之章。

（二）前數章複疊，後數章獨立

　　基本上，此類詩亦為三章或三章以上，前數章為複疊的形式，
後數章則為獨立之章，計有二十一篇[39]，如〈王風‧大車〉：

　　〈曹風〉：〈候人〉
　　〈小雅〉：〈杕杜〉、〈采芑〉、〈祈父〉、〈白駒〉、〈谷風〉、〈小明〉、〈鼓鍾〉、
　　　　　　〈頍弁〉、〈都人士〉、〈漸漸之石〉，〈大雅〉：〈既醉〉、〈卷阿〉，
　　　　　　〈魯頌〉：〈泮水〉
38　「跳格疊詠」一詞乃引用周嘯天〈周南‧關雎〉賞析篇所云，見周嘯天主
　　編《詩經鑑賞集成》上冊，頁62，五南圖書公司，1994年。

　　　　大車檻檻，毳衣如菼。豈不爾思？畏子不敢。（一章）
　　　　大車啍啍，毳衣如璊。豈不爾思？畏子不奔。（二章）
　　　　穀則異室，死則同穴。謂予不信，有如皦日。（三章）

全詩三章，一、二章複疊，第三章則爲獨立之章。

　　又如〈召南・野有死麕〉，其疊詠的形式最爲特殊，爲《三百篇》僅有的：

　　　　野有死麕，白茅包之。有女懷春，吉士誘之。（一章）
　　　　林有樸樕，野有死鹿，白茅純束。有女如玉。（二章）
　　　　舒而脫脫兮，無感我帨兮，無使尨也吠。（三章）

全詩三章，前二章複疊，後一章獨立；然疊詠之句卻不在相對應的位子上，而是以斜向的形式複疊。即第二章之二、三、四句與第一章之一、二、三句疊詠。此與他詩皆以相應句疊詠者不同。

　　此外，尚有四章中，前三章複疊，後一章獨立者，如〈曹風・下泉〉；亦有四章中，前二章複疊，後二章獨立者，如〈小雅・桑扈〉；更有重章中，一分爲二者，如〈小雅・四牡〉全詩五章，一、二章與三、四章各自複疊，末章則獨立。

---

[39] 前數章複疊，後數章獨立者計有以下 21 篇：
　　〈周南〉：〈汝墳〉，〈召南〉：〈采蘩〉、〈野有死麕〉
　　〈邶風〉：〈燕燕〉、〈雄雉〉，〈鄘風〉：〈蝃蝀〉
　　〈王風〉：〈大車〉，〈鄭風〉：〈子衿〉
　　〈齊風〉：〈雞鳴〉、〈東方未明〉、〈甫田〉，〈檜風〉：〈匪風〉
　　〈曹風〉：〈下泉〉
　　〈小雅〉：〈四牡〉、〈沔水〉、〈巷伯〉、〈裳裳者華〉、〈桑扈〉、〈菀柳〉、〈隰桑〉、〈苕之華〉

（三）前數章獨立，後數章複疊

此類詩亦爲三章或三章以上，前數章爲獨立之章，後數章則爲複疊的形式，計有五篇[40]，如〈秦風·車鄰〉：

> 有車鄰鄰，有馬白顛。未見君子，寺人之令。（一章）
> 阪有漆，隰有栗。既見君子，並坐鼓瑟。今者不樂，逝者其耋。（二章）
> 阪有桑，隰有楊。既見君子，並坐鼓簧。今者不樂，逝者其亡。（三章）

全詩三章，首章獨立；後二章複疊。

又如〈陳風·衡門〉：

> 衡門之下，可以棲遲。泌之洋洋，可以樂飢。（一章）
> 豈其食魚，必河之魴？豈其取妻，必齊之姜？（二章）
> 豈其食魚，必河之鯉？豈其取妻，必宋之子？（三章）

全詩三章，首章獨立，後二章疊詠。

此外，有四章中，前二章獨立，後二章疊詠者，如〈衛風·伯兮〉；亦有五章中，首章獨立，後四章複疊者，如〈小雅·皇皇者華〉。

（四）中間兩章複疊，前後數章獨立

此類詩必爲四章或四章以上，篇中某二章複疊，前後數章則獨立，計有以下四篇，如〈豳風·九罭〉：

---

[40] 前數章獨立，後數章複疊者計有以下 5 篇：
〈召南〉：〈行露〉，〈衛風〉：〈伯兮〉，〈秦風〉：〈車鄰〉，〈陳風〉：〈衡門〉
〈小雅〉：〈皇皇者華〉

九罭之魚，鱒魴。我覯之子，袞衣繡裳。（一章）

鴻飛遵渚，公歸無所，於女信處。（二章）

鴻飛遵陸，公歸不復，於女信宿。（三章）

是以有袞衣兮，無以我公歸兮，無使我心悲兮。（四章）

全詩四章，二、三章複疊；一、四章獨立。

又如〈小雅·黍苗〉：

芃芃黍苗，陰雨膏之。悠悠南行，召伯勞之。（一章）

我任我輦，我車我牛。我行既集，蓋云歸哉。（二章）

我徒我御，我師我旅。我行既集，蓋云歸處。（三章）

肅肅謝功，召伯營之。烈烈征師，召伯成之。（四章）

原隰既平，泉流既清。召伯有成，王心則寧。（五章）

全詩五章，二、三章複疊，一、四、五章獨立。

他如〈鄘風·載馳〉，全詩五章，二、三章複疊，一、四、五章獨立；〈商頌·長發〉，全詩七章，四、五章疊詠；其他五章則獨立。

（五）前後章各自複疊，中間數章獨立

此類詩必為五章或五章以上，首二章與末二章各自複疊；中一章則獨立，《詩經》中僅〈小雅·蓼莪〉一篇：

蓼蓼者莪，匪莪伊蒿。哀哀父母，生我劬勞！（一章）

蓼蓼者莪，匪莪伊蔚。哀哀父母，生我勞瘁！（二章）

缾之罄矣，維罍之恥。鮮民之生，不如死之久矣！無父何怙？無母何恃？出則銜恤，入則靡至。（三章）

父兮生我，母兮鞠我。拊我畜我，長我育我，顧我復我，出入腹我。欲報之德，昊天罔極！（四章）

南山烈烈，飄風發發。民莫不穀，我獨何害？（五章）
南山律律，飄風弗弗。民莫不穀，我獨不卒？（六章）

全詩共六章，一、二章複疊；五、六章複疊；三、四章則獨立。

（六）上部分複疊

此類詩其全詩各章之上部分疊詠，下部分或完全獨立；或僅
一、二詩句複疊，計有三篇，如〈小雅·蓼蕭〉：

蓼彼蕭斯，零露湑兮。既見君子，我心寫兮。燕笑語兮，
是以有譽處兮。（一章）
蓼彼蕭斯，零露瀼瀼。既見君子，為龍為光。其德不爽，
壽考不忘。（二章）
蓼彼蕭斯，零露泥泥。既見君子，孔燕豈弟。宜兄宜弟，
令德壽豈。（三章）
蓼彼蕭斯，零露濃濃。既見君子，鞗革忡忡。和鸞雝雝，
萬福攸同。（四章）

全詩四章，章六句，各章前三句複疊，後三句則各自獨立。
又如〈小雅·鹿鳴〉：

呦呦鹿鳴，食野之苹。我有嘉賓，鼓瑟吹笙。吹笙鼓簧，
承筐是將。人之好我，示我周行。（一章）
呦呦鹿鳴，食野之蒿。我有嘉賓，德音孔昭。視民不恌，
君子是則是傚。我有旨酒，嘉賓式燕以敖。（二章）
呦呦鹿鳴，食野之芩。我有嘉賓，鼓瑟鼓琴。鼓瑟鼓琴，
和樂且湛，我有旨酒，以燕樂嘉賓之心。（三章）

全詩三章，章八句，各章前四句複疊，後四句僅二、三章「我有旨酒」句重複疊詠，他句均不複疊。

　　另有〈豳風‧東山〉一篇，全詩四章，章十二句，各章前四句重複疊詠，均言「我徂東山，慆慆不歸。我來自東，零雨其濛」，後八句則不疊詠。

三、部分複疊

　　即零散於詩篇中的重複疊詠句及變換疊詠句。

（一）部分重複疊詠

　　此類詩僅於某數章中重複疊詠一、二詩句，計有十三篇[41]，如：
　　〈邶風‧旄丘〉全詩四章，一、三、四章之第三句皆云：「叔兮伯兮」。
　　〈大雅‧旱麓〉全詩六章，一、二、三、五、六章之第三句皆云「豈弟君子」。
　　〈大雅‧蕩〉全詩八章，除首章外，其餘七章之首二句皆云：「文王曰咨，咨女殷商」。而〈大雅‧公劉〉全詩六章之首句皆云：「篤公劉」。

（二）部分變換疊詠

　　此類詩僅於某數章中變換疊詠一、二詩句，計有二十篇[42]，如：

---

[41]　部分重複疊詠者計有以下 13 篇：
　　〈邶風〉：〈旄丘〉，〈衛風〉：〈竹竿〉，〈豳風〉：〈七月〉
　　〈小雅〉：〈雨無正〉、〈小旻〉、〈賓之初筵〉、〈采菽〉
　　〈大雅〉：〈旱麓〉、〈皇矣〉、〈公劉〉、〈蕩〉、〈抑〉、〈烝民〉

　　〈邶風‧靜女〉全詩三章，首章「靜女其姝」，二章則易「姝」為「孌」，其餘均不疊詠。

　　〈鄘風‧君子偕老〉全詩三章，二章「玼兮玼兮，其之翟也」；三章換字疊詠，易為「瑳兮瑳兮，其之展也」，其餘均不疊詠；

　　〈小雅‧伐木〉全詩三章，一章「伐木丁丁，鳥鳴嚶嚶」；二章「伐木許許，釃酒有藇」；三章「伐木于阪，釃酒有衍」，此分別運用換字、換詞、換句三種變換疊詠，其餘均不疊詠。

　　〈大雅‧棫樸〉全詩五章，三章「淠彼涇舟，……周王于邁」；四章「倬彼雲漢，……周王壽考」，此運用換字、換詞疊詠，其餘均不疊詠。

（三）部分重複、部分變換混合

　　此類詩即篇中既有部分詩句重複疊詠；亦有部分詩句變換疊詠，二者混合運用，計有二十一篇[43]，如：

　　〈秦風‧小戎〉全詩三章之第五句皆云「言念君子」，是為重複疊詠；一章第八句「溫其如玉」，二章換為「溫其在邑」，是為換詞疊詠，其餘均不疊詠。

---

[42] 部分變換疊詠者計有以下 20 篇：
　　〈邶風〉：〈泉水〉、〈靜女〉，〈鄘風〉：〈君子偕老〉
　　〈鄭風〉：〈東門之墠〉，〈齊風〉：〈猗嗟〉
　　〈陳風〉：〈東門之枌〉
　　〈小雅〉：〈伐木〉、〈車攻〉、〈吉日〉、〈斯干〉、〈無羊〉、〈正月〉、〈十月
　　　　　　之交〉、〈巧言〉、〈四月〉、〈大田〉、〈采綠〉
　　〈大雅〉：〈棫樸〉、〈板〉、〈江漢〉

[43] 部分重複、部分變換混合者計有以下 21 篇：
　　〈周南〉：〈葛覃〉，〈召南〉：〈何彼襛矣〉，〈邶風〉：〈柏舟〉，〈秦風〉：〈小戎〉
　　〈小雅〉：〈常棣〉、〈天保〉、〈采薇〉、〈出車〉、〈六月〉、〈節南山〉、〈小
　　　　　　弁〉、〈何人斯〉、〈楚茨〉、〈角弓〉、〈白華〉
　　〈大雅〉：〈下武〉、〈文王有聲〉、〈桑柔〉、〈雲漢〉、〈崧高〉、〈瞻卬〉

〈小雅・出車〉全詩六章，首章「我出我車，于彼牧矣」，二章易爲「我出我車，于彼郊矣」，上句重複疊詠，下句則爲換字疊詠，其餘均不疊詠。

〈小雅・天保〉全詩六章，前三章首句皆云「天保定爾」，是爲重複疊詠；而一、二章之第五句，由「俾爾多益」易爲「降爾遐福」，是爲換字、換詞混合疊詠，其餘均不複疊。

〈大雅・桑柔〉十章「維此聖人，……維彼愚人」，十一章換字、換詞疊詠爲「維此良人，……維彼忍心」；而十二、十三章另有「大風有隧」之重複疊詠，其餘均不複疊。

《詩經》重章有多樣的疊詠手法，其形式亦非一成不變的，而是具有多彩多姿的變化。不僅分爲「完全重章」、「不完全重章」及「部分複疊」三大類；且完全重章中又分爲兩小類、七小項；不完全重章中，亦分有六小類；至於僅部分詩句疊詠的，也可分爲三小類。每一大類、每一小類之下，又往往因爲詩歌內容的需要，再配合多種重複疊詠的手法，而有種種的變化。因此，我們可以說《詩經》重章的形式，是既有定式，又有變式。就定式而言，至少有十三種變化；就變式而言，則可有幾十種之多。

第三節　小結──重章章法的藝術效用

《詩經》重章有「重複疊詠」與「變換疊詠」兩大手法，其「重複疊詠」的運用，並非是一種單調的、無意義的重複；通常是爲了突出某個意象或強調某種感情，有意的讓某一語句重複出現，而使詩歌的意境更加充足。如〈周南・芣苢〉全詩三章，章四句，每章

的一、三句均言「采采芣苢」，袁枚即指責其如此重言，毫無意味。
故云：「須知三百篇如采采芣苢，薄言采之之類，均非後人所當效
法。」[44]，其實是未能深刻體會，以致不瞭解其中的妙處。詩人之
所以六言之，是想藉著視覺、聽覺對人的感觀作用，于是「以少總
多，情貌無遺」[45]，讀者自然會感覺到滿山遍野的芣苢，觸目皆是，
多得令人應接不暇。黃永武先生即認為「『反覆』能加強語勢促進
群化」[46]，重複疊詠由於是一再地反覆，且都在各章相同的位子上，
展延成一種橫向的連續，形成了篇章之間的共通性與群體性，密切
了詩篇章與章之間的內在結構。

　　「變換疊詠」是《詩經》表現其內涵與精神上，極為重要的一
種方式，詩人運用此種方式，使得詩歌達到了某種內部的聯繫，其
所變換的字、詞、句之間，具有同義、近義或同類的相關性。因而
疊詠的詩章，有些在意義上並沒有什麼變化，如〈鄭風・褰裳〉首
章之「……褰裳涉溱，……豈無他人」；二章變換為「……褰裳涉
洧，……豈無他士」，其中的「溱」與「洧」為同類字；「士」與「人」
為同義字，在意義上並沒有太大的區別，只是為了重申與押韻才加
以變動。然而，亦有許多疊詠的詩章，除了押韻的需要，在意義上
稍作區別外，亦有些微妙的差異，使得各章產生了某種新的聯繫。
這種聯繫，或似階梯；或似橋樑；或似引線，增強了《詩經》抒情、

---

[44]　袁枚《隨園詩話》，頁 54，宏業書局，1983 年。
[45]　劉勰《文心雕龍・物色》：
　　「是以詩人感物，聯類不窮。流連萬象之際，沉吟視聽之區；寫氣圖貌，
　　既隨物以宛轉；屬采附聲，亦與心而徘徊。故灼灼狀桃花之鮮，依依盡楊
　　柳之貌，杲杲為日出之容，瀌瀌凝雨雪之狀，喈喈逐黃鳥之聲，喓喓學草
　　蟲之韻。皎日嘒星，一言窮理；參差沃若，兩字連形；並以少總多，情貌
　　無遺矣。」《文心雕龍讀本》（下），王師更生注譯，文史哲出版社，1991 年。
[46]　黃永武《詩與美》，頁 114，洪範書局，1984 年初版。

敘述、描寫、修辭與造境等各方面的藝術表現力與感染力。清姚際恒即看出了《詩經》在此方面的特殊表現，故云：「風詩多疊詠體，然其用字自有先後、淺深之不同。」[47]本論文將於後數章中，專門針對「變換疊詠」的藝術表現做全面而完整地分類與探析，於此不贅。

　　同時，「重複疊詠」與「變換疊詠」亦多靈活地交相運用，重複疊詠多為章中小節的前句，變換疊詠多為章中小節的後句。像這樣在一小節的開始，就以相同的字句予以重複，有重申、加強的意味，欲營造一個相同的語境，以襯托出其下變換疊詠中，所表達相似而又相異的意象、思想與情感；且令人對於這些變換的字、詞、句，特別寄予關心與注意，自然也密切了章與章之間的內部聯繫。

　　而二者的巧妙組合，即構成了多樣的複疊形式，有全篇整齊的「完全重章」；有稍作變化的「不完全重章」；亦有僅一、二詩句疊詠的「部分複疊」，多種的形式藝術，正與豐富的內容藝術密切配合，在回環複沓中，自然形成了一種節奏。而節奏可以「使個體得到統一、差別達到協調、散漫趨向集中」[48]；且節奏一旦「被人熟悉之後，又會產生預期的心理，預期得中，也會感到滿足。」[49]每當一次新的複沓，便給人以似曾相識的感覺；同時，「刺激因而深刻，語勢因而加強，增加了聳動耳目的力量」[50]，帶給人莫大的快感。而重章中，多變而又整齊的形式，變化而又相諧的音韻，更帶給人聽覺上與視覺上極大的藝術美感。

---

[47]　姚際恒《詩經通論》卷一，論〈樛木〉篇，頁 22，河洛圖書出版社，1978 年。
[48]　袁行霈《中國詩歌藝術研究》，頁 117，北京大學出版社，1987 年。
[49]　同註 48。
[50]　同註 48。

　　總之，《詩經》重章之「章法」藝術，在詩篇中產生了極大的藝術效用。而其多種的疊詠手法、多樣的重章形式，亦構成了《詩經》章法上的「四美具」，即：整齊的美，錯綜的美，抑揚的美，迴旋的美。[51]「整齊」，即其字數、句數的一致；「錯綜」，即其重複疊詠與變換疊詠之間的交錯組合；「抑揚」，即其換字、換詞、換句疊詠的聲韻改變；「迴旋」，即其聯章的循環複沓。《詩經》的重章將這四美統一起來，交相為用，構成了章法上的藝術美。

---

[51]　此「四美具」，乃李元洛先生引用王勃〈滕王閣序〉中的話，用來形容詩歌語言節奏的聲情兼美以定形式的例證。見於李元洛《詩美學》，頁670，東大圖書出版社，1990年。

第三章 《詩經》重章漸層的藝術

　　藝術是一種美的表現，而「美與一定的大小及其秩序相關」[1]，漸層的藝術即是這一種美的表現。所謂「漸層」，黃永武先生在《詩與美》一書中提到：

> 「漸層」是在等級上變大變小、變強變弱，又或在空間上漸近漸遠、時間上漸長漸麼，更或在詩的命意上旋折旋深，不像單純無異的反覆，而是輕重有序，愈展愈妙的一種變化手段。[2]

《詩經》重章之「漸層」藝術，早在蘇轍《詩集傳》已有提及，其云：

> 凡詩每章，有先後深淺之異。[3]

而較晚的姚際恆則在《詩經通論》一書中，更加強調：

> 風詩多疊詠體，然其用字自有先後、淺深之不同。[4]

---

[1] 黃永武《詩與美》，頁 120，洪範書局，1984 年。
[2] 同註 1。
[3] 蘇轍《詩集傳》卷一，頁 324，臺灣商務印書館：四庫全書第 70 冊。
[4] 姚際恆《詩經通論》卷一，頁 22，河洛圖書出版社，1978 年。

重章疊詠的詩篇，尤其是〈國風〉中，大量運用了「漸層」的表現手法，增加了詩歌美的藝術。依照「漸層」程度的不同，可分爲「翻疊」與「層遞」兩類。

第一節　翻疊

漸層中較簡單的表現方式，就是僅有一個層次的「翻疊」。依照黃永武先生的解釋：

> 翻疊是運用翻筆產生新意，使原意翻上一層，在形式上是兩個相反的意思，結合在一起，反覆成趣。[5]

這種在原意之上又加了一層新意，於是就產生了層次感。《詩經》重章中的「翻疊」，即是後一章在前一章的意義之上，又再加上一層新的意義，而產生了淺深、親疏、輕重等的層次感。

一、上疊

此即後一章所描述的對象爲前一章的深化、加強，呈一上升的翻疊情勢，使得詩意向前推進，情感更爲深刻。依照所易字詞的內容涵義加以分類，大致可分爲三項：

其一，表達二人之情誼更深、更親。如：

5　黃永武《中國詩學——鑑賞篇》，頁 130，巨流圖書公司，1976 年。

〈鄭風‧遵大路〉：

　一章：摻執子之袪兮

　二章：摻執子之手兮

其述主人公欲與友人遵大路而俱去，一章「摻執子之袪兮」，言執其衣袖也；二章「摻執子之手兮」，言執其手也，由執「袪」而執「手」，足見二人之情感往前更進一步。

又如〈衛風‧芄蘭〉：

　一章：能不我知

　二章：能不我甲

全詩二章，以芄蘭象徵童子。一章曰「能不我知」，「言童子雖則配觹，而實不與我相知」[6]；二章曰「能不我甲」，言童子雖則配韘，「而不與我相親昵」[7]，由「相知」而「相親」，「此漸進之辭也」[8]，然詩人以否定的遞親語，表達了更深一層的諷刺。[9]

他如：

〈唐風‧有杕之杜〉：一章「噬肯適我」，二章「噬肯來遊」。朱公遷云：「適我且不管，況肯來以遨遊乎？以意之淺深爲次序。」[10]

〈檜風‧素冠〉：二章「聊與子同歸兮」，三章「聊與子如一兮」。牛運震云：「『如一』，所謂相知同一己也，較『同歸』更深。」[11]

6　王引之《經義述聞》卷五，頁 13733，漢京文化事業公司：皇清經解 18 冊。

7　余師培林《詩經正詁》（上），頁 181，三民書局，1993 年。

8　同註 7。

9　《詩序》：「〈芄蘭〉，刺惠公也。驕而無禮，大夫刺之。」

10　朱公遷《詩經疏義會通》卷六，頁 202，臺灣商務印書館：四庫全書第 77 冊。

11　此乃牛運震之言，見於裴普賢《詩經評註讀本》（上），頁 512，三民書局，1990 年。

　　〈小雅·谷風〉：一章「維予與女」，二章「寘予于懷」，余師
培林云：「此相親之遞進。」[12]

　　其二，表達相思之苦更深、更沉。如：

　　〈邶風·二子乘舟〉：
　　一章：願言思子，中心養養。
　　二章：願言思子，不瑕有害。

後章「不瑕有害」較之前章那欲言還羞的「中心養養」，情感更為
深沉，是一句熱切而驚懼的呼告，包含了許多相思與關切之情。

　　又如〈衛風·伯兮〉：

　　三章：願言思伯，甘心首疾
　　四章：願言思伯，使我心痗

以相類似的手法寫「願言思伯」，然更直接的描寫抒情主人公因相
思而患病的情形，三章「甘心首疾」，四章「使我心痗」，如朱熹所
云：「心痗則其病益深，非特首疾而已也。」[13]，則由「首疾」轉
為「心痗」，病愈重而思愈深矣！

　　相思、等待日久，即會因情急而發發牢騷，〈鄭風·子衿〉寫
一女子思其愛人，一章「縱我不往，子寧不嗣音」，二章「縱我不
往，子寧不來」，由怨其「不嗣音」，進而怨其「不來」，怨益重乃
因思愈深矣！

　　未見君子則憂；反之，既見君子必喜。〈小雅·頍弁〉即描寫
既見君子之喜，一章「庶幾說懌」，二章「庶幾有臧」。「說懌」，喜

---

[12]　余師培林《詩經正詁》（下），頁 193，三民書局，1995 年。
[13]　朱熹《詩集傳》卷三，頁 40，中華書局，1989 年。

悅也；「臧」，善也，蓋「天倫之樂既敘，天下事無有善於此者，故曰『有臧』。」[14]則「有臧」之喜樂更甚於「說懌」也。

　　其三，表達更重、更甚之意。如：

　　〈小雅・蓼莪〉：
　　一章：生我劬勞
　　二章：生我勞瘁

除男女相思外，尚有孝子悼念父母的詩，即是以父母生育子女的辛勞，示其哀悼之意，何楷曰：「劬勞而至于瘁，勞苦見于貌也。」[15]即積勞而成疾，勞苦而至於憔悴也，父母之勞益重，哀悼之情則益深矣！

　　又如〈小雅・谷風〉：

　　一章：女轉棄予
　　二章：棄予如遺

此為棄婦的怨訴，前已云「維予與女」、「寘予于懷」為益親之詞，顯示患難時，夫妻更加地相親相愛，然走出苦難開始過安樂的日子呢？女主人公卻遭受到一次比一次更加嚴重的遺棄，首章言「女轉棄予」，始棄也；二章進一步言「棄予如遺」，則棄之甚也。患難時益相親，安樂時反益相棄，足以襯托出男子的薄情寡義，令人不由得掬一把同情之淚。

---

[14]　此乃陳推之語，見於裴普賢《詩經評註讀本》（下），頁310，三民書局，1991年。
[15]　何楷《詩經世本古義》卷十八之下，頁585，臺灣商務印書館：四庫全書第81冊。

　　他如〈唐風・杕杜〉：一章「獨行踽踽」，二章「獨行睘睘」。《傳》：「踽踽，無所親也。……睘睘，無所依也。」是「睘睘」較「踽踽」更甚、更重。

二、下疊

　　即後一章所描述的對象爲前一章的淺化、減弱，呈一下降的翻疊情勢，使得描述的對象更爲明確，情感的表達更爲深刻。依照所易字詞的內容涵義加以分類，大致可分四項：

　　其一，描述對象更小、更明確。如：

　　〈齊風・東方之日〉：
　　一章：在我室兮
　　二章：在我闥兮

此描寫男子回憶與女友幽會，由「在我室兮」而「在我闥兮」，依陳奐《詩毛詩傳疏》，「闥」即爲夾室[16]，余師培林進一步云：「夾室即室中之室，亦即小室、密室也。」[17]，由「室」而入於「闥」，即由室而更入於室中之小室，則知男女情愛之發展往前更進一步，詩人運筆含蓄，不直言述說，而以形象的、動態的情狀展現，此不言而喻也。

　　又如〈小雅・白駒〉：

---

[16] 陳奐《詩毛詩傳疏》：「闥，古字當作達，……內則天子之閣，左達五，右達五，公侯伯於房中五，鄭注云，達，夾室也。……案達，即闥也。天子燕寢有左右房，有左右夾室，是謂之闥。」，卷八，頁3546，漢京文化事業公司：皇清經解續編第5冊。

[17] 同註7，頁268。

一章：食我場苗
二章：食我場藿

「苗」，《毛詩會箋》：「禾初生曰苗，因之穀蔬初生皆曰苗，草之類始生亦曰苗。」[18]而「藿」，《說文》：「尗之少也。」[19]即豆之嫩葉也。故「苗」言草類之始生，乃就大範圍言，「藿」則縮小其範圍，點明爲「豆」之苗。

他如：

〈召南・行露〉：二章「何以速我獄？雖速我獄」，三章「何以速我訟？雖速我訟」。余師培林云：「小曰訟，大曰獄。」[20]是由「獄」而「訟」，下疊也。

〈唐風・揚之水〉：一章「從子于沃」，二章「從子于鵠」。同爲地點範圍的縮小，此則更明確地表達作者將往之處。一章「沃」，《箋》：「曲沃也」；二章「鵠」，箋又云：「曲沃邑也」，範圍縮小，地點更加明確。

〈大雅・雲漢〉：二章「昊天上帝」，三、四章「群公先正」。「昊天上帝」，乃從高處、遠處、大處呼告；「群公先正」，則稍降其呼告之範圍和層次。

〈大雅・瞻卬〉：其五、六兩章末二句寫賢人奔亡之況，先云「邦國殄瘁」，次云「心之悲矣」，先從大處著手，言國運艱危即將傾覆；其次才抒發個人心中的悲傷。蓋由大而小，由高而低，使得悲苦的氣氛凝聚到最高點。

其二，描述對象更稀、更少。如：

18　竹添光鴻《毛詩會箋》卷十一，頁1153，大通書局，1975年。
19　《說文解字注》一篇下，頁23，黎明文化事業公司，1992年。
20　同註7，頁50。

〈唐風・無衣〉：

一章：豈曰無衣七兮

二章：豈曰無衣六兮

《箋》云：「變七言六者，謙也。」此明顯地以數字上的益少，來表達詩中的主旨、意涵。《正義》進一步言：「晉實侯爵之國，非天子之卿。所以請六章衣者，謙不敢必當侯伯之禮，故求得受六命之服，次列於天子之卿。」蓋「七」與「六」實爲全詩之關鍵字，以「七」易爲「六」一級之差，示武侯請命似謙，然實則以退爲進，悖禮犯義，喻有諷刺意味於其中。

又如〈秦風・權輿〉：

一章：今也每食無餘

二章：今也每食不飽

此以昔日之受禮遇，對比今日之遭冷落，一章曰「今也每食無餘」，雖無餘尚可溫飽；二章曰「今也每食不飽」，則無一飽餐，頗有每況愈下之勢，令人爲之鼻酸。

其三，描述對象更內。如：

〈鄭風・丰〉：

一章：俟我乎巷兮

二章：俟我乎堂兮

此描寫男子前來迎娶，蓋「俟『堂』則較『巷』而更密爾矣。」[21]，男子由「巷」而入「堂」，即由外而入內，顯見彼此的情誼必有所進展。

---

[21]　此乃朱道行之說，見同註 11，頁 324。

　　其四，描述對象更疏、更遠。如：

　　〈唐風・杕杜〉：
　　一章：不如我同父
　　二章：不如我同姓

由「同父」而「同姓」，更疏、更遠，示他人非不如我同父之兄弟，同姓之兄弟亦不如也。

　　以上運用「翻疊」藝術的疊詠句，有「上疊」十二組，「下疊」十一組，共計二十三組。無論是向上翻疊；抑或是往下翻疊，都是為了使詩意的發展更進一步，表達更深的內容、更沉的情感；又或寄以更多的願望、更濃厚的諷刺意味，而許多的藝術美感，也就在這樣的翻疊中油然而生。

第二節　層遞

　　「層遞」是較「翻疊」更為複雜的漸層藝術，「翻疊」只具備二個層次；而「層遞」則至少須有三個層次。謝文利在《詩歌語言的奧秘》一書中，對層遞下了一個極明確的定義：

　　層遞是指把三個以上的事物，根據邏輯關系和層次關系，按其大小、難易、長短、深淺、輕重等方面的不同程度逐層排列的一種修辭手法。[22]

---

[22]　謝文利《詩歌語言的奧秘》，頁244，哈爾濱：北方文藝出版社，1991年。

　　據此，運用「層遞」必須要清楚地表現客觀事理的邏輯關係、層次關係，層遞的各項內容必須要按照同一順序排列，不可任意地加以顛倒或變動；且必須在三項或三項以上。然而，詩人在從事創作時，並非是有意的、做作的將其分成若干層次，而是因為內心眞有深厚的思想感情要表達，很自然地通過這種層層深入的手法，以期能有淋漓盡致的發揮。

　　依照排列方向的不同，可分為「遞升」（順層遞）和「遞降」（倒層遞）兩大類。而其中所謂的大小、難易、長短、深淺、輕重等各章之關係，是「相對的」，並非是「絕對的」，即彼此的關係是相對、相較而言。

一、遞升

　　遞升，又稱「遞增」、「階升」，其描述的對象呈上升階梯式排列，步步推進。《詩經》重章中的遞升，即是將三個或三個以上相對應的詩句，按照其所變換字、詞、句之內容、意義，由淺漸深，由少漸多，由輕漸重，由近漸遠等順序，排列於各章（或其中數章）中，使各章間呈上升階梯式，層層推進，步步深化。

　　依照所易字詞的內容、涵義加以分類，大致可分為下列七項：

　　其一，由易漸難。如：

　　　〈周南・卷耳〉：

　　　二章：陟彼崔嵬

　　　三章：陟彼高岡

　　　四章：陟彼砠矣

此乃行役者思家之詩，姚際恆提到三章內在聯繫時指出：「二章言山高，馬難行；三章言山脊，馬益難行；四章言石山，馬更難行。」[23]通過三章的複沓，由「崔嵬」到「高岡」、「砠」，以見山愈來愈高；路愈來愈難行；環境愈來愈惡劣，渲染成行役者愈形思家的環境氛圍。

　　同為行役者思家詩的〈魏風・陟岵〉，亦以登高做為環境氛圍，由「陟彼岵兮」而「陟彼屺兮」、「陟彼岡兮」，其所登之山，一層險似一層，正與主人公益為思親之情相輝映。

　　詩人如此的匠心亦運用於描寫「臨水」的詩篇，如

〈大雅・鳧鷖〉：
一章：鳧鷖在涇
二章：鳧鷖在沙
三章：鳧鷖在渚
四章：鳧鷖在潨
五章：鳧鷖在亹

此由「涇」易為「沙」、「渚」、「潨」、「亹」。馬瑞長《毛詩傳箋通釋》云：「按《詩》沙、渚、潨、亹、皆泛指水旁之地，不應涇獨為水名……在涇，正泛指水中有直波處。」[24]顧啟先生更進一步指出：「其實野鴨、白鷗是從水的中流游到沙灘、小洲、兩水匯合處、深峽中，越游越困難，也越勇毅。」[25]詩人正是以鳧鷖所處愈來愈艱困的環境，所具愈來愈勇毅的精神，與公尸的安樂相映成趣。

---

[23]　同註4，卷一，頁22。
[24]　馬瑞辰《毛詩傳箋通釋》卷二十五，頁1412，藝文印書館，1957年。
[25]　顧啟〈大雅・鳧鷖〉賞析，見於周嘯天主編《詩經鑑賞集成》(下)，頁993，五南圖書公司，1994年。

其二，由輕漸重。如：

〈魏風·碩鼠〉：
一章：無食我黍
二章：無食我麥
三章：無食我苗

此乃「刺重斂」的詩，詩人以具體的事實，描寫剝削者對農民的重斂，陳子展在《詩經直解》中評：「食麥未足復食苗。苗者，禾方樹而未秀也。食至於此，其貪殘甚矣。」[26]蓋「黍」為秋收，「麥」為夏長，「苗」則春生，剝削者初尙止於秋糧，後竟及春苗亦加掠奪，其所斂可謂愈來愈酷，愈來愈重矣！

又如〈王風·中谷有蓷〉：

一章：遇人之艱難矣
二章：遇人之不淑矣
三章：何嗟及矣

就重章嚴格的定義而言，此僅首二章疊詠，三章由六字句易為四字句，不與之複疊；就內容涵義而言，此三章實語意相連貫，故列於重章一併討論。姚際恆《詩經通論》即云：「先言『艱難』，夫貧也；再言『不淑』，夫死也。《禮》，『問死曰，"如何不淑"』。末更無可言，故變文曰，『何嗟及矣』。」[27]余師培林即指出此三章之關係「亦由輕而漸重」矣[28]，表達出詩人對女主人公漸為沈重的哀矜與嘆惋，有力地揭示出本篇的主題。

---

[26]　陳子展《詩經直解》，頁 236，復旦大學出版社，1983 年。
[27]　同註 4，卷五，頁 96。
[28]　同註 7，頁 201。

又，〈鄘風・相鼠〉：一章「人而無儀，不死何爲」；二章「人而無止，不死何俟」；三章「人而無禮，胡不遄死」。雖同爲抒情，語氣則不似前者自艾自憐，而是以潑辣犀利的語氣直斥怒罵，來譏刺無禮之人。由「無儀」，儀表之不端；到「無止」，容止之不正；最後「無禮」，總之以禮淪德喪，由偏到全的層層加重斥責之意，與「不死何爲」、「不死何俟」、「胡不遄死」漸次加重的語氣相應，語氣漸次加重，情感漸次激烈，直達激情的高峰嘎然而止。

而〈鄘風・牆有茨〉：首章「言之醜也」，二章「言之長也」，三章「言之辱也」。則更加了一層貶責之意。其寫闈中事之不可道說，首章直言其「醜惡」，二章則改以較爲隱晦曲折的手法，不直言其醜惡，而云「言之長也」，蓋其醜惡之至，「不欲言而托以語長難竟也」[29]，至三章之「污穢」，「尤甚於醜惡」[30]也，其貶責之意，層層加重，深極骨髓，勝於斧鉞也。

他如〈大雅・板〉：二章「天之方難，無然憲憲」；四章「天之方虐，無然謔謔」；五章「天之方懠，無爲夸毗」。此乃一聲重似一聲地勸諫君王，不要違背天意，自行無道。

又，〈唐風・采苓〉：一章「苟亦無信」，二章「苟亦無與」，三章「苟亦無從」。此以類似的手法，來勸諫君王勿信讒言，由「不信」；而至「不贊同」；終至「不跟從」，逐層遞進，加重勸諫的語氣。

其三，由淺漸深。

《三百篇》在表達喜、怒、哀、樂等情感時，多運用遞升式的層遞手法，使得情感逐層升高，意境逐層深化。其中，要以表達離別、相思之憂傷最爲多見，如：

29　同註 13，卷三，頁 28。
30　同註 7，頁 134。

〈周南・卷耳〉：

二章：維以不永懷

三章：維以不永傷

四章：云何吁矣

此同於前項所舉〈王風・中谷有蓷〉之例，四章不與二、三章複疊；然語意實相連貫。余師培林即精闢地說明了三章間層遞的關係：「懷、傷、吁皆憂愁之意，而吁重於傷，傷又重於懷，層層遞進，愈後而其辭浸重，此《詩經》中習見之筆法也。」[31]三章皆爲表達憂傷之情，然其用字自有淺深之不同，尤其是憂傷到了深處時，無以名狀，不得已而發出「云何吁矣」的悲嘆，總結了前二章的「懷」與「傷」。

又如〈召南・草蟲〉：

一章：憂心忡忡

二章：憂心惙惙

三章：我心傷悲

「忡忡」、「惙惙」、「傷悲」皆寫「未見君子」之憂，然在表情達意的分寸掌握上仍是有所區別的。謝枋得即云：「惙惙，憂之深不止於忡忡矣，傷則惻然而痛，悲則無聲之哀，不止於惙惙矣：此未見之憂，一節緊一節也。」[32]婦人憂思之情，即隨著時間的進程，由弱到強，由淺入深地表露出來，足見詩人在用字處理上的匠心。

31　同註7，頁15。

32　謝枋得《詩傳注疏》卷上，頁4，新文豐出版公司：叢書集成新編第56冊。

又，〈陳風‧澤陂〉：一章「涕泗滂沱」，次章「中心悁悁」，末章「輾轉伏枕」。其愈後而人愈靜、憂愈深，蓋「憂愈深而人轉靜矣」[33]，憂傷悒鬱之情，迴環往復，一次比一次更深化。

他如：

〈王風‧黍離〉始而「中心搖搖」，中則「中心如醉」，終乃「中心如噎」。

〈秦風‧晨風〉始而「憂心欽欽」，中則「憂心靡樂」，終乃「憂心如醉」。

〈檜風‧羔裘〉始而「勞心忉忉」，中則「我心憂傷」，終乃「中心是悼」。

〈檜風‧素冠〉始而「我心傳傳兮」，中則「我心傷悲兮」，終乃「我心蘊結兮」。

〈小雅‧都人士〉始而「我心不說」，中則「我心苑結」、「言從之邁」，終乃「云何吁矣」。

皆以層層加深的方式，透徹地反映出主人公憂愁情懷的微妙變化。

有將「憂」情深化為「悲、憤」之情者，如〈王風‧中谷有蓷〉：

一章：嘅其嘆矣
二章：條其歗矣
三章：啜其泣矣

此描寫婦人遭丈夫遺棄之後痛苦不堪的情狀，由首章的「嘅其嘆矣」，寫其吁嘆；至二章的「條其歗矣」，激於義憤而長嘯，發洩心中的不平；至最後的「啜其泣矣」，泣不成聲，悲慟欲絕。極有層

---

[33] 陳子展《國風選譯》，見於《國風雅頌選譯》，頁 356，仰哲出版社，1987 年。

次地表現出主人公由憂，而憤，而悲極的情緒變化，故而姜炳璋曰：「而歎，而歔，而泣，以漸而深。」[34]則棄婦憂憤與悲悔交集的心理，愈來愈深、愈來愈沉。

又如〈召南・江有汜〉：

> 一章：其後也悔
> 二章：其後也處
> 三章：其嘯也歌

此描寫一男子傷其所戀女子棄己而適人，男子初尚好強，說女子不嫁給他，「其後也悔」；其次則云「其後也處」，聞一多《詩經新義》以爲「處」乃「憂病」之意，裴普賢故云「較悔更深一層」[35]，至三章「嘯歌」，則悲悔至極。表面上此寫女子，實際上，此正是抒情主人公憂傷之情的寫照。

有描繪欣喜歡樂之情之漸深者。如〈鄭風・風雨〉：

> 一章：云胡不夷
> 二章：云胡不瘳
> 三章：云胡不喜

此描寫「既見君子」之喜，由「夷」而「瘳」而「喜」，「此欣悅之層次也」[36]，輔廣則言：「喜甚於瘳，瘳甚於夷。云胡不喜，言云如之何而不喜也。蓋喜劇之辭。」[37]喜悅之情，層層加深、升高，

---

[34]　姜炳璋《詩序補義》卷六，頁90，臺灣商務印書館：四庫全書第89冊。
[35]　見同注11，頁76。
[36]　同註7，頁249。
[37]　輔廣《詩童子問》卷二，頁333，臺灣商務印書館：四庫全書第74冊。

且三章均用否定的反詰語句，語氣極為強烈，故至三章「云胡不喜」，則已欣喜至極也！

有表達情誼之漸深者。如〈周南·關雎〉：

二章：寤寐求之
四章：琴瑟友之
五章：鍾鼓樂之

此描寫「窈窕淑女」為君子之好逑，方玉潤云：「友字、樂字，一層深一層」[38]，實則「求字、友字」亦為一層深一層矣！蓋君子求淑女，由夢寐之求，而漸入佳境，終能完成婚姻，正如余師培林所云：「由險入泰，柳暗花明」[39]矣。

又如〈周南·兔罝〉：

一章：公侯干城
二章：公侯好仇
三章：公侯腹心

此為讚美武夫之詩，首章言「公侯干城」，謂其「可膺重寄」也；二章言「公侯好仇」，謂其「可為良伴」也；三章言「公侯腹心」，謂其「直與之為一體矣」[40]。此可見武夫與公侯之關係越來越深密。方玉潤評二章曰：「此層深」，評三章曰：「此層更深」[41]；《詩記》亦云：「曰干城、曰好仇、曰腹心，其辭浸重，亦嘆美無已之意

---

[38]　方玉潤《詩經原始》卷一，頁 72，北京：中華書局，1986 年。
[39]　同註 7，頁 8。
[40]　余師培林云：「一章曰干城，謂可膺重寄。二章曰好仇，謂可為良伴。三章曰腹心，直與之為一體矣。」見同註 7，頁 24。
[41]　同註 38，卷一，頁 83。

爾。」[42]詩人借由武夫與公侯逐漸深密的君臣關係，升高了對武夫
的讚美之意，也具體地深化了全詩主旨。

其四，由近漸遠。如：

〈鄭風‧將仲子〉：

一章：畏我父母

二章：畏我諸兄

三章：畏人之多言

此乃描寫女主人公畏懼心理的逐層擴大。蓋父母與子女的關係最為
密切，影響也最大，因而女主人公首先顧及的就是自己的「父母」；
其次則為「諸兄」，最後才顧及和自己沒有親屬關係的左鄰右舍之
眾人，「由父母而諸兄，而眾人，女之畏也，以漸而遠也。」[43]此
種由近及遠，逐層擴大的畏懼，不僅符合人之常情，更反映出女子
來自多方面的壓力與顧忌。

又如〈魏風‧碩鼠〉：

一章：適彼樂土

二章：適彼樂國

三章：適彼樂郊

此乃痛恨剝削者之重斂，故而「逝將去女」至彼「樂土」、「樂國」、
「樂郊」無重斂之地。張震澤先生即點出其間漸層的關係，其云：
「土指田裡，國指國中，郊指遠郊，此言痛恨剝削者，想離他愈遠

---

[42] 呂祖謙《呂氏家塾讀詩記》卷二，頁 25，臺灣商務印書館：四部叢刊廣編
第 4 冊。
[43] 此乃徐常吉之言，見同註 11，頁 292。

愈好。」[44]此正與前半章步步緊逼的掠奪相契合，蓋掠奪愈重，則人民必當離他愈遠。其以空間上的漸行漸遠，表達了痛恨之意的逐層加深。

他如〈周南·麟之趾〉：一章「振振公子」，二章「振振公姓」，三章「振振公族」。《經義述聞》謂：「公子、公姓、公族，皆指後嗣而言，猶螽斯之言宜爾子孫也。」[45]姚際恆則更進一步指出：「子、姓、族由近而及遠。」[46]蓋由近漸遠逐層頌美，正表達頌美之意的漸次擴張，祝頌之意既完足且美善矣。

其五，由少漸多。如：

〈鄘風·干旄〉：
一章：良馬四之
二章：良馬五之
三章：良馬六之

此男子所乘之良馬由「四」而「五」而「六」的遞增，並非實有所指，乃以此做為遠方而來求愛男子之身分、地位的象徵。姚際恆《詩經通論》即云：「四、五、六，由少而多也：詩人章法自是如此，不可泥。以首章『四馬』為主，五、六則從『四』陪說。」[47]其以遞增的手法，渲染出男子此行車馬之盛，隨從之多。

又如〈小雅·漸漸之石〉：

---

[44] 張震澤〈詩經的藝術〉（下），《社會科學輯刊》，1979 第 4 期，頁 168。
[45] 同註 6，卷五，頁 13724。
[46] 同註 4，卷一，頁 30。
[47] 同註 4，卷四，頁 78。

一章：不皇朝矣

二章：不皇出矣

三章：不皇他矣

此描寫「武人東征」之心境，其所無暇計及之事，由「朝君」而至
「出困後之事」，已隨時而增多矣；終至「無暇計及他事」，無暇計
及之事又多矣。余師培林云：「不暇計及之事愈後而愈廣，則其心
境愈久而愈苦矣。」[48]詩人以漸多的具象形容，描繪出武人東征，
愈後而愈苦的心境。

其六，由緩漸急。即：

〈召南‧摽有梅〉：

一章：迨其吉兮

二章：迨其今兮

三章：迨其謂之

此描寫少女盼望男子能前來求婚之心境，一章「迨其吉兮」，等
待良辰；二章「迨其今兮」，就在今朝；至三章「待其謂之」，少
女心裡愈來愈著急，只要對方一開口，就願意嫁給他，其急切的
心情直線上升，詩歌的節奏亦隨之迅速加快著，「三章一步緊一
步」[49]，在最高、最強音處收束，貼切地反映出逾時未嫁女子的
急切心態。

其七，由短漸長。即：

48　同註 12，頁 42。

49　此乃牛運震所言，見同註 11，頁 72。

〈王風・采葛〉：

一章：一日不見，如三月兮

二章：一日不見，如三秋兮

三章：一日不見，如三歲兮

此乃描寫別後相思之情，由「三月」而「三秋」而「三歲」，時間逐層擴張，抒情主人公之思念亦隨之層層加深。詩人巧妙地將主觀與客觀的時間融合為一，並加以誇大、變形，能更深刻地表達出主人公焦灼的思念之情，其如愈燒愈旺的烈火，在最烈、最強處停止，給人極深的震撼。

其八，以漸明確。

前所舉〈鄭風・風雨〉描寫欣喜之情，由「夷」而「瘳」而「喜」，以漸而深；〈周南・兔罝〉，武夫與公侯之情感由「干城」而「好仇」而「腹心」，亦是以漸而深。再前者〈鄘風・相鼠〉斥人無禮，由「無儀」而「無止」而「無禮」，則是以漸而重。從另一角度言，三者同時運用以漸而明確的手法。蓋由「干城」而「好仇」，由無生命而有生命，至「腹心」則形容更貼切；「夷」、「瘳」較抽象，至「喜」則意象特別清晰；「無儀」、「無止」較表面，至「無禮」，則明確點出斥責之主旨。此種「以漸明確」的寫作手法，多在漸層中而於末章呈現出較明確的意象。

至如〈秦風・蒹葭〉較特殊：

一章：宛在水中央

二章：宛在水中坻

三章：宛在水中沚

在詩人的幻覺中，心儀的「伊人」若隱若現。首章言「水中央」，伊人所處位置尚不明確，至「水中坻」、「水中沚」，則明確點出地點範圍，此一層次也。同時，「坻」與「沚」亦有小、大之別，《爾雅·釋水》云：「水中可居者曰洲，小洲曰渚，小渚曰沚，小沚曰坻。」[50]由「坻」而「沚」，由小而大，此又一層次也。此以兩種不同的漸層組合，較為特別，婉曲動人地寫出詩人焦灼、失望之情。

二、遞降

遞降，又稱「遞減」、「階降」，其描述對象呈下降階梯式排列，層層淺化。《詩經》重章中的遞降，即是遞升式排列次序的顛倒，由深漸淺，由多漸少，由重漸輕，由遠漸近等順序排列於各章（或其中數章）中，各章間呈下降階梯式，使情感一步比一步深刻。

依照所易字詞的內容、涵義加以分類，大致可分為五項：

其一，由遠漸近。如：

〈鄘風·干旄〉：
一章：在浚之郊
二章：在浚之都
三章：在浚之城

此乃「描摹一位衛國的貴族，乘車去看他情人，一路所思之詩[51]。車子一路行來，由浚之「郊」而「都」而「城」，一步一步接近目標，姚際恆曰：「郊、都、城，由遠而近也。」[52]車子漸行漸近，

50　《爾雅注疏·釋水》，頁121，藍燈書局：十三經注疏本。
51　糜文開、裴普賢《詩經欣賞與研究》（四），頁1，三民書局，1987年改編版。
52　同註4，卷四，頁78。

將要到達城裡，和自己心愛的女子見面，主人公又懼又喜的複雜心情隨之推高。地點的層層接近，正給主人公心情的變化，做了很好的鋪墊與烘托。

又如〈鄭風‧將仲子〉：

> 一章：無踰我里，無折我樹杞
> 二章：無踰我牆，無折我樹桑
> 三章：無踰我園，無折我樹檀

由「踰里」而「踰牆」而「踰園」，余師培林曰：「此由遠而近」[53]。蓋《周禮》以二十五家爲里，男子由二十五家之「里」，而至女子家之「牆」、「園」，一步一步地往前逼近，勾勒出其爲追求愛情，不顧一切的形象。同時，「折杞」、「折桑」、「折檀」亦與之相對應，同爲「以漸而近」的排列。《周禮》曰：「設其社稷之壝而樹之，田主各以其土之所宜木，遂以名其社與其野。」[54]馬瑞辰云：「里即社也，杞即社所樹木也。……蓋里各立社，社各樹木，……故知杞亦里社所樹木也。」[55]「里樹杞」於古籍有據，至其「牆樹桑」、「園樹檀」亦是於古有據的。《孟子‧盡心上》載：「五畝之宅，樹牆下以桑。」[56]則牆樹桑也；〈小雅‧鶴鳴〉言：「樂彼之園，爰有樹檀」，則園樹檀也。所以說「杞」、「桑」、「檀」的變化是承接上句「里」、「牆」、「園」的變化而來，「由遠及近」寫出男子層層近逼的景況，渲染了環境氛圍，也托出了全詩的主旨。

他如：

53　同註 7，頁 219。
54　《周禮注疏‧大司徒》，頁 149，藍燈文化事業公司：十三經注疏本。
55　同註 24，卷八，頁 400。
56　《孟子注疏‧盡心上》，頁 238，藍燈文化事業公司：十三經注疏本。

　　〈衛風·有狐〉：一章「在彼淇梁」，二章「在彼淇厲」，三章「在彼淇側」。其描寫狐狸於淇水處緩緩而行，在「淇梁」，水深之處；在「淇厲」，水淺之處；在「淇側」，岸上矣。[57]在詩人的目光中，狐狸遠遠而來，走過深河，來到淺灘，又到了岸邊，不僅表現狐狸逐漸靠近的動態，亦顯示節氣的逐漸改變。崔述《讀風偶識》曰：「狐在淇梁，寒將至矣。」[58]而二、三章之在「淇厲」、「淇側」，「亦明示寒氣愈重也」[59]。其將事物之動態與環境氛圍融合爲一個意象，同時進行漸層的描寫，兩線交織而行，詩意得到充足的發展，也使得意象更爲豐富。

　　〈小雅·杕杜〉：一章「征夫遑止」，二章「征夫歸止」，三章「征夫不遠」，四章「征夫邇止」。此本爲征人思歸之詩，然假借室家思己來表達，一章「遑止」，閑暇且歸也；二章「歸止」，始歸也；三章「不遠」，雖未歸亦不遠矣；終則「邇止」，歸程已甚近也。方玉潤曰：「始終望歸而未遽歸，故作此猜疑無定之詞耳。」[60]婦人揣度征夫歸家之腳步是「愈來愈近」，可見其思夫之心是愈來愈急切。透過這樣側面的描寫，正表達了征人思歸之情的逐漸升高，「愈後而愈急也」[61]。

　　〈小雅·黃鳥〉：首章「復我邦族」，二章「復我諸兄」，三章「復我諸父」。此描寫思歸之情，由「邦族」而「諸兄」、「諸父」，所歸之處，由遠者而漸及於親者也。輔廣曰：「人情困苦之極，則

57　同註7，頁187。
58　崔述《讀風偶識》卷二，頁37，學海出版社，1979年。
59　同註7，頁187、188。
60　同註38，頁346。
61　同註12，頁43。

愈益思其親者焉。」[62]主人公所思之人愈爲親近，則其所處之情境，
愈爲困苦矣！

其二，由重漸輕。如：

〈大雅・雲漢〉：
二章：（昊天上帝）則不我遺
三章：（群公先正）則不我助
四章：（群公先正）則不我聞

此亦以漸輕的層遞方式，表達周王祈禱神靈解除災情的迫切願望。
二章「昊天上帝，則不我遺」；三章「群公先正，則不我助」，語氣
稍輕，因上帝而及於群公先正，其「以望之者，各有輕重之不同
也。」[63]四章曰：「群公先正，則不我聞」，雖同呼「群公先正」，
然「上章言其不助，則不肯用其力也；此章言其不我聞，則不肯聽
其言也。」[64]，亦有重輕之別。蓋周王一層輕一層的祈禱語，正反
映出其一層深一層的悲苦心情。

其三，由深漸淺。如：

〈王風・中谷有蓷〉：
首章：暵其乾矣
二章：暵其脩矣
三章：暵其濕矣

此以失水的益母草，象徵凶年饑饉、婦人遭棄。首章言「暵其乾矣」，
已乾也；二章言「暵其脩矣」，將乾也；三章言「暵其濕矣」，欲乾

62　同註37，卷四，頁360。
63　同註37，卷七，頁400。
64　朱善《詩解頤》卷三，頁279、280，臺灣商務印書館：四庫全書第78冊。

也，益母草之乾枯失水，由深而漸淺矣。[65]此恰與詩人對棄婦情態
「以漸而深」的刻劃（嘅其嘆矣、條其歗矣、啜其泣矣）及詩人漸
次加重的感慨喟歎（遇人艱難、遇人不淑、何嗟及矣），形成情意
上「反向」的映襯，是一種巧妙而有特色的構思和章法結構，深具
藝術感染力。

又如〈大雅・民勞〉：

> 一章：汔可小康
> 二章：汔可小休
> 三章：汔可小息
> 四章：汔可小愒
> 五章：汔可小安

此述民之勞也久矣，詩人提出了最低的希求，由「康」而「休」、「息」、
「愒」、「安」，以漸而淺，詩人之所求層層遞降，暗示厲王的酷虐
層層加重；人民的勞苦層層加深，詩旨在此也得到了很好的闡發。

其四，由多漸少。如：

> 〈召南・摽有梅〉：
> 一章：其實七兮
> 二章：其實三兮
> 三章：頃筐塈之

此以梅子零落，象徵女子青春逐漸消逝，首章其實尚有「七兮」，
二章只剩「三兮」，末章則須「頃筐塈之」，樹上的梅子愈來愈稀少，

---

65 同註 7，頁 200、201。

到最後凋零殆盡，要用籤箕來收，少女彷彿形象地看到了自己的青春，迅速由盛而衰，逐漸消逝。

其五，由本漸末。如：

〈大雅‧既醉〉：

四章：其告維何，……攝以威儀。

五章：威儀孔時，……永錫爾類。

六章：其類維何，……永錫祚胤。

七章：其胤維何，……景命有僕。

八章：其僕維何，……從以孫子。

「告」、「類」、「胤」、「僕」以層層遞降的疑問語，愈來愈具體地提出祝官致辭的內容。蓋「公尸嘉告」首先是賜「類」（善也）予汝，繼而賜福予汝之「胤」（子孫，指本幹），末而賜福予汝之「僕」（子孫，指枝葉），其所賜之福，由本而末的自「汝」層層下降及於汝之子子孫孫。此外，在句法結構上，「告」、「類」、「胤」、「僕」皆承前章末句之末字而來，蟬聯而下，于省吾先生稱此一技巧為「連鎖遞承法」[66]，若從修辭學的角度來看，是為「頂真」修辭格。此乃《詩經》重章中較為獨特的層遞手法。

以上運用「層遞」藝術的疊詠句，有「遞升」三十二組，「遞降」十一組，共計四十三組。運用「層遞」，若用來說理，可以將事物的道理說得一層比一層深刻；若用來敘事，可以將事物發展的過程與變化，敘述得一步比一步清晰、明確；若用來抒情，更可以使感情一步一步加深、強化，語言的說服力與感染力，自然也明顯地增強許多。

---

[66]　于省吾《澤螺居詩經新證》，頁 216，北京：中華書局，1982 年 1 版。

第三節　小結──重章漸層的藝術效用

　　《詩經》重章運用「漸層」藝術的疊詠句，有「翻疊」二十三組，「層遞」四十三組，共計六十六組疊詠句。由於「層遞」較「翻疊」的漸層多而複雜，在藝術的美感上自然也較爲明顯，因而「層遞」較「翻疊」運用得更爲廣泛；而其中又以層層升高的「遞升式」層遞，最受詩人們的青睞。

　　這六十六組的「漸層」疊詠句，在《詩經》重章藝術中，發揮了極大的藝術效用：

一、條理清晰、律動感人

　　不論是上疊、下疊；還是遞升、遞降，詩中所描述的事物與所抒發的感情，總是條理清晰，予人以節奏分明的律動感。如〈齊風‧東方之日〉由「在我室兮」而「在我闥兮」，地點範圍縮小；又如〈周南‧麟之趾〉由「振振公子」而「振振公姓」，最後直至「振振公族」，所頌美的對象由近及遠，呈升次排列。像這樣升、降有序的排列，條理自然十分清晰；而分明的層次，如同跳躍的音符，能予人律動的藝術美感，正如同黃永武先生所云：「『漸層』的秩序性給人動感」[67]。

---

[67]　同註 1，頁 120。

二、周密深刻、感染力強

　　對一事物的描述，「翻疊」有二個層次；而「層遞」則有三個或三個以上的層次。因此，二者不論是用於抒情還是用於敘事，都能使詩歌的內涵更爲周密；情感、意境更爲深刻，增強詩歌的藝術感染力。如〈衛風・伯兮〉由「甘心首疾」而「使我心痗」，相思之苦加深；又如〈鄭風・將仲子〉由「畏我父母」至「畏我諸兄」，最後至「畏人之多言」，周到而細密地將女子各方畏懼的心理描繪出來。此種漸層的手法周密且深刻，藝術感染力強，給予讀者極大的震撼。

三、發展詩意、領會高潮

　　不論是呈上升或下降的漸層，均能使詩意往前層層推進，情感層層加深，進而使讀者領會詩中的高潮。如〈小雅・谷風〉由「維予與女」而「實予于懷」，表達夫妻患難時情感更爲親密之況；又如〈召南・摽有梅〉由「其實七兮……迨其吉兮」而「其實三兮……迨其今兮」，最後直至「頃筐塈之……迨其謂之」，樹上的梅子逐步減少，女子的青春也逐漸消失，情感的發展因而生動地表現出來。漸層的手法起到了一章比一章詩意更爲發展的作用，在最高或最低的強音處嘎然而止，使人在漸層的對比中領會詩的高潮。

四、加強主題、印象深刻

　　「翻疊」與「層遞」均能在層層的遞進中，便得詩歌主題一再重複出現，並層層加強，留給讀者深刻的印象。如〈唐風・無衣〉

由「豈曰無衣七兮」而「豈曰無衣六兮」，由七變言六，使得詩歌諷刺的主題得到了加強；又如〈鄭風・風雨〉由「云胡不夷」而「云胡不瘳」而「云胡不喜」，喜見君子的主題一步步加大。像這樣，詩歌主題一再重複出現，且層層加強，使讀者印象深刻。

　　《詩經》重章自然而渾成地運用漸層手法，使得詩歌條理清晰、周密深刻，並對於發展詩意、加強主題上有很大的助益，因而律動感人、感染力強，使人領會高潮、印象深刻，是「愈展愈妙的一種變化手段，如螺旋轉，如寶塔層層，與人層次遞增、步步進逼的律動，讀來舒暢而有動感，給人美的印象。」[68]具有極高的藝術價值。

---

[68] 同註 67。

第四章　《詩經》重章互足的藝術

「互足」又稱「互文」、「互見」、「互辭」、「互明」、「互備」。就詩文作者而言,「互文」是錘鍊文句的藝術手法;就訓詁家而言,「互文」則是詮釋這種藝術手法的訓詁之法,然「不管從哪個角度講,都稱之為互文法。」[1]

何謂互足?《修辭通鑒》言其結構方式:

> 是結構上文和下文各省一邊,意義上用上文中明寫的部分補充下文中省卻的內容,用下文中明寫的內容去補足上文中沒有明寫的部分。[2]

「互足」法多用於詩歌中,由於詩歌較為精練,字數有限,這種鍊句之法,就更能發揮修辭的作用。早在東漢鄭玄、唐孔穎達時,即引用此術語來為經典作注。李錫瀾先生云:

> 始用這個術語來解經的東漢經學大師鄭玄就常用互文法來闡明經義,唐五經博士孔穎達作《五經正義》,師承鄭義,並加闡發,使互文法更加彰明。[3]

---

[1]　李錫瀾〈互文辨〉,頁 111,刊於《上海師大學報》,1984 年第 4 期。
[2]　成傳鈞、唐仲揚、向宏業等主編《修辭通鑒》,頁 664,北京:中國青年出版社,1992 年。
[3]　同上註,頁 664。

孔穎達在爲《詩經》作《正義》時，即發現了《詩經》重章運用「互
足」之法，而以「互言之」、「互相見」、「互相足」、「互相接」、「互
見其義」、「互見其用」、「上下相充」等語釋之。[4]黃焯《詩說》亦
指出：

> 《詩三百》皆古樂章，其章句措置之法，往往異于他文，
> 故有辭意限于字句音節不能完具者，則以前後章互足其
> 義。而風詩間采民俗歌謠之作，反復詠嘆者特多，故有一
> 義而離爲數章，析爲數句者。[5]

實則《詩經》重章中，大量地運用「互足」藝術手法，將一個完整
的語句、語意拆開分置於各章之中，前後各章各省一邊，意義上則
相互補足。故閱讀時，須將各章相互參照而爲補足，才能正確而完
整地通曉其義。

　　粗言之，「互足」又稱「互文」；細言之，「互足」又分爲「互
文」與「互體」二法，「互文」僅「互足」之一法。「互文」與「互
體」二者之用，古已有之，然古代人們並沒有將「互體」和「互文」

4　詳見下文分類舉例中引《正義》之言：
　　一、互文：
　　　〈召南‧采蘩〉：「互見其義也。」
　　　〈小雅‧菀柳〉：「互相接也。」
　　　〈召南‧羔羊〉：「互見其用。」
　　　〈齊風‧敝笱〉：「上下相充也。」
　　二、互體：
　　　〈王風‧大車〉：「互相見也。」
　　　〈鄭風‧有女同車〉：「互相足也。」
　　　〈周南‧卷耳〉：「互言之也。」
　　其言雖異，其義則同，皆爲「互足」之義也。
5　黃焯《詩說》，頁33，武漢：長江文藝出版社，1981年。

區別開來，現代則有區別與不加區別兩種意見。為能更加明瞭《詩經》重章互足的藝術表現，故本論文將二者區分開來細加討論。

第一節　互文

「互文」又稱「互文見義」，李錫瀾引《儀禮注疏》說明「互文」的結構方式：

> 唐賈公彥所說「凡言互文者，是兩物各舉一邊而省文，故云互文。」意為一個完整的意思分置于兩個相關的結構中，再由前後文互相補充，而得全部意義，故前後省文之外，還需合文以見義。[6]

清俞樾亦提出「互文見義」的見解，曰：

> 古人之文有參互以見義者。[7]

則《詩經》重章中的「互文」，可以說是：在重章疊詠的詩句中，上章省略下章出現的詞語，下章省略上章出現的詞語，參互成文，合而見義。

依照「互文」方式的不同，可以分為「完全式互文」與「不完全式互文」兩類。

---

[6]　同註 1，頁 112。
[7]　俞樾《古書疑義舉例》，頁 7，臺灣商務印書館，1978 年。

一、完全式互文

所謂「完全式互文」，是指重章中所變換的詞語，皆彼此互文足義。

其一，二章完全互文，二章彼此互文足義者，必爲完全式互文。如：

〈鄭風‧遵大路〉：
一章：不寁故也
二章：不寁好也

《毛傳》：「寁，速也。」范處義《詩補傳》：「不敢速忘故舊之情也……不敢速忘昔日之好也。」[8]兩句表達一個句義，余師培林更明確指出：「二句謂無因惡我，而不接續故舊之情也。」[9]上句蒙下句省略「好」字，下句承上句省略「故」字，前後句義相互補充。

又如〈小雅‧鶴鳴〉：

一章：他山之石，可以為錯。
二章：他山之石，可以攻玉。

「錯」，《毛傳》：「石也。可以琢玉。」「攻」，嚴粲《詩緝》：「今日謂錯治之也。」[10]這兩句話實際是表達一句話的意思，即黃焯《詩說》所云：「蓋謂他山之石可以爲錯以攻玉也。」[11]上句蒙下句省

8　　范處義《詩補傳》卷七，頁107，臺灣商務印書館：四庫全書第72冊。
9　　余師培林《詩經正詁》（上），頁231、232，三民書局，1993年。
10　嚴粲《詩緝》卷十九頁9，廣文書局，1960年。
11　同註5，頁33。

略「攻玉」一詞；而下句承上句省略「爲錯」一詞，前後句義互相
足也。

他如：

〈召南‧采蘩〉：一章「于以用之，公侯之事。」；二章「于以
用之，公侯之宮。」《傳》：「之事，祭事也。」《正義》：「序云可以
奉祭事，故知祭事。祭必於宗廟，故下云宮，互見其義也。」則「事」、
「宮」互文也。

〈王風‧君子陽陽〉：一章「右招我由房」，二章「右招我由敖」。
《傳》謂「房」爲「房中之樂」，《釋文》訓「敖」爲「遊」，故而
黃焯《詩說》：「二句合言，謂用房中之樂以敖也。」[12]則「由房」、
「由敖」互文也。

〈王風‧大車〉：一章「畏子不敢」，二章「畏子不奔」。余師
培林云：「不敢，與下章『不奔』爲互文，即『不敢』下添一『奔』
字看，而『不奔』間添一『敢』字看，皆謂不敢奔也。」[13]

〈唐風‧羔裘〉：一章「維子之故」，二章「維子之好」。楊合
鳴先生云：「這兩句意謂：難到我沒有他人可愛？只是因爲我是你
的『故好』。」[14]則「故」、「好」互文也。

〈陳風‧東門之枌〉：二章「穀且于差」，三章「穀且于逝」。
兩句意謂擇良辰吉日以往（南方之原），「差」、「逝」互文也。

〈小雅‧采芑〉：一章「于此菑畝」，二章「于此中鄉」。《傳》：
「鄉，所也。」陳奐《傳疏》：「所，猶處也。中所者，謂此菑畝中
處也。」[15]則「菑畝」、「中鄉」互文也。

---

[12] 同註5，頁34。

[13] 同註9，頁209。

[14] 楊合鳴《詩經句法研究》，頁236，武漢大學出版社，1993年。

[15] 陳奐《詩毛氏傳疏》卷十七，頁3626，漢京文化事業公司：皇清經解續編

　　〈小雅・白駒〉：一章「於焉逍遙」，二章「於焉嘉客」。余師培林曰：「逍遙、嘉客，乃伊人今後之生活寫照。」[16]「逍遙」、「嘉客」互文，兩句合言，謂自今而後逍遙游息而為嘉客也。

　　〈小雅・何人斯〉：一章「不入我門」，二章「不入唁我」。兩句意謂不入我門唁我，「我門」、「唁我」互文也。

　　〈小雅・巷伯〉：三章「謀欲譖人」，四章「謀欲譖言」。兩句合言，謂謀欲毀謗他人之言，「人」、「言」互文也。

　　〈小雅・車舝〉：一章「雖無好友」，三章「雖無德與女」。黃焯《詩說》以互文釋之，云：「總言雖無好德以為女友也。」[17]即「好友」、「德與女」互文也。

　　〈小雅・菀柳〉：一章「無自暱焉」，二章「無自瘵焉」。《正義》：「暱，近。釋詁文。毛於下章瘵焉，病也，言王者躁動無常行，多逆理，無得自往近之，則為王所病，與此互相接也。」余師培林亦明言：「一章言暱，二章言瘵，此互足其義也。」[18]

　　〈小雅・楚茨〉：二章「萬壽無疆」，三章「萬壽攸酢」。《傳》：「酢，報也。」兩句意謂報以無疆之萬壽，「無疆」、「攸酢」互文也。

　　其二，三章完全互文，即三章各言一文，須合三章之文以見義也。如：

　　　〈齊風・還〉：
　　　一章：並驅從兩肩兮

　　第 5 冊。
[16]　余師培林《詩經正詁》（下），頁 103，三民書局，1995 年。
[17]　同註 5，頁 34。
[18]　同註 16，頁 286。

　　二章：並驅從兩牡兮

　　三章：並驅從兩狼兮

蔣立甫先生云：「『肩』、『牡』、『狼』當爲同物。」[19]其說極是。蓋三者各從不同的角度立言。《傳》：「獸三歲曰肩」，則「肩」指其歲數也；而「牡」爲雄獸，乃指其性別也；「狼」則指其獸名也。三句應合爲一句讀，謂相偕而驅逐兩隻三歲大的雄狼。「肩」、「牡」、「狼」互文也。

　　又如〈曹風・蜉蝣〉：

　　一章：蜉蝣之羽

　　二章：蜉蝣之翼

　　三章：蜉蝣掘閱

《毛傳》：「掘閱，容閱也。」而馬瑞辰《毛詩傳箋通釋》：「按《廣雅》：『掘，穿也』……閱，讀爲穴。」[20]則「蜉蝣掘閱」便成了「蜉蝣穿穴而出」。楊合鳴先生即以爲此訓不妥：「『蜉蝣挖穴』云云與下句『麻衣如雪』在語意上有何相干？」[21]而以吳闓生《詩義會通》所云：「《傳》云掘閱，容閱也，當必古有此語而後世失之，……容閱猶孟子之言容悅，二字連文成義，言其容采悅澤也。」[22]較正確。又引裴學海《古書虛字集釋》所云：「閱讀爲《韓詩外傳》九『羽毛悅澤』之『悅』，言蜉蝣之羽翼悅澤也。」[23]因而斷言：「這三句

19　蔣立甫〈齊風・還〉賞析，見於周嘯天《詩經鑑賞集成》（下），頁145，五南圖書，1994年。

20　馬瑞辰《毛詩傳箋通釋》卷十五，頁680，藝文印書館，1957年。

21　同註14，頁232。

22　吳闓生《詩義會通》，頁60，中華書局，1970年。

23　裴學海《古書虛字集釋》卷五，頁360，廣文書局，1962年。

應合爲一句讀，即：『蜉蝣的羽翼悅澤』。」[24]此番推論甚爲精當。
蓋三章互文見義，一章「羽」蒙下二章省略「翼」、「掘閱」；二章
「翼」承上章、蒙下章省略「羽」、「掘閱」；三章「掘閱」則承上
二章省略「羽」、「翼」二字。

　　他如〈檜風‧隰有萇楚〉：一章「樂子之無知」，二章「樂子之
無家」，三章「樂子之無室」。《詩序》：「隰有萇楚，疾恣也。國人
疾其君之淫恣而思無情慾者也。」黃焯據此而云：「所云無知無家
無室者，蓋通三章爲言，以喻萇楚少而壯佼，乃不知有男女室家之
事。樂其如是，正所以疾檜君之淫恣而弗能如是也。」[25]則「知」、
「家」、「室」互文，其義不可分也。

二、不完全式互文

　　所謂「不完全式互文」，是指三章或三章以上的疊詠句，其中
二章或二章以上平列；而同與另一章互文見義。

　　其一，前二章平列，同與後一章互文，如：

　　　〈邶風‧新臺〉：
　　　一章：籧篨不鮮
　　　二章：籧篨不殄
　　　三章：得此戚施

余師培林《詩經正詁》：「籧篨當即下文之戚施」[26]，又云：「『得此
戚施』下添『不鮮』、『不殄』二字看，謂得此老不死之蟾蜍也。」[27]

---

[24]　同註14，頁232。
[25]　同註5，頁35。
[26]　同註9，頁126。

則一、二章鬗際「不鮮」、「不殄」平列，同與三章「得此」戚施互
文足義。即一、二章皆蒙三章省略「得此」一詞；而三章承一、二
章省略「不鮮」、「不殄」二詞。

又如〈唐風・葛生〉：

> 一章：誰與？獨處！
> 二章：誰與？獨息！
> 三章：誰與？獨旦！

嚴粲《詩緝》：「我其誰與乎？獨處而已。……獨旦，獨宿至旦
也。」[28]則「獨處」、「獨息」與「獨旦」互文見義，三句合言之，
即黃焯《詩說》所云：「吾誰與居乎？惟旦夕獨處獨息耳。」[29]則
一、二章「獨處」、「獨息」平列，同與三章「獨旦」互文足義。即
一、二章皆承三章省略「旦」字；而三章蒙一、二章省略「處」、
「息」二字。

他如：

〈召南・羔羊〉：一章「羔羊之皮」，二章「羔羊之革」，三章
「羔羊之縫」。《正義》於一章下云：「此章言羔羊之皮，卒章言羔
羊之縫，互見其用。皮爲裘，縫殺得制也。」余師培林亦云：「縫，
即兩皮相接合之處。此章言縫，不言皮、革；一章言皮，二章言革，
不言縫，此互文以見義也。」[30]

〈齊風・敝笱〉：一章「其魚魴鰥」，二章「其魚魴鱮」，三章
「其魚唯唯」。《正義》於三章下云：「上二章言魚名，此章言魚貌。

27　同註9，頁127。
28　同註10，卷十一頁26、27。
29　同註5，頁34。
30　同註9，頁53。

其上下相充也。」則三句合言,謂魴鰥、魴鱮皆相隨而行,「魴鰥」、「魴鱮」平列,同與「唯唯」互文見義也。

〈小雅‧南有嘉魚〉:一章「烝然罩罩」,二章「烝然汕汕」,四章「烝然來思」。余師培林云:「『來思』與『罩罩』、『汕汕』文義互足。」[31]則三句合言,謂魚兒罩罩、汕汕而來也。

其二,後二章平列,同與首章互文。如:

〈齊風‧盧令〉:
一章:盧令令
二章:盧重環
三章:盧重鋂

《正義》於一章下云:「此言鈴鈴,下言鐶、鋂。鈴鈴即是鐶、鋂聲之狀。」余師培林亦云:「一章,『令令』寫環聲,二三章寫環狀,此互足之文也。」[32]即二、三「重環」、「重鋂」平列,同與首章「令令」互文,謂繫於犬頸下的重環、重鋂,發出令令的聲響。首章承後二章省略「重環」、「重鋂」二詞,下二章蒙首章省略「令令」一詞。

又如〈魏風‧伐檀〉:

一章:坎坎伐檀兮
二章:坎坎伐輻兮
三章:坎坎伐輪兮

31　同註 16,頁 49。
32　同註 9,頁 279。

《正義》：「坎坎然身自斬伐檀木置之於河之俟，欲以爲輪輻之用。」首章「伐檀」言其木名；二、三章「伐輻」、「伐輪」顯其用途，三句合言之，即黃焯《詩說》所云：「乃謂伐檀以爲輻爲輪也。」[33]故後二章並非砍輻砍輪之意。其二、三章「伐輻」、「伐輪」平列，同與首章「伐檀」互文，即首章蒙後二章省略「伐輻」、「伐輪」二詞；後二章承首章省略了伐檀」一詞。

他如〈鄭風‧大叔于田〉：一章「乘乘馬」，二章「乘乘黃」，三章「乘乘鴇」。「乘馬」，《詩緝》：「下乘去聲，四馬也」[34]；「乘黃」，《傳》：「四馬皆黃」；「乘鴇」，即四馬皆「驪白雜毛」[35]。是三章合言，謂拉車之四匹馬，有黃馬亦有黑白相間之馬，「黃」、「鴇」平列，同與「馬」互文也。

其三，前後二章平列，同與中一章互文。如：

〈召南‧羔羊〉：
一章：素絲五紽
二章：素絲五緎
三章：素絲五總

余師培林云：「紽、總爲裘飾之名，緎爲裘縫界緎，爲施紽、總之處，互文以見義也。」[36]其一、三章平列裘飾之名，同與二章之「界緎」互文以見義，謂素絲以爲紽、總之界緎也。即一、三章均蒙二章，省略「緎」字；而二章則承一、三章，省略「紽」、「總」二字

又如〈魏風‧伐檀〉：

---

[33] 同註 5，頁 33。
[34] 同註 10，卷八頁 10。
[35] 此亦《傳》說。
[36] 同註 9，頁 53。

一章：胡瞻爾庭有縣貆兮

二章：胡瞻爾庭有縣特兮

三章：胡瞻爾庭有縣鶉兮

《毛傳》：「獸三歲曰特」；而「貆」與「鶉」分別爲獸類與鳥類。其一、三章平列二動物之名，二章則言其歲數，此亦互文見義也，謂胡瞻爾庭懸有三歲大之貆與鶉。即首章、三章均承二章，省略「特」字；而二章則蒙首章、三章省略「貆」與「鶉」二字。

以上所陳，皆爲前章句義未完，須待重章「互文」以見義者。有「完全式互文」十七組，「不完全式互文」十組，共計二十七組疊詠句。

第二節　互體

何謂「互體」？《修辭通鑒》：

> 互體即上下文各省一邊，使某些內容互相包含，互相補充。[37]

「互體」和「互文」在在結構上都是上下文各省一邊，然而省略的方式各有不同，《修辭通鑒》亦非常精要地點明二者之不同：

> 互文省卻的是文字，省卻的「痕跡」十分顯露，可以明確無誤地將上文或下文明寫的文字補在省卻的位置上，而互體省卻的是「事物」，不容易將上文或下文明寫的文字補上

---

[37] 同註2，頁664。

去。它補的是某一意義。正因為如此，互體比起互文來，一個重在相互包含，一個重在補足。[38]

《詩經》重章中的「互文」和「互體」亦有如此之分別，即當前章句義未完，則重章「互文」以足之；若句義已完整，而章義有未盡者，則待後章「互體」補申之，「互體」沒有明顯的省文，而意境則相互補充。因此，從賞析與訓詁的觀點而言，用「互文」的重章，若不知它用了互文，便不容易解釋；而用「互體」的重章，若不知它用了互體，尚可解釋。

依照「互體」方式的不同，可以分為「相應式互體」與「平行式互體」兩類。

一、相應式互體

即上下文各省略的內容，乃彼此相互呼應。

其一，將一事物之原因、結果分置于各章之中。如：

〈召南‧行露〉：
二章：室家不足
三章：亦不女從

《集傳》謂：「室家不足，求為室家之禮未備。」黃焯《詩說》則以互體釋之，以為此二句合而解之，即「（蓋女謂男云，汝雖召我而獄，）而室家之道不足，我終不得從汝也。」[39]上句乃明其原因──

38　同註2，頁664。
39　同註5，頁35。

女求爲室家之禮不完備;下句乃明其結果——我終不從女也。此二章章義相連,互爲因果、互相補足。

又如〈邶風‧綠衣〉:

> 三章:我思古人,俾無訧兮。
> 四章:我思古人,實獲我心。

裴普賢先生:「古人,指亡妻。」[40]三章言思亡妻在世時,能適時規勸,使我不致犯錯;四章乃嘆其實能深得我之歡心!蓋有「俾無訧兮」之因,故有「實獲我心」之果,此二章章義相接,互爲因果、互相足也。

至如〈魯頌‧有駜〉,乃一章爲因,二、三章爲果:

> 一章:在公明明
> 二章:在公飲酒
> 三章:在公載燕

范處義《詩補傳》云:「始言在公明明,則明足以善其職。中言飲酒,卒言載燕。既善其職,則朝廷無事,君臣相與飲酒而燕樂耳。」[41]余師培林即明言:「二、三章易爲『飲酒』、『載燕』,此互足也。」[42]細言之,此乃因果式之互體也,蓋因有在公明明之勤勉善職,則朝廷無事,故君臣能有飲酒、載燕之樂也。

至若〈小雅‧隰桑〉全詩四章,其一爲因,其果則有三:

40　裴普賢《詩經評註讀本》(上),頁97,三民書局,1990年。
41　同註8,卷二七,頁404。
42　同註16,頁604。

一章：其樂如何！
二章：云何不樂？
三章：德音孔膠。
四章：何日忘之。

首二章分別以驚嘆語與疑問語表達了樂見君子之意，末章「何日忘之」言對親愛者念念不忘。余師培林云：「三章末語德音孔膠爲全詩之重心，前二章言樂見君子，其原因皆在此。」[43]實則「何日忘之」之因亦在於此也。蓋三章「德音孔膠」與一、二、四章互爲因果也。

　　他如〈曹風‧候人〉全詩四章，其因果循環而下，層層互足：

一章：三百赤芾
二章：不稱其服
三章：不遂其媾
四章：季女斯飢

赤芾，乃大夫之服。余師培林云：「『三百赤芾』，謂侯人服此赤芾而在三百大夫之中。下文『不稱其服』一語，足以說明此意。」[44]則可謂「三百赤芾」是因，而「不稱其服」爲果也。三章「不遂其媾」，謂「候人欲偶大夫之季女而不得」[45]，乃承二章而下。四章「季女斯飢」，則又承三章而來，屈萬里云：「上章言不遂其媾，此言季女斯飢，似此季女未成婚而被棄以至於飢餒者。」[46]。余師培

---

[43]　同註16，頁298。
[44]　同註9，頁413。
[45]　同註9，頁412。
[46]　屈萬里《詩經詮釋》，頁256，聯經出版事業公司，1989年。

林亦明言此二、三、四章之關係：「『不稱其服』是因，『不遂其媾』是果，而末章『季女斯飢』則又爲『不遂其媾』之果。」[47]是一章與二章；二章與三章；三章與四章均彼此互爲因果，其因果關係層層而下，互相足也。

　　其二，將一事物之條件、推論分置于各章之中。如：

　　　　〈唐風・蟋蟀〉：
　　　　一章：良士瞿瞿
　　　　二章：良士蹶蹶
　　　　三章：良士休休

「瞿瞿」，《爾雅義疏》：「驚顧貌」[48]，屈萬里進一步言：「謂顧念家室也」[49]；「蹶蹶」，《傳》：「動而敏於事也」；「休休」，《集傳》：「安閑之貌」[50]。故而曹文安、沈祥源〈說詩經重章互足法〉一文，指出三章之間的關係：「前二章說的是條件，末章說的是在此條件下的推論。意思是只要有瞿瞿、蹶蹶之勤，然後才會有休休之樂。」[51]是三章章義相連，「瞿瞿」、「蹶蹶」與「休休」互爲條件、推論也。

　　其三，將問、答之語分置于各章之中。如：

　　　　〈小雅・蓼莪〉：
　　　　五章：我獨何害？
　　　　六章：我獨不卒！

47　同註 9，頁 413。
48　郝懿行《爾雅義疏》：「瞿者，驚顧貌。」卷三，頁 139，鼎文書局，1972 年。
49　同註 46，頁 194。
50　據朱熹《詩集傳》卷六，頁 68，中華書局，1989 年。
51　曹文安、沈祥源〈說詩經重章互足法〉，頁 105，刊於《西南師院學報》，1983 年第 2 期。

五章乃詩人發出不平之鳴，自問：「我獨何害？」，即我何以獨遭逢此災害？六章則曰此害乃「我獨不得終養父母。」以相應之。詩人自問自答，然又答非所問，相應之外，大有補充前者之意，益見其哀痛之情。

二、平行式互體

平行式互體即是將一人、事、物的各個側面分置于各章之中，若合而解之，則能對此一人、事、物有更深、更廣地瞭解。

其一，在「人」的描寫方面，有將「人」之性情、容貌等多種不同的特質，分置于各章以描繪。如〈齊風・盧令〉：

一章：其人美且仁
二章：其人美且鬈
三章：其人美且偲

余師培林：「一章寫其仁，二章寫其好，三章寫其武，而美則共之。」[52]是三章皆言獵人外貌之「美」；卻分別從三個不同的角度，言其具有「仁」、「鬈」、「偲」等美好的內在品質。曹文安、沈祥源亦指出：「三章從不同的側面寫，合而解之，就體現了對這位似乎德智體全面發展的獵人的全面讚美。」[53]即「仁」、「鬈」、「偲」互體也，三章合言之，則知此獵人不僅人長得俊美，亦具有三種美好的內在品質。

又如〈齊風・還〉：

---

[52]　同註 9，頁 279。
[53]　同註 51，頁 104。

一章：子之還兮……揖我謂我儇兮。

二章：子之茂兮……揖我謂我好兮。

三章：子之昌兮……揖我謂我臧兮。

此詩是獵人與友人共獵互美之詩，三章各從獵技、形貌、氣象等不同的角度互美對方。

每章首句皆爲獵者讚美友人，分別美其「還」、「茂」、「昌」也，《正義》：「此還與下茂，好；昌，盛，皆是相譽之詞，以其善於田獵，故知還是輕便捷速之貌也。」三章互體，則其美友人獵技便捷，形貌佼好，氣象昌盛也。末句則爲友人讚美獵者，分別美其「儇」、「好」、「臧」也，《正義》亦云：「儇，利，言其便利馳逐……臧，善。」三章亦爲互體，則知友人美其獵技便利，形貌佼好，氣象良善，可謂投桃報李之讚譽也。三章合而解之，不僅體現了二人對彼此全面地讚美，亦可見獵人與其友人特質之異同。

他如：

〈召南·野有死麕〉：一章「有女懷春」，二章「有女如玉」。上言其情；下言其貌，互體也。

〈邶風·柏舟〉：二章「我心匪鑒，不可以茹」，三章「我心匪石，不可轉也」。上言其心匪鑒，人不可測度；下言其心匪石，不可轉動，互體也，合而解之，則知抒情主人公之心志難測且堅定也。

〈衛風·淇奧〉：一、二章「瑟兮僩兮，赫兮咺兮」；三章「寬兮綽兮，猗重較兮」。一、二章之「瑟、僩、赫、咺」，狀其威儀之隆盛；三章之「寬、綽，倚重較」，狀其性情之和易，並擇其倚車與人交談的動態細節進行描繪，而下二句「善戲謔兮，不爲虐兮」，亦續寫其和易近人之性情，與人談笑風生，皆能合宜有所節制。三章合而觀之，則知此「君子」乃溫厲相濟，寬猛皆宜也。

〈衛風·考槃〉：一章「碩人之寬」，二章「碩人之薖」，三章「碩人之軸」。「寬」、「薖」、「軸」互體也，可見碩人之胸襟。

〈鄭風·叔于田〉：一章「洵美且仁」，二章「洵美且好」，三章「洵美且武」。「仁」、「好」、「武」互體也，可見叔具有多種美好的特質。

〈魏風·園有桃〉：一章「謂我士也驕」，二章「謂我士也罔極」。二章互體，謂我士既「驕」且「罔極」也。

〈唐風·椒聊〉：一章「碩大無朋」，二章「碩大且篤」。「無朋」、「且篤」互體也，寫其所美之人形體高大無比，且性情篤厚誠實。

〈唐風·綢繆〉：一章「見此良人！……如此良人何！」；二章「見此邂逅！……如此邂逅何！」；三章「見此粲者！……如此粲者何！」余師培林：「一章『良人』，寫其品德；二章『邂逅』，寫其個性；末章『粲者』，寫其容貌。」[54]則「良人」、「邂逅」、「粲者」互體也。

〈陳風·澤陂〉：一章「傷如之何」，二章「碩大且卷」，三章「碩大且儼」。首章「傷如之何」似與下二章扞格難通，然依余師培林之意，此乃形容美人憂傷之深，故云：「竊意此語與下二章之『碩大且卷』、『碩大且儼』，皆是形容『有美一人』之辭。」[55]則三句互體也。

〈鄭風·有女同車〉：一章「洵美且都」，二章「德音不忘」。兩句互體，分別美孟姜之容貌及其德行也。

〈小雅·湛露〉，一章「顯允君子」，二章「豈弟君子」。「顯允」、「豈弟」互體也，為君子之兩種美質。

---

[54] 同註9，頁321。
[55] 同註9，頁392。

另有專事于描寫主人公之服飾、裝扮者。如：

〈鄭風・緇衣〉：
一章：緇衣之宜兮
二章：緇衣之好兮
三章：緇衣之蓆兮

此乃讚卿大夫所著之緇衣，既合體、又美觀、又寬大，「宜」、「好」、「蓆」互體也，可見卿大夫著官服之容止。

又如〈秦風・終南〉：

一章：錦衣狐裘
二章：黻衣繡裳

「錦衣狐裘」與「黻衣繡裳」都是當時諸侯的服裝，詩人以此兩種服飾裝扮，展現了主人公為「國君」的身份。

他如：

〈唐風・無衣〉：一章「安且吉兮」，二章「安且燠兮」。兩句互體，乃讚「子之衣」既「安」且又「吉」、「燠」也。

〈曹風・蜉蝣〉：一章「衣裳楚楚」，二章「采采衣服」，三章「麻衣如雪」。「楚楚」、「采采」、「如雪」互體，言君臣所著之衣裳鮮明、美盛又潔白。

至如〈鄭風・羔裘〉，則是全篇皆以此種互體的方式，來描寫「彼其之子」之性情、服裝與容止：

羔裘如濡，洵直且侯。彼其之子，舍命不渝。（一章）
羔裘豹飾，孔武有力。彼其之子，邦之司直。（二章）
羔裘晏兮，三英粲兮。彼其之子，邦之彥兮。（三章）

羔裘乃大夫之朝服，三章首句皆以此起興，美大夫所服之羔裘「如
濡」、「晏兮」且有「豹飾」。三章第二句則是由外在服飾之美，到
內在品質之美的一個過渡語，讚其服飾之美盛，即讚著此服飾者性
情之美盛，朱熹云：「豹甚武而有力，故服其所飾之裘者如之。」[56]
三章末句則直接讚美大夫內在品質之美盛：「舍命不渝」、「邦之司
直」、「邦之彥兮」，則分別美大夫己直又能直人；且又英武有力。
三章各句合而觀之，則知所頌揚之大夫是個允文允武、兼具內在美
與外在美的俊彥。

　　此外，亦有將人在生活中之不同角色與身分，分置于各章中
者。如：

　　〈鄘風・鶉之奔奔〉：
　　一章：我以為兄
　　二章：我以為君

姚際恆《詩經通論》：「『我』皆自我，而『為兄』、『為君』，乃國君
之弟所言爾，蓋刺宣公也。」[57]兩章合而解之，則知詩人所刺之人，
既為其兄、亦其君也。

　　又如〈小雅・桑扈〉：

　　一章：受天之祜。
　　二章：萬邦之屏。

言詩中之君子，既受天之祐祜；且為萬邦之屏障、依靠，則此所言
之「君子」，非天子莫屬也。

56　同註 50，卷四，頁 50。
57　姚際恆《詩經通論》，頁 74，河洛圖書出版社，1978 年。

其二，在「物」的描寫方面，有從不同的角度，將一物體之形貌、聲響、觸感等分置于各章中以描寫。如：

〈鄭風·風雨〉：
一章：風雨淒淒
二章：風雨瀟瀟
三章：風雨如晦

余師培林：「一章曰『淒淒』，風雨之意也；二章曰『瀟瀟』，風雨之聲也；三章曰『如晦』，風雨之狀也。」[58]此三章分別從觸感、聲響、狀態形容風雨，是「淒淒」、「瀟瀟」、「如晦」互體也。

又如〈小雅·魚麗〉：

四章：維其嘉矣！
五章：維其偕矣！
六章：維其時矣！

此三章各從不同的角度來頌美食物。四章言「嘉」，讚食物美善也；五章言「偕」，蘇轍《詩集傳》：「偕，齊也。」[59]即讚食物之齊備也；六章言「時」，即讚食物之得時宜也。三章合而觀之，知主人公所備食物，既美善又齊備；且又得時宜，可見其禮意之殷勤。是「嘉」、「偕」、「時」互體也。

他如：

58　同註9，頁249。
59　蘇轍《詩集傳》卷十八，頁409，臺灣商務印書館：四庫全書第70冊。

〈鄭風‧溱洧〉：一章「溱與洧，方渙渙兮！」；二章「溱與洧，瀏其清兮！」。「方渙渙」、「瀏其清」各就溱、洧之水勢、水質形容，互體也。

〈齊風‧載驅〉：一章「汶水湯湯」，二章「汶水滔滔」。「湯湯」、「滔滔」各就汶水水流之聲響、形貌描繪，互體也。

〈唐風‧揚之水〉：一章「白石鑿鑿」，二章「白石皓皓」，三章「白石粼粼」。「鑿鑿」、「皓皓」、「粼粼」各就白石不同之形貌描繪，互體也。

〈小雅‧頍弁〉：一章「爾殽既嘉」，二章「爾殽既時」，三章「爾殽既阜」。「嘉」、「時」、「阜」各讚荼餚之美善、應時、豐盛，互體也。

〈大雅‧鳧鷖〉：一章「爾酒既清，爾殽既馨」；二章「爾酒既多，爾殽既嘉」；三章「爾酒既湑，爾殽伊脯」。此三章讚酒之既「清」且「多」、「湑」；讚餚之既「馨」且「嘉」、「脯」也，互體也。

〈魯頌‧駉〉：一章「以車彭彭，……思馬思臧」；二章「以車伾伾，……思馬思才」；三章「以車繹繹，……思馬思作」；四章「以車祛祛，……思馬思徂」。此四章讚所拉之車「彭彭」、「伾伾」、「繹繹」、「祛祛」；所乘之馬「臧」、「才」、「作」、「徂」，互體也。

亦有在二章中，其一言人、物之名，其二則狀此人、物之形貌或聲響者。如：

〈召南‧小星〉：
一章：嘒彼小星，三五在東。
二章：嘒彼小星，維參與昴。

王引之《經義述聞》：「三五，舉其數也；參昴，著其名也，其實一而已矣。」[60]是一章之「三五」即二章之「參昴」，「三」乃參星之數；「五」乃昴星之數。「三五在東」各指其數並言其在東之況；「維參與昴」則直揭其星宿之名，二章互體也。

又如〈鄭風・有女同車〉：

　　　　一章：佩玉瓊琚

　　　　二章：佩玉將將

《正義》：「上章言玉名，此章言玉聲，互相足也。」即「瓊琚」為此佩玉之名稱；「將將」則為此佩玉所發出之聲響，二章互體。合言之，即佩玉「瓊琚」發出了「將將」的聲響。

至如〈鄭風・揚之水〉：一章「維予與女」，二章「維予二人」。一章指明兄弟乃「予與女」，二章言其數為「二人」，則知詩中所言止兄弟二人，此詩非為兄言，即為弟辭，二章互體也。

其三，在「事」的描寫方面，則是將某一情況下所發生的不同行為、事件等分置于各章中。因而各章合而解之，則能對此一情狀有較為完整地認識。如：

　　　〈魏風・園有桃〉：
　　　一章：心之憂矣，我歌且謠。
　　　二章：心之憂矣，聊以行國。

余師培林云；「歌謠、行國，乃互文也。」[61]若細言之，實則二章互體也。詩人心憂之，「逐歌而且謠以寫中心之憂」[62]；另一方面，

60　王引之《經義述聞》卷五，頁13725，漢京文化事業公司：皇清經解第18冊。
61　同註9，頁297。
62　見孔穎達《毛詩正義》，頁208，藍燈文化事業公司：十三經注疏本。

則「出遊於國中而寫憂也」[63]兩章合而觀之，則知詩人心憂之，乃
悲歌、行國以寫憂也。

又如〈秦風‧渭陽〉：

> 我送舅氏，曰至渭陽。何以贈之？路車乘黃。（一章）
> 我送舅氏，悠悠我思。何以贈之？瓊瑰玉佩。（二章）

全詩二章，章四句。前半章言送舅氏「至渭陽」而「心悠悠」也，
《集傳》引王氏曰：「至渭陽者，送之遠也；悠悠我思者，思之長
也。」[64]此二句分別言送舅氏之地點與心情，互體也。後半章則言
贈之以「路車乘黃」及「瓊瑰玉佩」，此二句分別言所贈之車乘與
玉佩，可謂贈之厚也，亦爲互體。

他如：

〈召南‧小星〉：一章「肅肅宵征，夙夜在公」；二章「肅肅宵
征，抱衾與裯」。「夙夜在公」、「抱衾與裯」，兩句合而解之，可見
征人行役之苦況，互體也。

〈齊風‧南山〉：三章「取妻如之何，必告父母」；四章「取妻
如之何，匪媒不得」。「必告父母」、「匪媒不得」爲取妻之二大必要
條件，互體也。

〈豳風‧九罭〉：一章「公歸無所」，二章「公歸不復」。「無所」、
「不復」言公既歸，「不留止於東國」[65]；亦「將留相王室而不復
來東」[66]，互體也。

---

[63]　同註 50，卷五，頁 64。
[64]　同註 50，頁 79。
[65]　同註 46，頁 277。
[66]　同註 50，頁 97。

〈小雅·小明〉：四章「正直是與」，五章「好是正直」。此兩句謂不僅當好此正直之人；且當好與正直之人相親近，互體也。

〈小雅·六月〉：一章「王于出征，以匡王國」；二章「王于出征，以佐天子」。此言王出征，既「匡王國」；亦「佐天子」，互體也。

〈小雅·何草不黃〉：一章「哀我征夫，獨爲匪民」；二章「哀我征夫，朝夕不暇」。兩章謂哀征夫朝夕無暇，獨過此非人之生活，互體也。

至如〈召南·采蘋〉，則是全篇皆以重章互體的形式，分別于各章中托出全詩的人、事、地、物：

> 于以采蘋？南澗之濱；于以采藻？于彼行潦。（一章）
> 于以盛之？維筐及筥；于以湘之？維錡及釜。（二章）
> 于以奠之？宗室牖下；誰其尸之？有齊季女。（三章）

三章皆以問答的形式，六問六答，一章述「祭品及所采之地」，二章述「治祭品及所治之器」，三章述「祭地及主祭之人」。[67]即三章各述祭品、祭器、祭地及祭者，合而觀之，則能對此詩之人、事、地、物有一全面地瞭解。

以上所陳，皆爲前章章義未完，須待重章「互體」以足之者。計有「相應式互體」七組；「平行式互體」五十二組，共計五十九組疊詠句。

除以上單一地運用某一種互足藝術外，亦有混合運用者。如：

〈衛風·淇奧〉即同時運用「相應式互體」與「平行式互體」：

---

[67] 此段言各章所述之主旨，乃參見方玉潤《詩經原始》，其云：「祭品及所采之地，治祭品及所治之器，祭地及主祭之人，層次井然，有條不紊。」卷二，頁100，北京：中華書局，1986年。

一章：如切如磋，如琢如磨
二章：充耳琇瑩，會弁如星
三章：如金如錫，如圭如璧

首章「切、磋、琢、磨」，皆所以治器，比喻君子自修砥礪、德業精進；三章「金、錫圭、璧」，皆成形器物，比喻君子德業已成，其前後照應，首尾圓合，[68]乃「相應式互體」也。而二章變言其服飾裝扮，耳墜晶瑩的美石，頭戴綴玉片的帽子，閃爍如星，與一、三章爲「平行式互體」也。

又如〈王風・丘中有麻〉，即同時運用「互文」與「互體」：

一章：彼留子嗟。
二章：彼留子國。
三章：彼留之子。

歷來對此三句之解釋頗多歧異，姚際恆《詩經通論》釋「嗟」、「國」爲語詞，然古書並無其例。《毛傳》：「子國，子嗟父。」而于末章「之子」處無釋，黃焯《詩說》據此而云：「蓋以詩于次章稱子國，其下省之子之語，卒章稱之子，則上承子國爲父，實皆謂彼留子國之子，而爲子嗟之變文耳。」[69]是二章「子國」與三章「之子」互文；又與一章「子嗟」互體，蓋「子嗟」即爲「子國之子」，各就不同角度立言。

此種「互足」法的混合運用，使得詩意的表達更爲生動而靈活，藝術價值亦提升許多。

---

[68]　參見同註9，頁162。
[69]　同註5，頁34、35。

第三節　小結——重章互足的藝術效用

　　《詩經》重章運用「互足」藝術的疊詠句，有「互文」二十七組，「互體」五十九組，及混合式三組，總計八十九組疊詠句。「互體」約爲「互文」的兩倍，則知詩人多喜愛從各個側面，以詠歌同一人、事、物，使得詩歌的內涵更爲豐富，不僅僅是一唱三嘆而已。

　　研究《詩經》重章「互足」的藝術，除以上所陳，它在語言文字訓詁上的靈活運用，同時，它亦發揮了多方面的藝術效用：

一、簡潔凝練

　　《詩經》在表達豐富多樣的內容、情感時，運用「互足」藝術，既可充分抒發，亦能使語言精練。蓋「互足」是前後章各省一邊，能彼此相互補足，避免冗雜。因而，不論是「互文」，如〈小雅·鶴鳴〉：一章「可以爲錯」，二章「可以攻玉」，各章省略的是「文字」；抑或是「互體」，如〈魏風·園有桃〉：一章「我歌且謠」，二章「聊以行國」，各章省略的是「事物」，都能使得語句簡潔、凝練。

二、含蓄豐富

　　「互足」是上下文互相補足，合而見義。如「互文」的〈邶風·新臺〉：一章「籧篨不鮮」，二章「籧篨不殄」，三章「得此戚施」，其刺責、感嘆之義須合三章以見之；又如「互體」的〈齊風·盧令〉：一章「其人美且仁」，二章「其人美且鬈」，三章「其人美且偲」，

其全面性的讚美之義，亦須合三章以見。互足的內容或刺或美，或明或暗，只要組織得好，均能使得語意委婉含蓄，內容新穎豐富。

三、緊湊勻稱

《詩經》句式多為四言，在有限的字數內，前章未盡之句義、章義，則以對稱之後章補足。「互文」中如〈曹風·蜉蝣〉：一章「蜉蝣之羽」，二章「蜉蝣之翼」，三章「蜉蝣掘閱」，各章未盡之句義，則以前後章互足之；「互體」中如〈召南·行露〉：二章「室家不足」，三章「亦不女從」，各章未盡之章義，則以前後章互足之。不但完整地表達出句義、章義，且又使得篇章結構密切緊湊，字句勻整對稱。

四、徵實增色

所謂「徵實」，即「詩文中，不同的地方以不同的詞語指同一事物。」[70]「互文」中如〈鄭風·大叔于田〉：一章「乘乘馬」，二章「乘乘黃」，三章「乘乘鴇」，二、三章平列，同與首章互文，皆指四馬。「互體」中如〈召南·小星〉：一章「三五在東」，二章「為參與昴」，同指參星與昴星，此即謂互足徵實也。就藝術的觀點而言，數章變文同詠一物，充分表達詩人之意，亦表現了用詞的靈活豐富，使詩歌增色許多。

---

[70]　丁忱〈詩經互文略論〉，頁90，刊於《武漢師院學報》，1982年第3期。

五、周全強化

　　「互體」是從多種側面來說明主題，如〈鄭風・叔于田〉：一章「洵美且仁」，二章「洵美且好」，三章「洵美且武」，美「叔」既「仁」，且「好」、「武」，可說是智、仁、勇雙全。又如〈小雅・魚麗〉：四章「維其嘉矣」，五章「維其偕矣」，六章「維其時矣」，其讚食物既美善、齊備且得時宜。如此，從多側面形容，既周全而又全面地強化了主題形象。

　　《詩經》「重章」運用「互足」法，使得詩歌語句簡潔凝練；內容含蓄豐富；結構緊湊勻稱；用詞靈活增色，是一種高明的、錘鍊文句的藝術表現手法。明乎此法，則閱讀《詩經》時，對於某些詩句、篇章，能有較精確地理解；不致拘泥偏執而產生誤解或不得其解。

第五章　　《詩經》重章並列的藝術

　　「並列」即列舉的各項內容是並行的，無先後、深淺、輕重、主次之分。

　　《詩經》重章中，大量運用「並列」的藝術手法，盛廣智《詩三百篇精義述要》即云：

> 複沓的各章詩之間，可有不同的關係。較多見的是並列平陳關係。[1]

至其何謂重章「並列」，盛氏亦有進一步地說明：

> 就是各章內容一致，性質相同，後一章並不是前一章的深入或發展，而只是字詞略有變化的一種重複。[2]

《詩經》重章中，運用「並列」藝術的詩句，其前後章之間，不僅「內容一致、性質相同」；亦具有相同的類別，以及相近的詩意，即使各章間章次互換，亦無礙於對整篇詩歌的賞析與理解。蓋一章之意雖足，然餘興未已，故重章複沓以申慇勤之意，正所謂「一唱三嘆」也。

---

[1]　盛廣智《詩三百篇精義述要》，頁 237，東北師大出版社，1988 年。
[2]　同註 1。

在這種略有變化的字詞之間，因並列關係的不同，形成了兩種不同的並列藝術：一種是相互對立的「對列」；一種是相互平行的「平列」。

第一節　對列

「對列」即對照式並列，其疊詠的各項之間是相反、相對的關係，彼此相互比較，相得益彰。從對照「體」的同異來看，可以分為「一體兩面對列」和「兩體對列」二類。

一、一體兩面對列

所謂「一體兩面對列」，即將同一「體」互相對立的兩個方面，分置於各章以相互對照，使複沓之中顯出變化。如：

〈鄘風・蝃蝀〉：

一章：蝃蝀在東，莫之敢指。

二章：朝隮于西，崇朝其雨。

《毛詩稽古編》曰：「蝃蝀在東，莫虹也；朝隮于西，朝虹也。」[3] 兩章同寫「虹」，然一在東，是為暮虹；一在西，是為朝虹，乃一體兩面之對列也。又《詩經原始》云：「天地淫邪之氣，忽雨忽晴，

3　陳啟源《毛詩稽古編》卷四，頁 383，臺灣商務印書館：四庫全書第 85 冊

東西無定。」[4]是兩章對列，借以比喻「虹」之忽東忽西，變化無定也。

又如〈齊風・東方之日〉：

> 一章：履我即兮！
> 二章：履我發兮！

《集傳》：「即，就也。言此女躡我之跡而相就也。……發，行去也。言躡我而行去也。」[5]則兩章同詠「女躡我而行」，然「即」、「發」，一言來；一言去，乃一體相對列也。屈萬里先生總言之而云：「首章言東方之日而來就，次章言東方之月而行去，是為晝來而夜去也；此於情理上似有未安。蓋詩以趁韻之故，往往與事實以有出入，讀者不以辭害意可也。」[6]余師培林：「竊意詩人所寫或為實情，或另有他意」[7]蓋「晝來」與「夜去」對列之，以示男女幽會「雖處一室而不亂也。」[8]

他如：

〈魏風・十畝之間〉：一章「十畝之間兮！……行與子還兮！」；二章「十畝之外兮！……行與子逝兮！」兩章同詠「十畝之田」之景。然一詠其內；一詠其外，「間」、「外」一體兩面對列也。又，「還」，歸返也；「逝」，往也。兩章同詠與子同行，然一言返；一言往，此亦一體兩面之對列。

4　方玉潤《詩經原始》卷四，頁166，北京：中華書局，1986年。
5　朱熹《詩集傳》卷五，頁59，中華書局，1989年。
6　屈萬里《詩經詮釋》，頁169，聯經出版社，1989年。
7　余師培林《詩經正詁》（上），頁269，三民書局，1993年。
8　同註7。

　　〈唐風・有杕之杜〉：一章「生于道左」，二章「生于道周」。《韓詩》曰：「周，右也。」[9]則同詠「有杕之杜」生于道之況，一言生于道「左」；一言生于道「右」，一體兩面之對列也。

　　〈小雅・沔水〉：一章「載飛載止」，二章「載飛載揚」。「揚」，上飛也，與「止」乃為一體兩面之對列，用以比喻飛隼時起時落變化的動態。

　　〈小雅・魚藻〉：一章「有頒其首」，二章「有莘其尾」。兩章皆詠在藻之魚，「頒首」、「莘尾」，皆言魚體之大，然一言其「首」；一言其「尾」，一體兩面對列也。

二、兩體對列

　　所謂「兩體對列」，即將相互對立的兩「體」，分置於各章以相互對照，形成鮮明的對比。如：

　　　〈周南・汝墳〉：
　　　一章：未見君子，惄如朝飢。
　　　二章：既見君子，不我遐棄。

一章追述「未見君子」時憂急之心，二章寫「既見君子」時欣悅之情，兩種不同的景況雖前後相承；然更重要的是其並列以相互對照之關係，益加凸顯婦人見夫于役歸來之喜樂心情。

　　又如〈邶風・綠衣〉：

9　陳喬樅《韓詩遺說考》卷五，頁4553，漢京文化事業公司：皇清經解續編第7冊。

三章：綠兮絲兮，女所治兮。

四章：絺兮綌兮，淒其以風。

余師培林曰：「卒章以絺綌與前文絲衣對照，顯示今日境遇之艱困，益增思念故人之情。」[10]蓋三章爲昔日之況，述其妻曾爲己染絲製作衣裳；四章爲今日之況，寫其禦寒不以衣裳袍裘，而以絺綌，一樂一苦前後並列對照之。

他如：

〈齊風·東方之日〉：一章「東方之日兮」，二章「東方之月兮」。「東方之日兮」，指早晨時刻；「東方之月兮」，指夜晚時刻。「日」、「月」不同時，兩體對列也。

〈小雅·白駒〉：一章「以永今朝」，二章「以永今夕」。一章言「朝」時；二章言「夕」時，此亦兩體對列也。

以上重章「對列」藝術的疊詠句，有「一體兩面對列」八組，「兩體對列」六組，共計十四組疊詠句。其數量雖然不多，然適時的運用於重章詩篇中，使得所描繪事物的狀態、性質、特徵；或所抒發之情感色彩，都鮮明而突出，增添了藝術的感染力。

第二節　平列

「平列」即平行式並列，疊詠的各個字詞之間是平行的關係，是站在同一個角度、同一個側面而疊詠，不同於「對舉」式的相互

對立。平列之重點在於重沓以足意，故其變換疊詠之內容不必定為事實，而多以同類、同角度之相關語出之。依「平列」範圍、對象之不同，可分為「同體異部平列」與「異體平列」兩類。

一、同體異部平列

　　所謂「同體異部平列」，即平列的範圍，是在同一「體」之內的不同部位，看似同於「互足」中之「互體」；然「互體」的各項間有相互補足的意味，「同體異部平列」則是在詩意、性質相同的基礎上，平行並列以反覆詠歌，並不具有相互補足的藝術效用。

　　「同體異部」之「體」，或為「物」；或為「地」，可分為兩類。

　　其一，同「物」異部平列。如：

　　　〈邶風・燕燕〉：
　　　一章：參差其羽
　　　二章：頡之頏之
　　　三章：上下其音

三章均詠「燕燕于飛」忽高忽低，彼此相隨逐之景況，一章以「羽」言之，況其羽參差不齊；二章直以「飛」言之，況其飛而上、飛而下；三章以「音」言之，況其音高高低低，三章表達了同一個意象，然以「燕燕」之不同部位的動態以詠歌之。

　　又如〈鄘風・相鼠〉：

　　　一章：相鼠有皮
　　　二章：相鼠有齒
　　　三章：相鼠有體

三章皆以鼠爲喻，各以其「皮」、「齒」、「體」不同部位詠歌，其意一也。

他如：

〈邶風‧雄雉〉：一章「泄泄其羽」，二章「下上其音」。此似前舉〈燕燕〉之例，然縮爲兩章，僅以「雄雉」之「羽」、「音」重沓。

〈曹風‧侯人〉：二章「不濡其翼」，三章「不濡其咮」。兩章皆詠鵜在梁之不濡，一舉其鳥翼；一舉其鳥嘴，「翼」、「咮」同體異部平列也。

〈衛風‧芄蘭〉：一章「芄蘭之支」，二章「芄蘭之葉」。以芄蘭之「支」、「葉」疊詠，象徵童子之配觿、配韘，具「引起所詠之辭」之興意。

〈小雅‧杕杜〉：一章「有睆其實」，二章「其葉萋萋」。先詠杕杜果實之好，繼詠其葉之盛，作法亦與〈桃夭〉相類似，乃「承接」與「層遞」重疊之綜合藝術也。

〈小雅‧桑扈〉：一章「有鶯其羽」，二章「有鶯其領」。兩章皆詠桑扈之有文采，一言其「羽」；一言其「領」，同體異部平列也。

其二，同「地」異部平列，即同一「地」之不同「點」平列。如：

〈召南‧殷其靁〉：
一章：在南山之陽
二章：在南山之側
三章：在南山之下

三章皆言雷聲殷殷之所在，各言於南山之「陽」、「側」、「下」，爲同一「地」之不同「點」，此即爲一地異點之平列也，三章實爲一意，皆指南山之地。黃燦曰：「因聞雷之聲而動其思念之情。南山

之側、南山之下皆是一意，但便其韻以協聲耳，不必求其異義也。」[11]
或以爲詩人之作別有用心，胡承珙即云：「三章皆言『在』而屢易
其地，正以鱷聲之無定在，興君子之不遑寧居。」[12]周嘯天以前者
爲本，兼採後說，而云：「作者未必然，而讀者何必不然呢？」[13]若
兼採二說，則此乃一地異點之平列，既用以協韻，又另有興意，眞
高明筆法也。

　　又如〈唐風・采苓〉：

　　　　一章：首陽之巓
　　　　二章：首陽之下
　　　　三章：首陽之東

三章皆以採摘植物於首陽山起興，然地點分別爲首陽之「巓」、
「下」、「東」，爲同一「地」之不同「點」，亦爲同地異部之平列也。
而其所以如此變換，「正是爲了發端和定韻……變化音調，益於歌
唱。」[14]故知重章並列者，除申慇勤之意外，亦所以協聲、定韻耳。
　　他如：
　　　〈鄘風・柏舟〉：一章「在彼中河」，二章「在彼河側」。兩章
皆言「泛彼柏舟」於河，一言河之中；一言河之側。
　　　〈齊風・還〉：一章「遭我乎猺之閒兮」，二章「遭我乎猺之道
兮」，三章「遭我乎猺之陽兮」。三章所言之地點，分別爲山「閒」、
山「道」、山「陽」。

11　李樗、黃櫄《毛詩集解》卷三，頁 9390，漢京文化事業公司：通志堂經解
　　第 16 冊。
12　胡承珙《毛詩後箋》卷二，頁 49，新文豐出版公司：叢書集成續編第 111 冊。
13　周嘯天《詩經鑑賞集成》（上），頁 65，五南圖書公司，1994 年。
14　同上註，頁 435。

〈魏風・汾沮洳〉：一章「彼汾沮洳」，二章「彼汾一方」，三章「彼汾一曲」。依《集傳》所云，「沮洳」爲「水浸處下濕之地」；「一方」爲「彼一方」，即一旁、一邊也；「一曲」爲「水曲流處」[15]，則三者分指汾水之不同處。

〈陳風・宛丘〉：一章「宛丘之上兮」，二章「宛丘之下」，三章「宛丘之道」。三章所指地點，分別爲宛丘之「上」、「下」、「道」。

〈小雅・緜蠻〉：一章「止于丘阿」，二章「止于丘隅」，三章「止于丘側」。黃鳥投林之所，分別爲山之「阿」、「隅」、「側」。

以上五例，亦皆爲「一地異點」之平列也。

二、異體平列

所謂「異體平列」，即所平列之「體」，各爲不同的對象，在同類、同性質、同內容的基礎上反覆詠嘆，使表達思想、抒發情感更爲充分。

「異體平列」是重章並列藝術中最爲常見的一種藝術手法，其數量之多，普遍用於《詩經》重章的各項內容。

其一，各詠一「人」，平列以詠嘆。如：

〈陳風・衡門〉：
二章：必齊之姜
三章：必宋之子

15　同註5，頁64。

「齊姜」、「宋子」皆爲尊貴者之代稱，兩章言娶妻未必爲「齊之姜」、「宋之子」，皆表達詩人安貧樂道、鄙夷奢侈之意，然詩人易詞重沓，以明其志之堅定，此即異體平列之重章藝術也。

又如〈大雅・桑柔〉：

> 一章：維此聖人
> 二章：維此良人

「聖人」、「良人」皆爲讚「人」之語，異體平列也。

其二，各詠一「事」，平列以詠嘆；而所謂「事」，包括行爲、舉止、作爲等動態之描述。如：

> 〈召南・甘棠〉：
> 一章：勿翦勿伐
> 二章：勿翦勿敗
> 三章：勿翦勿拜

此藉著勿砍伐召伯所曾憩息之甘棠樹，以寄託人們對召伯的懷念。朱熹《詩集傳》云：「敗，折也。勿敗，則非特勿伐而已。……拜，屈也。勿拜。則非特勿敗而已。」則三章乃爲由重而輕的「層遞」關係。然季旭昇先生《詩經古義新證》則以爲釋「敗」爲「折」，「只是以意推之的解釋」；而將「拜」解爲「低屈」，「顯然不合理的，與全詩的措義不相稱。」故主張二章「敗」應依《說文》：「毀也」；並舉多方證據，說明「拜」即《箋》所云：「拜之言拔也」，此三字意義應是相近同。[16]是三章實爲一意，「伐」、「敗」、「拜」三事平列疊詠，以重申懷念之意，此即爲「異事平列」也。

16　詳見季旭昇《詩經古義新證》，頁 13－17，文史哲出版社，1994 年。

又如〈王風・兔爰〉：

一章：尚寐無吪
二章：尚寐無覺
三章：尚寐無聰

此三句乃為各章精神之所在，詩人在對「我生之初、後」兩種不同命運與世道做雙重對比後，發出了尚寐「無吪」、「無覺」、「無聰」等一連串的哀嘆與自警。三章實為一意，各詠一「事」以平列複沓，造成了一股瀰漫全篇的悲涼氣氛，無限低迴，淋漓盡致地抒發出作者的心緒。

他如：

〈召南・鵲巢〉，一章「維鳩居之」，二章「維鳩方之」，三章「維鳩盈之」。三章皆「以鵲巢鳩居，象徵女入男室」[17]「居」、「方」、「盈」三動態平列疊詠。

〈邶風・終風〉：三章「願言則嚏」，四章「願言則懷」。兩章皆寫心情之憂傷煩惱，平列「嚏」、「懷」二動態以重沓之。

〈鄘風・載馳〉：二章「不能旋反」，三章「不能旋濟」。兩章疊詠皆謂還歸之意，「反」、「濟」平列。

〈衛風・考槃〉：一章「獨寐寤言」，二章「獨寐寤歌」，三章「獨寐寤宿」。此三章各列「言」、「歌」、「宿」三事，三句實一意，皆所以形容碩人獨自起居之況，然以三種不同的行為反覆詠嘆之，加深了獨居生活的描寫，此即為異「事」平列也。

---

[17]　姚際恒《詩經通論》卷一，頁 34，河洛圖書出版社，1975 年。

　　〈王風‧葛藟〉：一章「亦莫我顧」，二章「亦莫我有」，三章「亦莫我聞」。三章變化了「顧」、「有」、「聞」三動詞，皆用以說明人情之冷漠，三章複沓，起了強調與突出的作用。

　　〈鄭風‧蘀兮〉：一章「倡予和女」，二章「倡予要女」。兩章皆謂女首唱，我則分別爲女應和、竟成之，「和」、「要」平列重沓。

　　〈鄭風‧狡童〉：一章「不與我言兮。……使我不能餐兮」，二章「不與我食兮。……使我不能息兮」。其「言」、「食」平列，以申女子怨愁之因；「餐」、「息」亦平列，承上組疊詠句而來，以申女子怨愁之果，此二組皆平列疊詠，其上下句亦互爲因果也。

　　〈魏風‧碩鼠〉：一章「莫我肯顧」，二章「莫我肯德」，三章「莫我肯勞」。「顧」、「德」、「勞」三動詞平列，以重申剝削者之不施德於民，此乃全詩之主旨也。

　　〈唐風‧鴇羽〉：一章「曷其有所」，二章「曷其有極」，三章「曷其有常」。「所」、「極」、「常」三動詞平列，以重申悲愴無奈之情。

　　〈陳風‧東門之池〉：一章「可以晤歌」，二章「可以晤語」，三章「可以晤言」。「歌」、「語」、「言」三動詞平列，以重申美淑姬之意。

　　〈豳風‧破斧〉：一章「四國是皇」，二章「四國是吪」，三章「四國是遒」。「皇」、「吪」、「遒」三動詞平列，以重申美周公匡正四國、鞏固周室大業之意，「易字求變而已，無深意也。」[18]

　　〈小雅‧杕杜〉，首章「女心傷止」，次章「女心悲止」。「傷」、「悲」平列疊詠。

　　〈大雅‧板〉：二章「無然憲憲」，三章「無然謔謔」。「憲憲」、「謔謔」二動詞平列，以勸諫王勿過於喜樂輕慢。

---

[18]　同註7，頁359。

　　至如以下二篇平列方式較特殊：

　　〈唐風・山有樞〉：
　　一章：弗曳弗婁；……弗馳弗驅。
　　二章：弗洒弗埽；……弗鼓弗考。

句中「曳」、「婁」；「馳」、「驅」；「洒」、「埽」；「鼓」、「考」，均爲
同義複詞，今拆開分置句中之上下詞，造成跌宕與變化感。同時，
此四句之變化疊詠，均各承其上句而來，言「衣裳」，故云「曳
婁」；言「車馬」，故云「馳驅」；言「廷內」，故云「洒埽」；言「鐘鼓」，
故云「鼓考」，二章平列以重申無心享樂之意。

　　〈齊風・南山〉：
　　一章：（魯道有蕩，齊子由歸。）既曰歸止
　　二章：（魯道有蕩，齊子庸止。）既曰庸止
　　三章：（取妻如之何？必告父母。）既曰告止
　　四章：（取妻如之何？匪媒不得。）既曰得止

四章疊詠，「歸」、「庸」、「告」、「得」四動詞平列，此四動詞又各
從兩個角度立言，一、二章爲一組，言女子之出嫁；三、四章爲一
組，言男子之娶妻。同時，此四動詞之平列，又各承上句而來，可
說是「承上平列」也。
　　其三，各詠一「時」，平列以詠嘆。如：

　　〈小雅・吉日〉：
　　一章：吉日維戊
　　二章：吉日庚午

「維戊」、「庚午」均爲剛日也。蓋天干之奇數爲剛日，偶數爲柔日。
《禮記‧曲禮》曰：「外事以剛日，內事以柔日。」[19]出獵爲外事，
故以剛日行之。此「維戊」、「庚午」平列，以重申田獵之得時宜也。

　　其四，各詠一「地」，平列以詠嘆。此「地」泛指所有處所而
言，包括水、陸、空、山

　　等地。如：

　　　　〈邶風‧泉水〉：
　　　　二章：出宿于沸，飲餞于禰。
　　　　三章：出宿于干，飲餞于言。

「沸」、「禰」爲水名；「干」、「言」爲城名。此一章述歸衛之水路；
二章述歸衛之陸路，雖只是「空擬虛摹，卻自詳細有情。」[20]此出
宿之地「沸」、「干」平列；飲餞之地「禰」、「言」平列，以重申主
人公思歸之情。

　　又如〈衛風‧考槃〉：

　　　　一章：考槃在澗
　　　　二章：考槃在阿
　　　　三章：考槃在陸

考槃在「澗」、在「阿」、在「陸」者，皆是賢者退處之地，然其非
必事實也，詩人平列以重沓之，乃「示其能隨遇而安而已。」[21]

　　他如：

---

[19]　《禮記正義》卷三，頁59，藍燈文化事業公司：十三經注疏。
[20]　此乃牛運震所言，見於裴普賢《詩經評註讀本》（上），頁154，三民書局，
　　　1990年。
[21]　同註7，頁164。

〈王風‧揚之水〉：一章「不與我戍申」，二章「不與我戍甫」，三章「不與我戍許」。「申」、「甫」、「許」皆為姜姓之國，此三地平列也。

〈鄭風‧清人〉：一章「清人在彭」，二章「清人在消」，三章「清人在軸」。「彭」、「消」、「軸」均為臨黃河之地名，此三地平列也。

〈鄭風‧褰裳〉：一章「褰裳涉溱」，二章「褰裳涉洧」。「溱」、「洧」皆鄭國水名，此二水平列也。

〈唐風‧葛生〉：一章「蘞蔓于野」，二章「蘞蔓于域」。「野」、「域」為郊野墓地，平列也。

〈豳風‧九罭〉：二章「鴻飛遵渚」，三章「鴻飛遵陸」。「渚」、「陸」一為小洲；一為高平之地，平列也。

〈小雅‧菁菁者莪〉：一章「在彼中阿」，二章「在彼中沚」，三章「在彼中陵」。三章分別言莪之盛開於「阿」中、「沚」中、「陵」中，三地平列也。

〈小雅‧鶴鳴〉：一章「聲聞于野」，二章「聲聞于天」。「野」與「天」兩地平列，言鶴鳴之聲寬廣高遠也。

其五，各詠一「物」，平列以詠嘆，其為數甚多，茲分別述之：

有平列各「植物名」以疊詠者，如言采摘植物：

〈召南‧草蟲〉：二章「言采其蕨」，三章「言采其薇」。

〈王風‧采葛〉：一章「彼采葛兮」，二章「彼采蕭兮」，三章「彼采艾兮」。

〈魏風‧汾沮洳〉：一章「言采其莫」，二章「言采其桑」，三章「言采其藚」。

〈鄘風‧桑中〉：一章「爰采唐矣」，二章「爰采麥矣」，三章「爰采葑矣」。

〈小雅・我行其野〉：二章「言采其蓫」，三章「言采其葍」。

〈小雅・采綠〉：一章「終朝采綠」，二章「終朝采藍」。

〈魯頌・泮水〉：一章「薄采其芹。」，二章「薄采其藻」，三章「薄采其茆」。

以上所列詩句中，共計有十八種植物，「蕨、薇、莫、桑、唐、麥、葑、蓫、葍、芹、藻、茆」爲供食用的菜類；「藍、綠」可作染料用；「葛」可製衣；「蕭」供祭祀；「艾」供藥用，「蕢」則可食用亦可入藥，均爲具有實用性的植物，是古代婦女經常采摘的對象。由於綠色是春天和青春的象徵，因而張啓成先生將采摘這些綠色植物，視爲表達相思的「習用套語」，其云：

> 在《詩經》中，凡以采取某種綠色植物爲詩歌開端的詩句，已成爲表達相思之情的固定套式，因而凡屬于這種固定套式的詩句，可稱之謂習用套語。不管是采卷耳、采薇菜還是采藍草，都是相思的前奏曲，暗示出一種強列、深沉而纏綿的思念之情。[22]

詩人運用此一套語系統而疊詠，以重申相思的主題。

王靖獻先生則更進一步地將這種習用套語，當成是「《詩經》創作的基本方式。」[23]以爲在《詩經》中，運用「套語系統」──即「構成一個替換模式（substitution pattern）的一組套語」[24]的例

---

[22]　張啟成《詩經入門》，頁 117，貴州人民出版社，1991 年。

[23]　王靖獻著、謝謙譯《鐘與鼓──詩經的套語及其創作方式》，頁 14，四川人民出版社，1990 年。

[24]　根據米爾曼・帕里（Milman Parry）的定義，套語系統就是：
「一組具有相同的韻律作用的短語，其意義與文字非常相似，詩人不僅知道它們是單一的套語，而且把它們當作某一類型的套語來運用。」
見於 Milman parry《口述史詩創作藝術之研究》Ⅰ：荷馬與荷馬史詩的風

子很多，如上所舉「言采其＋植物名」、「彼采＋植物名＋兮」等詩句，即構成一套語系統。而此種套語系統的組合運用，亦形成了《詩經》重章平列的藝術。

又如「山有＋植物名，隰有＋植物名」套語系統之重章平列：

〈鄭風·山有扶蘇〉：一章「山有扶蘇，隰有荷華」；二章「山有喬松，隰有游龍」。

〈唐風·山有樞〉：一章「山有樞，隰有榆」；二章「山有栲，隰有杻」；三章：「山有漆，隰有栗」。

〈秦風·車鄰〉：二章「阪有漆，隰有栗」；三章「阪有桑，隰有楊」。

〈秦風·晨風〉：二章「山有苞櫟，隰有六駮」；三章「山有苞棣，隰有樹檖」。

據古代學者的解釋，山爲陽，指少男；澤爲陰，指少女，按八卦的思想法則，陰陽相合、男女相配，從而繁衍人類。「山有×，隰有×」的習用套語，隰爲低濕地，與「澤」通，故張啓成先生以爲「凡這一類的習用套語均與愛情婚姻有密切的關聯。」[25]如〈山有扶蘇〉，是一首男女相會即興的對唱歌，「扶蘇」、「喬松」皆爲高大之木；「荷華」、「游龍」皆爲柔弱之草，一在山；一在隰，分別象徵著男、女，故而張氏又云：「如忽視或不理解這種習用套語的含意，就會對這兩首（指〈山有樞〉與〈車鄰〉）的題旨產生不應

格（Studies in the Epic Technigue of Oral Verse –making Ⅰ：Homer and Homer Style）頁 85，載於哈佛古典語言學研究第 41 期，1930 年。

參見同註 23，頁 18。

[25] 同註 22，頁 126。

有的誤解。」²⁶是知「習用套語」、「套語系統」在表現詩旨上，具有相當程度的效用。

　　至如「不流束＋植物名」套語系統之重章平列：

　　〈王風‧揚之水〉：一章「不流束薪」，二章「不流束楚」，三章「不流束蒲」。

　　〈鄭風‧揚之水〉：一章「不流束楚」，二章「不流束薪」。

　　張啓成先生以爲「束薪」是夫婦和合的徵兆，古時用「水占」的形式，來預卜未來的婚姻關係是否和諧，若束薪在水中隨波順流，則是吉祥的徵兆；反之，則不吉。²⁷「不流束薪」則爲不祥的徵兆，「不流束楚」、「束甫」亦是如此，〈王風‧揚之水〉觸發了詩人對妻子的懷念，〈鄭風‧揚之水〉則引出了丈夫對妻子的懷疑，與妻子對丈夫的的一番表白。若不瞭解此習用套語之特殊含義，往往難以深解詩旨。

　　以此類推，尚有許多平列植物名，可成爲《詩經》「套語系統」之重章平列藝術，如：

　　△「ｘ　有＋植物名」：

　　〈王風‧丘中有麻〉：一章「丘中有麻」，二章「丘中有麥」，三章「丘中有李」。

　　〈魏風‧園有桃〉：一章「園有桃」，二章「園有棘」。

　　〈陳風‧墓門〉：一章「墓門有棘」，二章「墓門有梅」。

　　〈小雅‧四月〉：四章「山有嘉卉」，八章「山有蕨薇」。

---

²⁶　同註 22，頁 127。
²⁷　詳見同註 22，頁 122、123。

△「集于＋植物名」：

〈唐風・鴇羽〉：一章「集于苞栩」，二章「集于苞棘」，三章「集于苞桑」。

〈小雅・四牡〉：三章「集于苞栩」，四章「集于苞杞」。

〈小雅・黃鳥〉：一章「無集于穀」，二章「無集于桑」，三章「無集于栩」。

△「止于＋植物名」：

〈秦風・黃鳥〉：一章「止于棘」，二章「止于桑」，三章「止于楚」。

〈小雅・青蠅〉：一章「止于樊」，二章「止于棘」，三章「止于榛」。

其他尚有許多平列植物名之重章詩篇，雖無明顯地成為「套語系統」，然亦極為類似。

如：

〈周南・漢廣〉：二章「言刈其楚」，三章「言刈其蔞」。

〈召南・騶虞〉：一章「彼茁者葭」，二章「彼茁者蓬」。

〈唐風・綢繆〉：一章「綢繆束薪」，二章「綢繆束芻」，三章「綢繆束楚」。

〈唐風・葛生〉：一章「葛生蒙楚」，二章「葛生蒙棘」。

〈唐風・采苓〉：一章「采苓采苓」，二章「采苦采苦」，三章「采葑采葑」。

〈秦風・終南〉：一章「有條有梅」，二章「有紀有堂」。

〈陳風・東門之池〉：一章「可以漚麻」，二章「可以漚紵」，三章「可以漚菅」。

〈陳風・防有鵲巢〉：一章「邛有旨苕」，二章「邛有旨鷊」。

〈曹風・下泉〉：一章「浸彼苞稂」，二章「浸彼苞蕭」，三章「浸彼苞蓍」。

〈小雅・鹿鳴〉：一章「食野之苹」，二章「食野之蒿」，三章「食野之芩」。

〈小雅・湛露〉：二章「在彼豐草」，三章「在彼杞棘」。

〈小雅・鶴鳴〉：一章「其下維蘀」，二章「其下維穀」。

〈小雅・黃鳥〉：一章「無啄我粟」，二章「無啄我粱」，三章「無啄我黍」。

〈小雅・蓼莪〉：一章「匪莪伊蒿」，二章「匪莪伊蔚」。

研究歐洲史詩而提出口述套語理論的洛爾德（Albert B.Lord ）認為「構成詩行的基本成分即這種基本的套語模式」，他說：

> 我們有某種理由可以這樣認為，只有當某一特定套語以其基本模式儲藏於歌手心中之時，這一套語本身才是重要的。而當達到了這種境地，則歌手就越來越不依賴于記誦套語，而是越來越依賴于套語模式中的替換程序。[28]

因而在分析套語的詩歌美學時，「主題」可能是最為重要的，洛爾德又說：

> 主題乃指詩歌中反復出現的情節與描寫性的文字。[29]

由此則知，何以《詩經》重章疊詠的詩篇常以「習用套語」出之，蓋其「凸顯詩旨」的目的相同。故而對於《詩經》「習用套語」的認識是相當重要的；如此，對詩歌之題旨，才能有較正確的理解。

---

[28] Albert B.Lord《故事的歌手》（The Singer Of Tales），頁 36，馬薩諸塞劍橋，1964 年版。參見同註 23，頁 19。
[29] 同註 28。

至如〈小雅·南山有臺〉，其所平列的各植物，皆有其特殊的象徵意義，乃為引起其下所詠之詞：

> 一章：南山有臺，北山有萊。……邦家之基。
> 二章：南山有桑，北山有楊。……邦家之光。
> 三章：南山有杞，北山有李。……民之父母。
> 四章：南山有栲，北山有杻。……遐不眉壽。
> 五章：南山有枸，北山有楰。……遐不黃考。

竹添光鴻《會箋》曰：「詩舉草木，各有倫類：臺也、萊也，附地者也，故曰邦家之基；桑也、楊也，葉之沃若者也；故曰邦家之光；杞也、李也，多子者也，故曰民之父母；栲杻也枸楰也，耐久者也，故曰眉壽、黃枸，非直叶韻而已。」[30]余師培林更進一步指出：「不僅此也，臺萊桑楊等各有其用，此象徵邦國人才濟濟。」[31]是此重章疊詠之用，含義極為豐富也。

除以「植物」平列疊詠外，亦有平列各「動物」之名以疊詠者。如：

> 〈周南·漢廣〉：
> 二章：言秣其馬
> 三章：言秣其駒

《傳》：「六尺以上曰馬」、「五尺以上曰駒」，「駒」乃「馬」之小者，平列也。

又如〈陳風·衡門〉：

30 日·竹添光鴻《毛詩會箋》，頁 1049，大通書局，1975 年。
31 余師培林《詩經正詁》（下），頁 52，三民書局，1995 年。

二章：必河之魴？

三章：必河之鯉？

「魴」、「鯉」皆黃河美魚，此平列疊詠，以申不求美食、恬淡自足之意。

他如：

〈召南・騶虞〉：一章「一發五豝」，二章「一發五豵」。

〈小雅・皇皇者華〉：二章「我馬維駒」，三章「我馬維騏」，四章「我馬維駱」。五章：「我馬維駰」。

〈小雅・無羊〉：二章「爾牧來思」，三章「爾羊來思」。

〈小雅・白華〉：六章「有鶖在梁」，七章「鴛鴦在梁」。

〈魯頌・駉〉：一章「有驈有皇，有驪有黃。」

二章「有騅有駓，有騂有騏。」

三章「有驒有駱，有駵有雒。」

四章「有駰有騢，有驔有魚。」

皆為平列「動物」之名者。

除以上動、植物名之平列外，亦有平列其他實物、名詞者，如：

〈衛風・木瓜〉：

一章：投我以木瓜，報之以瓊琚。

二章：投我以木桃，報之以瓊瑤。

三章：投我以木李，報之以瓊玖。

「瓜」、「桃」、「李」三果名平列；「瓊琚」、「瓊瑤」、「瓊玖」三美玉名平列，在詩意上，三章並無區別，經易詞疊詠，則更見情趣矣。

又如：

〈商頌・長發〉：

四章：何天之休

五章：何天之龍

「休」、「龍」二名詞平列，以申湯之受上天之賜福與榮寵。

他如：

〈周南・卷耳〉：一章「我姑酌彼金罍」，二章「我姑酌彼兕觥」。

〈召南・行露〉：二章「誰謂雀無角？何以穿我屋？」

三章「誰謂鼠無牙？何以穿我墉？」

〈召南・江有汜〉：一章「江有汜」，二章「江有渚」，三章「江有沱」。

〈邶風・式微〉：一章「微君之故，胡爲乎中露。」

二章「微君之躬，胡爲乎泥中。」

〈鄘風・君子偕老〉：二章「其之翟也」，三章「其之展也」。

〈鄘風・干旄〉：一章「孑孑干旄」，二章「孑孑干旟」，三章「孑孑干旌」。

〈衛風・芄蘭〉：一章「童子配觿」，二章「童子配韘」。

〈王風・君子于役〉：一章「雞棲于塒」，二章「雞棲于桀」。

〈王風・君子陽陽〉：一章「左執簧」，二章「左執翿」。

〈鄭風・子衿〉：一章「悠悠我心」，二章「悠悠我思」。

〈唐風・山有樞〉：一章「子有衣裳，……子有車馬。」

二章「子有廷內，……子有鍾鼓。」

〈秦風・車鄰〉：一章「並坐鼓瑟」，二章「並坐鼓簧」。

〈秦風・無衣〉：一章「與子同袍」，二章「與子同澤」，三章「與子同裳」。

〈陳風・宛丘〉：二章「坎其擊鼓」，三章「坎其擊缶」。

〈陳風・防有鵲巢〉：一章「防有鵲巢」，二章「中唐有甓」。

〈豳風・破斧〉：一章「又缺我斨」，二章「又缺我錡」，三章「又缺我銶」。

〈小雅・南有嘉魚〉：一、二章「南有嘉魚」，三章「南有樛木」。

〈小雅・巷伯〉：一章「成是貝錦」，二章「成是南箕」。

〈小雅・谷風〉：一章「維風及雨」，二章「維風及頹」，三章「維山崔嵬」。

〈小雅・何草不黃〉：一章「率彼曠野」，二章「率彼幽草」。

〈大雅・既醉〉：一章「介爾景福」，二章「介爾昭明」。

〈商頌・長發〉：一章「受小球大球」，二章「受小共大共」。

至如某些疊詠句，其以借代的手法平列名物，實另有所指，如：

〈鄭風・子衿〉：

一章：青青子衿

二章：青青子佩

「衿」與「佩」平列疊詠，分別為男子身上的衣領與佩玉，此以物借代人，皆指此一男子也。

又如〈鄭風・出其東門〉：

一章：縞衣綦巾

二章：縞衣茹藘

「茹藘」可染絳色，此以原料借代成品，實指絳色之巾，與蒼艾色之「綦巾」平列疊詠也。

他如〈齊風・著〉：

一章：充耳以素乎而。

二章：充耳以青乎而。

三章：充耳以黃乎而。

「素」、「青」、「黃」以顏色代成品，實指用以懸瑱之絲繩也。此非三易其充耳之物，乃平列疊詠以足其情意也。

其六，混合型。即人、事、時、地、物其中的二項或二項以上同時變換疊詠；有時，連同形容的詞彙一起變化，使得平列的藝術更為多樣。如：

〈小雅・天保〉：

一章：俾爾多益

二章：降爾遐福

此二章平列，形容上天賜福很多。其所變換疊詠之字詞：「俾」、「降」皆為動詞；「多」、「遐」皆為形容詞；「益」、「福」皆為名詞，三種詞彙同時變化，益顯出平列疊詠造句之活潑。

又如〈小雅・巧言〉：

四章：奕奕寢廟，君子作之。

五章：荏染柔木，君子樹之。

「奕奕」形容「寢廟」之大貌；「荏染」形容「柔木」之柔貌，其形容之詞與其名物皆變換疊詠。「作」、「樹」二動詞之變化，分別承其上句而來，即「作寢廟」、「樹柔木」也，此二章四句平列，變換靈活又生動。

他如：

〈齊風・南山〉：三章「蓺麻如之何」，四章「析薪如之何」。「蓺麻」、「析薪」為不同的動態、名物平列疊詠。

〈陳風・墓門〉：一章「斧以斯之」，二章「有鴞萃止」。此為「物」與「事」混合變換之平列疊詠。

〈小雅・鹿鳴〉：一章「鼓瑟吹笙」，三章「鼓瑟鼓琴」。「吹笙」、「鼓琴」為「事」與「物」混合變換之平列疊詠。

〈小雅・杕杜〉：一章「日月陽止」，二章「卉木萋止」。兩章為不同的名物、時態平列疊詠。

〈小雅・吉日〉：二章「既差我馬」，四章「既挾我矢」。兩章平列，「差」、「挾」異「事」；「馬」、「矢」異「物」。

〈小雅・小弁〉：四章「譬彼舟流」，五章「譬彼壞木」。兩章平列，「舟流」、「壞木」為不同之物與形容其狀態之詞平列疊詠。

〈小雅・四月〉：二章「秋日淒淒」，三章「冬日烈烈」。兩章平列，「秋」、「冬」異時；「淒淒」、「烈烈」異貌。

〈小雅・正月〉：五章「謂山蓋卑」，六章「謂天蓋高」。兩章平列，「山」、「天」異「物」；「卑」、「高」則為不同之形容詞。

〈小雅・何草不黃〉：一章「何日不行」，二章「何人不矜」。兩章平列，「日」、「人」異物；「行」、「矜」異事。

〈大雅・棫樸〉：三章「淠彼涇舟」，四章「倬彼雲漢」。「淠」、「倬」分別形容「涇舟」、「雲漢」之貌，兩章平列也。

〈大雅・下武〉：二章「永言配命」，三章「永言孝思」。「配命」、「孝思」為動詞與名詞混合變換之平列疊詠。

〈大雅・文王有聲〉：四章「王后維翰」，五章「皇王維辟」。「王后」指文王，「皇王」指武王，二「人」平列；「翰」、「辟」分別言其地位，二名詞平列也。

〈大雅・民勞〉：一章「以綏四方……以定我王」；二章「以為民逑……以為王休」；三章「以綏四國……以近有德」。此亦「事」與「物」混合變換之平列疊詠。

〈魯頌・泮水〉：一章「其旂茷茷，鸞聲噦噦」，二章「其馬蹻蹻，其音昭昭」。此物與形貌、聲響混合變換之平列疊詠。

另有將不同的人、事、時、地、物分置於各章中或稍作變化者，此種異項平列，或造成不平行之態，可謂不平行之平列也。如：

〈鄭風・東門之墠〉：
一章：東門之墠
二章：東門之栗

《詩毛詩傳疏》：「『東門之栗』與上章『東門之墠』正是一處，古者家室必有場圃，春夏為圃，秋冬為場，墠即場也。……場圃側樹以木。」[32]是一章「墠」為地；二章「栗」為物，兩章平列，同指一處。

又如〈鄭風・山有扶蘇〉：

一章：乃見狂且
二章：乃見狡童

「狂且」、「狡童」皆為戲罵之語。《傳》云：「狂，狂人也。且，辭也。」是「狂且」、「狡童」二詞，字面上不平行；然語意上「狂人」對「狡童」則為平行關係，可謂不平行之平列也。經由兩章反覆的調侃，以加強語勢、增進情感，也生動地反映出男女調笑戲謔的熱鬧場面。

---

[32] 陳奐《詩毛氏傳疏》卷七，頁3538，皇清經解續編第5冊。

他如：

〈召南・采蘩〉：一章「于沼于沚」，二章「于澗之中」。此二章皆寫采蘩之處所，一章列「沼」、「沚」兩地，二章則只云「澗之中」一地，此乃前後不平行之平列也。

〈王風・君子于役〉：一章「不知其期」，二章「不日不月」。兩章皆言其「歸無日月之期也。」[33]「知期」爲動詞、「日月」爲名詞，異項平列也。

〈小雅・鴛鴦〉：一章「鴛鴦于飛」，二章「鴛鴦在梁」。兩章皆以鴛鴦起興，一章鴛鴦于「飛」，爲動態；二章鴛鴦在「梁」，爲靜態，「飛」、「梁」爲「事」與「物」之異項平列。

〈小雅・頍弁〉：一章「施于松柏」，二章「施于松上」。一章列舉「松」、「柏」兩植物；二章則直言於「松」「上」，「柏」與「上」一爲「植物」；一爲「方位」，異項平列也。

〈大雅・文王有聲〉：一章「維豐之垣」，二章「維禹之績」。「垣」、「績」爲名物之平列，「豐」、「禹」則一爲地名；一爲人名，異項平列也。

至如〈衛風・河廣〉則變化更靈活：

　　誰謂河廣？一葦杭之。誰謂宋遠？跂予望之。（一章）
　　誰謂河廣？曾不容刀。誰謂宋遠？曾不崇朝。（二章）

「一葦杭之」、「曾不容刀」皆謂「河不廣而易度」；「跂予望之」、「曾不崇朝」皆謂「宋不遠而易歸」[34]，兩章以極爲誇大的手法「換句」、

33　同註30，頁438。
34　參見同註7，頁183。

「平列」疊詠；同時，前章採肯定語作答；後章採否定語作答，前後相映，可收異曲同工之妙。

以上重章「平列」藝術，有「同體異部平列」十四組，「異體平列」一百四十二組，共計有一百五十六組疊詠句。這顯示「平列」藝術在重章中，是受到相當普遍地運用，詩人們尤好於運用「異體平列」，在相同的詩意下，變換相類、相近、相關的字詞，起著盡情發揮感情的作用，而反覆的歌詠，亦加強了感染的力量。

第三節　小結——重章並列的藝術效用

《詩經》重章運用「並列」藝術的疊詠句，有「對列」十四組，「平列」一百五十六組，共計一百七十組疊詠句，可說是在《詩經》重章中，運用最多、最為普遍的一種重章藝術手法。其各章之間「並列」以陳，並無輕重、主次之分，這使得章與章之間的順序，變得不十分重要；而重要的是，詩歌在這樣「對列」、「平列」的反覆重沓中，使得詩歌的情感、主題、詩意、詩境等，都得到很好的闡發。

其所造成的藝術效用如下：

一、充分抒情

通過反覆歌詠同一事物；或一再抒發同一情感，可以淋漓盡致地表現出詩人的所思所感。如「對列」中的〈唐風・有杕之杜〉：一章「生于道左」，二章「生于道周」。雖然「左」、「周」對列，卻同為抒發「杕」之孤特。又如「平列」中的〈王風・兔爰〉：一章

「尙寐無吪」，二章「尙寐無覺」，三章「尙寐無聰」。「吪」、「覺」、「聰」平列，同爲抒發哀嘆與自警之意。像這樣一而再，或再而三的重章複沓，便使得詩人的情感得到充分的抒發。

二、加強主題

運用重章疊唱，反覆地強調同一種思想、願望，來加強主題的感染力量。如「對列」中的〈周南‧汝墳〉：一章「未見君子，惄如朝飢」；二章「既見君子，不我遐棄」。經由「既見」與「未見」兩種景況的對比，加強了本篇「婦人喜其夫于役歸來」[35]的主題。又如「平列」中的〈秦風‧無衣〉：一章「與子同袍」，二章「與子同澤」，三章「與子同裳」，其所平列的「袍」、「澤」、「裳」都是指衣著，然以不同的詞彙，一而再、再而三地強調一個思想，使得本篇「表現戰士團結友愛」的主題，得到了加強。

三、強化詩境

通過複沓的形式，強化了詩中的意境。如「對列」中的〈魏風‧十畝之間〉：一章：「十畝之間兮……行與子還兮」；二章「十畝之外兮……行與子逝兮」。「間」、「外」，「還」、「逝」對列，強化了田園之境，與欲歸不仕之情。又如「平列」中的〈邶風‧燕燕〉：一章「參差其羽」，二章「頡之頏之」，三章「上下其音」。三章皆描寫燕子飛上飛下的意象，詩意並沒改變，以複沓的形式，使得意境深邃，餘韻無窮。

35　同註6，頁17。

四、增強興意

　　《詩經》重章「平列」中，運用不同的詞彙，使得同一主題、思想一再重複，而這些變換句子的方式，久而久之，逐漸發展成為一個固定的套式，即詩人們常用的「習用套語」，甚至成為一組套語系統。如「言采其＋植物名」套語系統，已成為表達相思之情的固定套式，暗示出強烈、深沉的相思之情，因而讀者只要能夠瞭解這種套語系統的特殊含義，不需再有其他言語，自然能夠心領神會，這使得詩歌的暗示性與其興意，均有極好的表現。

　　《詩經》重章「平列」，能在反覆詠嘆同一種內容、詩意中，充分抒發了詩人的情感，並達到加強主題、強化詩境、增強興意的藝術效果，增加了詩歌藝術的感染力，留給讀者深刻鮮明的印象。

第六章 《詩經》重章協韻的藝術

「協韻」是指「這一詩行與另一詩行末一字的韻母相協或相押，所押的這個字叫韻腳。」[1]明陳第《毛詩古音考》開始研究《詩經》的用韻，而首先發現《詩經》用韻之法的是清代的顧炎武，他的《詩本音》即通過三百篇之章句，求古韻之分合，在〈古詩用韻之法〉中，歸納《詩經》用韻的基本方式有三[2]；江永《古韻標準》，舉《詩經》韻例二十二例[3]，較顧氏進了一步；孔廣森著《詩聲分例》，舉《詩經》韻例二十七例[4]，又較江氏進了一步。

《尚書‧堯典》曰：「詩言志，歌永言，聲依永，律和聲。」[5]詩之異於文，以其可歌也，既須「永言」，又須「依永」，於是不得不有韻，章太炎〈經學略說〉即云：

> 詩之異於文者，以其可歌也。所謂歌永言，即詩與文不同
> 之處。永者，延長其音也。延長其音，而有高下洪纖之別，

---

[1] 魏怡《詩歌鑑賞入門》，頁 118，國文天地，1989 年。
[2] 詳見顧炎武《日知錄》（四）之〈古書用韻之法〉，頁 59，臺灣商務印書館，1956 年。
[3] 詳見江永《古韻標準》卷首，頁 490-496，臺灣商務印書館：四庫全書第242 冊。
[4] 詳見孔廣森《詩聲分例》，頁 1-36，載於《詩聲類》，廣文書局，1966 年。
[5] 《尚書正義‧堯典》，頁 46，藍燈文化事業公司：十三經注疏。

> 遂生宮商角徵羽之名。律者所以定聲音也，既須永言，又
> 須依永，於是不得不有韻，詩之有韻，即由歌永言來。[6]

詩歌押韻，可以使詩歌節奏鮮明，和諧悅耳，將音韻上渙散的詩句
貫串起來，形成諧調的音樂整體。《詩經》的作品，絕大多數都有
押韻，都具有自然而和諧的韻律，僅《周頌》中的七篇作品[7]不押
韻，其餘二百九十八篇詩均有韻，佔百分之九十八，所以說《詩經》
是有韻律的，其重章中，不論是「層遞」、「互足」或是「平列」等，
都具有「協韻」之特色。

　　在此，所以專列一章討論，並非普遍研究《詩經》用韻之法，
乃指重沓疊詠中，純是為了押韻以變文的藝術，其「押韻」的特色
因而特別突出，成為其主要的作用；不同於「層遞」、「互足」等，
因另有遞進、補足等其他主要作用，「押韻」的特色，也就不十分
顯明。故嚴格而言，此章應云重章「純協韻」的藝術。

　　「協韻」與「平列」亦極為相似，皆是同一個詩意的一再重覆，
然「平列」所變換的字詞範圍較大，「同類」或「近義」均可；而
「協韻」所變換的字詞，則須「同義」，不僅是同一詩意；且句義、
字義亦完全相同，彼此之關係更為密切。

---

[6]　章太炎《國學略說》之〈經學略說〉，頁 68、69，學藝出版社，1975 年。
[7]　《詩經》不押韻的作品只有七篇，就是〈周頌〉中的〈清廟〉、〈昊天有成
　　命〉、〈時邁〉、〈嘻嘻〉、〈武〉、〈酌〉、和〈桓〉。
　　此參見盛廣智《詩三百篇精義述要》，頁 238，東大師大出版社，1988 年。

第一節 交錯

「交錯」，即是因協韻的需要，有意的將字、詞、句相互顚倒，句義不變，而音節錯落有致。此於第二章討論「疊詠的方式」時，已略有說明，它是「重複疊詠」與「變換疊詠」中的一種疊詠方式，在重章疊詠中靈活地運用著。而它不僅僅是一種疊詠的方式，更是《詩經》重章協韻藝術中重要的一環。依交錯方式的不同，可分爲「同句交錯」與「異句交錯」二式。

一、同句交錯

即在同一句之內，顚倒其中字、詞之次序以疊詠，蓋變文以協韻也。

其一，交錯句末詞之上下兩字以協韻。如：

〈齊風‧東方未明〉：
一章：顚倒衣裳
二章：顚倒裳衣

一章句末詞爲「衣裳」，二章則將此句末詞中的兩字，上下交錯字序爲「裳衣」，乃變文以協韻。同時，經由這樣的交錯，亦形象地展現出句中「顚倒」之義，在協韻之外，又多了一層藝術效用，既巧又妙。

其二，交錯句中上下兩詞以協韻。如：

〈邶風‧日月〉：

一章：照臨下土。

二章：下土是冒。

三章：出自東方。

四章：東方自出。

一、二章疊詠，一章「照臨」、「下土」兩詞，二章將其上下交錯詞序，並稍作變化，而爲「下土」、「是冒」，前後章句義相同；然一章爲主動語，二章爲被動語，變文以協韻耳。三、四章疊詠，其方式與作用亦同於前，將「出自」、「東方」兩詞，交錯詞序爲「東方」、「自出」，句義相同，前爲主動，後爲被動，亦變文以協韻耳。

又如〈鄘風‧蝃蝀〉：

一章：遠父母兄弟

二章：遠兄弟父母

一章句中「父母」、「兄弟」兩詞，本依人倫之次序排列，二章將其交錯詞序爲「兄弟」、「父母」，似有違人倫之次序；然其變文以協韻，並無違人倫之意，反更顯出《詩經》用詞之靈活。

又如〈鄭風‧野有蔓草〉：

一章：清揚婉兮。

二章：婉如清揚。

一章「清揚」、「婉兮」兩詞，二章上下交錯詞序爲「婉如」、「清揚」。「婉兮」、「婉如」字面雖有異，而其義則同也，蓋《傳》于「宛兮」下云：「宛然美也」；《經傳釋詞》于釋「如」字下云：「如，猶然也。……

野有蔓草曰婉如清揚義亦同也。」[8]，是「婉兮」猶「婉如」也，韻腳字分別爲「婉」與「揚」，其上下交錯詞序，字詞亦稍作變化，乃變文以協韻耳。

他如：

〈齊風・東方未明〉：一章「顛之倒之」，二章「倒之顛之」。一章「顛之」、「倒之」二詞，二章交錯詞序爲「倒之」、「顛之」，變文以協韻外，亦顯示句中忙亂、顛倒之意涵。

〈小雅・鴛鴦〉：三章「摧之秣之」，四章「秣之摧之」。「摧之」、「秣之」二詞，三、四章交錯詞序爲「秣之」、「摧之」，亦變文協韻也。

至如〈小雅・魚藻〉較爲特殊：

　　一章：豈樂飲酒
　　二章：飲酒樂豈

一、二章不僅「豈樂」、「飲酒」二詞交錯詞序疊詠，二章又易「豈樂」爲「樂豈」，乃同時運用字與詞之交錯以疊詠。而這樣的重覆，對於詩意有進一步渲染與強調的作用，字序、詞序稍作變化，便暗示出周王終日飲酒享樂、享樂飲酒的荒淫。

二、異句交錯

即上下兩句顛倒語次疊詠，變文以協韻也。

其一，上下兩句不完全交錯疊詠。如：

8　王引之《經傳釋詞》卷七，頁 14288，漢京文化事業公司：皇清經解第 19 冊。

〈豳風‧狼跋〉：

一章：狼跋其胡，載疐其尾。

二章：狼疐其尾，載跋其胡。

兩章上下句之句首字「狼」、「載」不變，而一章句中「跋其胡」、「疐其尾」，二章交錯語次為「疐其尾」、「跋其胡」，此即為不完全交錯疊詠，亦變文以協韻耳。

又如〈小雅‧鶴鳴〉：

一章：魚潛在淵，或在于渚。

二章：魚在于渚，或潛在淵。

兩章上下句之句首字「魚」、「或」不變，而一章句中「潛在淵」、「在于渚」，二章交錯語次為「在于渚」、「潛在淵」，為不完全交錯疊詠，變文協韻外，亦表現魚兒之居無定所。

其二，上下兩句完全交錯疊詠。如：

〈召南‧何彼襛矣〉：

一章：平王之孫，齊侯之子。

二章：齊侯之子，平王之孫。

一章「平王之孫」、「齊侯之子」二句，二章交錯語次為「齊侯之子」、「平王之孫」，上下句完全相互交錯以疊詠，亦變文協韻耳。

又如〈唐風‧葛生〉：

四章：夏之日，冬之夜。

五章：冬之夜，夏之日。

四章「夏之日」、「冬之夜」二句，五章交錯語次爲「冬之夜」、「夏之日」，其上下句完全相互交錯以疊詠，除變文協韻外，亦顯示出時光之流逝與歲月之難捱，「似有日日夜夜，月月年年，思之不已之慨。」[9]

他如：

〈鄘風・鶉之奔奔〉：一章「鶉之奔奔，鵲之彊彊」；二章「鵲之彊彊，鶉之奔奔」。

〈衛風・竹竿〉：一章「泉源在左，淇水在右」；二章「淇水在右，泉源在左」。

〈鄭風・丰〉：三章「衣錦褧衣，裳錦褧裳」；四章「裳錦褧裳，衣錦褧衣」。

皆爲兩章上下句完全交錯疊詠，亦變文以協韻耳。

以上「交錯」協韻的疊詠句，有「同句交錯」七組，「異句交錯」十四組，共計二十一組疊詠句。其運用顚倒字、詞、句的方式以疊詠，使前後章的敍述發生差異，除了便於「協韻」、調劑呆板，使詞句活潑有趣外，有時亦能適時的反映內容涵意，與詩句的內容相映成趣，使得「交錯」疊詠，更增一層藝術價值。

第二節　義同

「義同」即疊詠句中，所變換的字、詞彼此同義，乃變文以協韻耳。所謂「義同」可分兩種：一是「義本同」；一是「協韻義同」。

9　余師培林《詩經正詁》（上），頁335，三民書局，1993年。

一、義本同

即變換疊詠的字詞之間義本同，不需經由任何引申或聯想。
其一，以異詞同義之形容詞，描繪事物之形貌。如：
〈邶風・新臺〉：

> 一章：河水瀰瀰
>
> 二章：河水浼浼

「瀰瀰」，《傳》：「盛貌」；「浼浼」，《釋文》引《韓詩》作浘浘，云：
「盛貌」[10]，是「瀰瀰」、「浼浼」二詞義本同，皆形容河水之「盛
多貌」。
又如〈小雅・巷伯〉：

> 三章：緝緝翩翩
>
> 四章：捷捷幡幡

《傳》云：「『捷捷』猶『緝緝』也；『幡幡』猶『翩翩』也」。余師
培林云：「皆巧言便給之貌。」[11]此二句之四疊詞義本同，經由重
沓，更加凸顯出「巧言便給」譖人之貌。
重章中，運用此法者為數甚多，描繪之內容亦廣，茲分述如下：

10　陸德明《經典釋文》，頁 433，臺灣商務印書館：四庫全書第 182 冊。
11　余師培林《詩經正詁》（下），頁 187，三民書局，1995 年。

1、形容「盛多貌」，其為數最多

① 形容「雪」之盛多貌。

〈邶風‧北風〉：一章「雨雪其雱」，二章「雨雪其霏」。「其雱」猶雱雱，《傳》：「盛貌」；「其霏」猶霏霏，《傳》：「甚貌」，即盛貌。

〈小雅‧角弓〉：七章「雨雪瀌瀌」，八章「雨雪浮浮」。《傳》云：「浮浮，猶瀌瀌也。」《正義》云：「瀌瀌，雪之盛貌。」

② 形容「露」之盛多貌。

〈鄭風‧野有蔓草〉：一章「零露漙兮」，二章「零露瀼瀼」。「漙兮」與「瀼瀼」，《集傳》皆訓爲「露多貌」。[12]

〈小雅‧蓼蕭〉：一章「零露湑兮」，二章「零露瀼瀼」，三章「零露泥泥」，四章「零露濃濃」。余師培林以爲：「湑兮」、「瀼瀼」、「泥泥」、「濃濃」皆爲露盛貌。[13]

③ 如形容「草木樹葉」之茂盛。

〈周南‧葛覃〉：一章「維葉萋萋」，二章「維葉莫莫」。《集傳》：「萋萋，盛貌。」[14]《傳箋通釋》：「莫莫，猶言萋萋。」[15]

---

[12] 朱熹《詩集傳》：「漙，露多貌」，「瀼瀼，亦露多貌」，頁 55、56。中華書局，1989 年。

[13] 同註 11，〈小雅‧蓼蕭〉「泥」字注：
「按一章湑兮，二章瀼瀼，末章濃濃，皆為露盛貌，則此泥泥當亦為露盛貌。」頁 55。

[14] 同註 12，頁 3。

[15] 馬瑞辰《毛詩傳箋通釋》卷二，頁 67，藝文印書館，1957 年。

〈齊風‧甫田〉：一章「維莠驕驕」，二章「維莠桀桀」。《傳》：「桀桀猶驕驕也」，《詩緝》：「驕驕，茂盛也。」[16]

〈唐風‧杕杜〉：一章「其葉湑湑」，二章「其葉菁菁」。《集傳》：「湑湑，盛貌。……菁菁，亦盛貌。」[17]

〈秦風‧蒹葭〉：一章「蒹葭蒼蒼」，二章「蒹葭萋萋」，三章「蒹葭采采」。《傳》：「蒼蒼，盛也。……萋萋，猶蒼蒼也。……采采，猶萋萋也。」

〈陳風‧東門之楊〉：一章「其葉牂牂」，二章「其葉肺肺」。《傳》云：「牂牂然盛貌。……肺肺，猶牂牂也。」

〈小雅‧苕之華〉：一章「芸其黃矣」，二章「其葉青青」。《經義述聞》云：「芸其黃矣，言其盛，非言其衰。」[18]「青青」，亦盛貌。

④ 形容「人」之眾多貌。

〈鄭風‧出其東門〉：一章「有女如雲，雖則如雲」；二章「有女如荼，雖則如荼」。《傳箋通釋》：「『如荼』與『如雲』，皆取眾多之義。」[19]

〈齊風‧雞鳴〉：一章「朝既盈矣」，二章「朝既昌矣」。「昌」猶「盈」也，爲盛滿貌。

〈齊風‧敝笱〉：一章「其從如雲」，二章「其從如雨」，三章「其從如水」。《集傳》：「如雲，言眾也。……如雨，亦多也。……如水，亦多也。」[20]

---

[16] 嚴粲《詩緝》卷九，頁 13，廣文書局，1960 年。
[17] 同註 12，卷六，頁 71。
[18] 王引之《經義述聞》卷六，頁 13754，漢京文化事業公司：皇清經解第 18 冊。
[19] 同註 15，卷八，頁 449。

〈齊風・載驅〉：一章「行人彭彭」，二章「行人儦儦」。《傳》云：「彭彭，多貌。……儦儦，眾貌。」

2、形容「壯大貌」

〈鄭風・清人〉：一章「駟介旁旁」，二章「駟介麃麃」，三章「駟介陶陶」。余師培林云：「陶陶，……按當與上文旁旁、麃麃義同，皆盛壯之貌。」[21]

〈小雅・車攻〉：二章「四牡孔阜」，四章「四牡奕奕」。「孔阜」、「奕奕」皆言盛大貌。

3、形容「憂勞貌」

〈邶風・凱風〉：一章「母氏劬勞」，三章「母氏勞苦」。「劬勞」猶「勞苦」也。

〈齊風・甫田〉：一章「勞心忉忉」；二章「勞心怛怛」。《傳》云：「忉忉，憂勞也。……怛怛猶忉忉也。」

〈陳風・防有鵲巢〉：一章「心焉忉忉」，二章「心焉惕惕」。《傳》云：「惕惕，猶忉忉也。」皆憂勞貌（見前〈齊風・甫田〉）。

〈小雅・頍弁〉：一章「憂心弈弈」，二章「憂心怲怲」。《爾雅・釋訓》：「……怲怲、弈弈，憂也。」[22]

20　同註12，卷五，頁61。
21　同註9，頁227。
22　《爾雅注疏・釋訓》卷四，頁57，藍燈文化事業公司：十三經注疏。

4、形容「美好貌」

〈邶風・靜女〉：一章「靜女其姝」，二章「靜女其孌」。《說文》：「姝，好也。」[23]余師培林曰：「其孌，猶其姝。」[24]其姝、其孌，即姝姝、孌孌，皆美好貌。

〈小雅・伐木〉：二章「釃酒有藇」，三章「釃酒有衍」。《傳》云：「藇，美貌。……衍，美貌。」

5、形容「鮮明貌」

〈邶風・新臺〉：一章「新臺有泚」；二章「新臺有洒」。「泚」，《傳》：「鮮明貌」；「洒」，《釋文》引《韓詩》作漼，云：「鮮貌」[25]。

〈鄘風・君子偕老〉：二章「玼兮玼兮」，三章「瑳兮瑳兮」。「玼」，《傳》云：「鮮盛貌」；「瑳」，《集傳》：「亦鮮盛貌」。

6、形容人之「自得、自樂狀」

〈王風・君子陽陽〉：一章「君子陽陽」，二章「君子陶陶」。《詩記》引程子曰：「陽陽，自得。陶陶，自樂之狀」[26]，余師培林以爲皆「和樂之貌」[27]。

〈魏風・十畝之間〉：一章「桑者閑閑兮」，二章「桑者泄泄兮」。《集傳》：「閑閑，往來者自得之貌。……泄泄，猶閑閑也。」[28]

---

[23]　《說文解字注》十二篇下，頁 624，黎明文化事業公司，1992 年。
[24]　同註 9，頁 124。
[25]　同註 10。
[26]　呂祖謙《呂氏家塾讀詩記》卷七，頁 83，臺灣商務印書館：四部叢刊廣編第 4 冊。
[27]　同註 9，頁 195、196。
[28]　同註 12，卷五，頁 65。

7、形容「疾驅貌」

〈檜風・匪風〉：一章「匪風發兮，匪車偈兮」；二章「匪風飄兮，匪車嘌兮」《毛詩傳疏》：「發，猶發發也。〈蓼莪〉『飄風發發。』，《傳》云：『發發，疾貌。』……飄，猶飄飄也。飄飄，猶發發也。」[29]又，《傳》云：「偈，……疾也。」《說文》云：「嘌，疾也。」[30]是「發」、「飄」；「偈」、「嘌」皆爲疾驅貌。

〈小雅・蓼莪〉：五章「飄風發發」；六章「飄風弗弗」《傳》云：「弗弗，猶發發也。」發發，疾貌。（參見前〈檜風・匪風〉）

他如：

〈鄘風・載馳〉：二章「我思不遠」，三章「我思不閟」。「閟」猶「遠」，皆形容思之深遠也。

〈王風・大車〉：一章「大車檻檻」，二章「大車啍啍」。《傳》：「檻，車行之聲。」《傳箋通釋》：「啍啍，亦當爲車行之聲，猶檻檻也。」[31]「檻檻」、「啍啍」義本同，皆車行之聲。

〈唐風・羔裘〉：一章「自我人居居」，二章「自我人究究」。《傳》云：「居居，懷惡不相親比之貌。……究究猶居居也。」是「居居」、「究究」義本同，皆不相親比貌。

〈陳風・東門之楊〉：一章「明星煌煌」，二章「明星晢晢」。《傳》云：「晢晢，猶煌煌也。」而《集傳》云：「煌煌，大明貌。」[32]是「煌煌」、「晢晢」義本同，皆大明貌。

---

[29] 陳奐《詩毛氏傳疏》卷十三，頁3584，漢京文化事業公司：皇清經解續編第5冊。
[30] 同註23，二篇上，頁58。
[31] 同註15，卷七，頁387。
[32] 同註12，卷七，頁82。

　　〈小雅・蓼莪〉：五章「南山烈烈」，六章「南山律律」。《傳》云：「律律，猶烈烈也。」《箋》云：「視南山則烈烈然，飄風發發然，寒且疾也。」是「烈烈」、「律律」義本同，皆寒貌。

　　〈小雅・漸漸之石〉：一章「維其高矣」，二章「維其卒矣」。《正義》云：「卒，……讀爲崒。」余師培林以爲亦「高」也。[33]

　　〈商頌・長發〉：一章「百祿是遒」，二章「百祿是總」。「遒」，《傳》：「聚也。」；「總」，《正義》：「總聚」，二字義本同。

　　其二，以異詞同義之人稱代名詞，指稱同一人。如：

　　　〈鄘風・桑中〉：
　　　一章：美孟姜矣。
　　　二章：美孟弋矣。
　　　三章：美孟庸矣。

「孟姜」、「孟弋」、「孟庸」名字雖不同，但實際指的是同一個人，「孟姜」即姜姓之長女，與「孟弋」、「孟庸」互訓，皆爲托言，用來比喻詩人心目中的情人。無論詩人用幾個人比喻，他的情人當然還是只有一個。

　　又如〈鄭風・山有扶蘇〉：

　　　一章：不見子都。
　　　二章：不見子充。

《孟子・告子上》：「至於子都，天下莫不知其姣也。」[34]「子都」，爲傳說中古代美男子之名，《集傳》云：「男子之美者也。」[35]故此

---

[33]　余師培林：「卒，同崒。《箋》：『崔嵬也。』即高也。」同註11，頁307。
[34]　《孟子注疏・告子》卷十一上，頁196，藍燈文化事業公司：十三經注疏。
[35]　同註12，卷四，頁52。

「子都」非專名，乃泛指俊美之男子也。「子都」的「都」，就是「洵美且都」的「都」，「都」、「美」同義也。至如「子充」，《集傳》又云：「猶子都也。」[36]且《廣韻》亦云：「充，美也。」[37]是此「子都」與「子充」，皆爲美男子之通名。

他如：

〈鄭風・褰裳〉：一章「豈無他人」，二章「豈無他士」。士，猶人也。

〈大雅・卷阿〉：一章「藹藹王多吉人」，二章「藹藹王多吉士」。士，猶人也。

其三，以異詞同義之動詞，描繪同一動態。如：

〈召南・江有汜〉：

一章：不我以

二章：不我與

三章：不我過

《箋》云：「以，猶與也。」《集傳》云：「與，猶以也。」[38]是「不我以」、「不我與」義同，謂不與我相共也，「不我過」，《集傳》釋：「過，謂過我而與俱也。」[39]此說雖可，卻不甚切，應視其與上二文義一律，謂「不與我共生活」爲佳，故余師培林云：「一章曰不我以，二章曰不我與，三章曰不我過，易字而已，義則同也。」[40]

又如〈小雅・皇皇者華〉：

36　同註35。

37　《宋本廣韻》，頁27，黎明文化事業公司，1981年。

38　同註12，卷一，頁12。

39　同註38。

40　同註9，頁63。

二章：周爰咨諏。

三章：周爰咨謀。

四章：周爰咨度。

五章：周爰咨詢。

《集傳》曰：「咨諏，訪問也。」又曰：「謀，猶諏也，變文以協韻爾。下章仿此。……度，猶謀也。……詢，猶度也。」[41]《爾雅‧釋詁》詢、度、諮、諏皆訓謀[42]，故「諏」、「謀」、「度」、「詢」義同，皆謀也，乃變文以協韻耳。

重章中，運用此法者為數亦多，茲分述於下：

1、描繪「休」、「息」、「處」、「止」之態

〈召南‧殷其靁〉：一章「莫敢或遑」，二章「莫敢遑息」，三章「莫或遑處」。三章一義也，「遑處」猶「遑息」；「或遑」猶「或遑處」。

〈邶風‧綠衣〉：一章「曷維其已」，二章「曷維其亡」。《經義述聞》云：「亡，猶已也。」[43]「已」，即止也。

〈豳風‧九罭〉：二章「於女信處」，三章「於女信宿」。《傳》：「宿，猶處也。」

〈小雅‧祈父〉：一章「靡所止居」，二章「靡所厎止」。周振甫先生曰：「厎止，與止居同義。」[44]

41　同註 12，頁 101。

42　《爾雅注疏‧釋詁》卷一：「靖惟漢圖詢度咨諏究如慮謨猶肇基訪，謀也。」
　　頁 8，藍燈文化事業公司：十三經注疏。

43　同註 18，卷五，頁 13726。

44　周振甫〈小雅‧祈父〉注釋，見於周嘯天《詩經鑑賞集成》（下），頁 672，
　　五南圖書公司，1994 年。

〈小雅・我行其野〉：一章「言就爾居」，二章「言就爾宿」。余師培林云：「宿，猶居也。」[45]

〈小雅・小明〉：四章「無恆安處」，五章「無恆安息」。「安處」、「安息」義本同，即養尊處優，苟自安逸之意。

〈小雅・莞柳〉：一章「不尚息焉」，二章「不尚愒焉」。《傳》云：「愒，息也。」

2、描繪「命」、「令」之態者

〈齊風・東方未明〉：一章「自公召之」，二章「自公令之」。《集傳》：「令，號令也。」[46]余師培林云：「令之，猶召之。」[47]

〈大雅・卷阿〉：一章「維君子使」，二章「維君子命」。《箋》：「命，猶使也。」

3、描繪「消」、「去」、「食」之態者

〈魏風・伐檀〉：一章「不素餐兮」，二章「不素食兮」，三章「不素飧兮」。《集傳》云：「餐，食也。」[48]《傳》曰：「熟食曰飧。」余師培林曰：「夕時亦曰飧」。素飧，猶素餐也。[49]是「素餐」、「素食」、「素飧」義本同。

〈唐風・蟋蟀〉：一章「日月其除」，二章「日月其邁」，三章「日月其慆」。「除」、「邁」、「慆」義本同，皆去也。

---

[45] 同註 11，頁 107。
[46] 同註 12，卷五，頁 60。
[47] 同註 9，頁 270。
[48] 同註 12，卷五，頁 66。
[49] 同註 9，頁 304。

〈小雅・十月之交〉：一章「彼月而微」，二章「彼月而食」。裴普賢先生云：「微，不明。指日月蝕。」[50]微，猶食也。

〈小雅・角弓〉：七章「見睍曰消」，八章「見睍曰流」。《傳箋通釋》云：「流，與消同義。」[51]

他如：

〈召南・小星〉：一章「寔命不同」，二章「寔命不猶」。《傳》曰：「猶，若。」不猶，即不同也。

〈召南・野有死麕〉：一章「白茅包之」，二章：「白茅純束」。《傳》云：「包，裏也。……純束，猶包之也。」

〈邶風・北門〉：二章「王事適我，政事一埤益我」；三章「王事敦我，政事一埤遺我」。「適」、「敦」，皆投擲也；「益」、「遺」，皆增加也。

〈鄘風・干旄〉：一章「素絲紕之」，二章「素絲組之」，三章「素絲祝之」。「紕」、「組」、「祝」義本同，皆連屬、縫合之意。

〈鄭風・緇衣〉：一章「敝予又改爲兮」，二章「敝予又改造兮」，三章「敝予又改作兮」。《箋》云：「造，爲也。……作，爲也。」「改爲」、「改造」、「改作」義本同，皆更作、再作之義。

〈鄭風・叔于田〉：一章「叔于田」，二章「叔于狩」，三章「叔適野」。「于田」、「于狩」、「適野」義本同，皆言在獵也。

〈鄭風・遵大路〉：一章「無我惡兮」，二章「無我魗兮」。《箋》云：「魗，亦惡也。」

〈鄭風・蘀兮〉：一章「風其吹女」，二章「風其漂女」。《傳》：「漂，猶吹也。」

---

[50] 裴普賢《詩經評註讀本》（下），頁 169，三民書局，1991 年。
[51] 同註 15，卷二三，頁 1208。

〈鄭風・丰〉：一章「悔予不送兮」，二章「悔予不將兮」。《箋》云：「將，亦送也。」

〈鄭風・揚之水〉：一章「人實迋女」，二章「人實不信」。余師培林云：「不信，即迋女之義。」[52]

〈鄭風・出其東門〉：一章「匪我思存」，二章「匪我思且」。《箋》：「匪我思且，猶匪我思存也。且音徂，《爾雅》云：存也。」

〈齊風・南山〉：一章「齊子由歸」，二章「齊子庸止」。「由歸」與「庸止」，皆謂文姜由此道出嫁於魯，「由」、「庸」義同，然與「歸」相應之「止」則爲語詞，較特殊。

〈秦風・黃鳥〉：一章「百夫之特」，二章「百夫之防」，三章「百夫之禦」。「特」、「防」、「禦」義本同，皆當也。

〈檜風・匪風〉：一章「中心怛兮」，二章「中心弔兮」。「怛」、「弔」義本同，皆傷也。

其四，以異詞同義之形容詞，描繪同一時態。如：

〈齊風・東方未明〉：
一章：東方未明
二章：東方未晞

《正義》：「『未晞』，謂將旦之時，日之光氣始升，與上『未明』爲一事也。」「未晞」、「未明」義本同，皆將旦之時。

其五，以異詞同義之方位詞，指稱同一地域。如：

〈王風・葛藟〉：
一章：在河之滸

52　同註9，頁252。

二章：在河之涘

三章：在河之漘

《傳》曰：「水　曰滸。……涘，　也。……漘，水溓也。」是「滸」、「涘」、「漘」義本同，皆謂水邊，換字以協韻耳。

又如〈魏風・伐檀〉：

一章：寘之河之干兮

二章：寘之河之側兮

三章：寘之河之漘兮

《傳》曰：「干，厓也。……漘，　也。」「干」、「漘」義本同，「側」亦同之，皆謂岸邊，三章所詠爲同一地，乃變文協韻也。

他如：

〈秦風・蒹葭〉：一章「在水一方」，二章「在水之湄」，三章「在水之涘」。《傳》：「湄，水隒也。……涘，厓也。」「湄」、「涘」義本同，「方」亦同之，《箋》云：「在大水之一邊，假喻以言遠。」「水一方」、「水之湄」、「水之涘」義本同，皆謂岸邊。

〈大雅・民勞〉：一、二、四、五章「惠此中國」，三章「惠此京師」。《傳》云：「中國，京師也。」

其六，以異詞同義之名詞，表達同一名物。如：

〈召南・野有死麕〉：

一章：野有死麕

二章：野有死鹿

《集傳》:「麕,獐也,鹿屬,無角。」[53]「麕」與「鹿」應同指一物,余師培林云:「『野有死鹿』,即上章『野有死麕』,鹿即指麕,變文以協韻耳,非麕外別有鹿。」[54]「鹿」、「麕」不同名,卻同指一物,易字協韻也。

又如〈齊風·著〉:

　　一章:尚之以瓊華乎而。
　　二章:尚之以瓊瑩乎而。
　　三章:尚之以瓊英乎而。

《集傳》:「瓊華,美石似玉者。」[55]《詩記》引張氏曰:「充耳非一物,先以纊塞,後以玉加之。」[56]「瓊華」即是以美玉雕刻之花,至其「瓊瑩」、「瓊英」義亦同,皆爲玉刻之花,屈萬里先生云:「尚之以瓊華、瓊瑩、瓊英,非謂三人服飾各不同,亦非謂一人而眞有此三種服色也。國風無一章之詩,此爲足成三章,不得不變換其辭耳。」[57]

他如:

〈邶風·綠衣〉:一章「綠衣黃裏」,二章「綠衣黃裳」。聞一多先生云:「此裏,謂在裏之衣,即裳。」[58]

[53]　同註 12,卷一,頁 13。
[54]　同註 9,頁 65。
[55]　同註 12,卷五,頁 59。
[56]　呂祖謙《呂氏家塾讀詩記》卷九,頁 107,臺灣商務印書館:四部叢刊廣編第 4 冊。
[57]　屈萬里《詩經詮釋》,頁 167,聯經出版事業公司,1983 年。
[58]　聞一多《詩經通義》,頁 164、165,《聞一多全集》(二),北京:新華書局,1982 年 1 版。

　　〈鄘風・柏舟〉：一章「實維我儀」，二章「實維我特」。《傳》：「儀，匹也。……特，匹也。」「匹」、「特」義本同。

　　〈王風・兔爰〉：一章「雉離于羅……逢此百罹」；二章「雉離于罦……逢此百憂」；三章「雉離于罿……逢此百凶」。《傳》：「鳥網爲羅。」「罦」、「罿」與「羅」義同，皆捕鳥之網也。至其下組疊詠句「百羅」、「百憂」、「百凶」義亦同，皆言憂難之多。

　　〈鄭風・有女同車〉：一章「顏如舜華」，二章「顏如舜英」。《傳》云：「英，猶華也。」華，即花也。

　　〈魏風・園有桃〉：一章「其實之殽」，二章「其實之食」。《集傳》云：「殽，食也。」[59]

　　〈唐風・揚之水〉：一章「素衣朱襮」，二章「素衣朱繡」。《集傳》云：「朱繡，即朱襮也。」[60]

　　〈唐風・羔裘〉：一章「羔裘豹袪」，二章「羔裘豹褎」。《傳》：「袪，袂也。……褎，猶袪也。」

　　〈唐風・葛生〉：四章「歸于其居」，五章「歸于其室」。《傳》云：「居，墳墓也。……室，猶居也。」

　　〈陳風・宛丘〉：二章「值其鷺羽」，三章「值其鷺翿」。《傳》云：「鷺鳥之羽，可以爲翳。……翿，翳也。」「鷺翿」猶「鷺羽」，皆舞者所持之物也。

59　同註 12，卷五，頁 64。
60　同註 12，卷六，頁 69。

二、協韻義同

　　所謂「協韻義同」，即在疊詠句中，其所變換的字、詞義本不同，僅因協韻而義連及，或經由假借；或經由引申；或經由聯想等，而成為「協韻同義字、詞」[61]，此即為「協韻義同」也。

　　其一，數章疊詠，其變換的形容字、詞，互為協韻同義字、詞者。如：

　　　　〈秦風・蒹葭〉：
　　　　一章：道阻且長
　　　　二章：道阻且躋
　　　　三章：道阻且右

「長」，形容道路之長遠；「躋」，《傳》云：「升也」，《箋》云：「升者，言其難至如升阪」；「右」，《箋》云：「右者，言其迂迴也」。「長」、「躋」、「右」義本不同，然因協韻之故，經由「引申」，而使義相連及。蓋路升則長遠，路曲亦長遠也，此三字乃協韻同義字也。

　　又如〈小雅・常棣〉：

　　　　六章：和樂且孺
　　　　七章：和樂且湛

「湛」，《傳》云：「湛，樂之久。」[62]故「孺」之義，俞樾《群經平義》即以為：「兩章之義必當一律，……孺當讀為愉，孺從需聲，

61　曹文安、沈祥源〈說詩經重章互足法〉一文列有「將協韻同義詞分置于各章之中」一類，而云：「所謂『協韻同義詞』是指這些詞本來並不同義，在詩中又不用于多層次的描寫，僅為協韻而義連及。」頁105，《西南師院學報》，1983年第2期。

愉从俞聲，兩聲相近。」[63]故「孺」為「愉」字之假借。「孺」、「湛」
義本不同，因協韻之故，經由「假借」，而使字義相連及，亦為協
韻同義字。

　　至如〈小雅・隰桑〉：

　　　　一章：其葉有難
　　　　二章：其葉有沃
　　　　三章：其葉有幽

「有難」、「有沃」、「有幽」即「難然」、「沃然」、「幽然」也。《傳》
云：「難，盛貌。……沃，柔也。……幽，黑色也。」「難」、「沃」、
「幽」三字義本不同，然《傳疏》云：「柔者亦是美盛之意」[64]；《傳
箋通釋》云：「葉之盛者色青而近黑，則黑色亦為盛貌。」[65]是「有
難」、「有沃」、「有幽」因「聯想」，而使其詞義相連及，為協韻同
義詞也。

　　他如：

　　〈邶風・北風〉：一章「北風其涼」，二章「北風其喈」。一章
「其涼」，即涼涼也；二章「其喈」，即喈喈也。馬瑞辰《傳箋通釋》：
「喈當作湝，又通淒，說文湝字注一曰：湝，水寒也。……蓋水寒
曰湝，風寒亦曰湝。」[66]「涼」、「喈」義本不同，因協韻，經由假
借而使義連及，均謂風寒也。

62　見〈小雅・鹿鳴〉三章，頁 317，藍燈文化事業公司：十三經注疏。
63　俞樾《群經平議》卷十，頁 15035，漢京文化事業公司：皇清經解續編第
　　19 冊。
64　同註 29，卷二二，頁 3694。
65　同註 15，卷二三，頁 1223。
66　同註 15，卷四，頁 252。

　　〈鄭風・丰〉：一章「子之丰兮」，二章「子之昌兮」。「丰」，《傳》云：「豐滿也。」引申有美好之意；「昌」，《傳》云：「盛壯貌。」亦引申有美好意。「丰」、「昌」義本不同，引申之義則同。

　　〈齊風・猗嗟〉：一章「猗嗟昌兮」，二章「猗嗟名兮」，三章「猗嗟孌兮」。「昌」，《傳》云：「盛也」；「名」，《毛詩後箋》云：「名與明通」；「孌」，《傳》云：「壯好貌」，「昌」、「名」、「孌」義本不同，然因協韻而義連及，均引申有美好之義。

　　其二，數章疊詠，其變換的名詞，互爲協韻同義字、詞。如：

　　〈唐風・鴇羽〉：
　　一章：肅肅鴇羽
　　二章：肅肅鴇翼
　　三章：肅肅鴇行

《傳》云：「行，翮也。」《毛詩詁訓傳》曰：「行、翮求諸雙聲合韻，詁訓之法如此。羽、翼、翮以類相從，不釋爲行列也。」[67]，「羽」、「翼」、「行」義本不同，非確指同物，此因協韻而義連及，皆指鴇之翅膀也，互爲協韻同義字。

　　又如〈大雅・崧高〉：

　　三章：徹申伯土田
　　六章：徹申伯土疆

「田」、「疆」義本不同；在此，「土田」、「土疆」乃協韻同義詞，皆所謂徹其賦稅也。

---

[67] 段玉裁《毛詩詁訓傳》卷十，頁3984，漢京文化事業公司：皇清經解第6冊。

其三，數章疊詠，其變換的動詞（或動態），互為協韻同義字、詞。如：

〈召伯・甘棠〉：
一章：召伯所芨
二章：召伯所憩
三章：召伯所說

「芨」，《箋》云：「草舍也」即草中止息也；「憩」，《箋》云：「息也」；「說」，或作「稅」，《方言》：「稅，舍車也。」[68]，即車之止息也。三字義本不同；在此，因協韻而義連及，「芨」、「說」皆為「憩」之義，乃協韻同義字也。

又如〈邶風・北風〉：

一章：攜手同行
二章：攜手同歸
三章：攜手同車

「行」，行去也；「歸」，歸返也；「車」，乘車也，三字義本不同；在此，因協韻而義相連及，「同歸」、「同車」即「同行」也，此乃協韻同義詞也。

他如：

〈邶風・二子乘舟〉：一章「汎汎其景」，二章「汎汎其逝」。《集傳》曰：「景，古影字。」[69]裴普賢先生故而云：「或謂景同憬，遠行也。」[70]「景」假借為憬，與「逝」為協韻同義字。

---

[68]　揚雄《方言》卷七，頁 25，臺灣商務印書館：四部叢刊正編第 3 冊。
[69]　同註 12，卷二，頁 27。
[70]　裴普賢《詩經評注讀本》（上），頁 170，三民書局，1990 年。

〈鄘風‧牆有茨〉：一章「不可埽也」，二章「不可襄也」，三章「不可束也」。「埽」，掃去也；「襄」，《傳》云：「除也」；「束」，《傳》云：「束而去之」三字義本不同，然「埽」、「束」均引申有去、除之義，與「襄」協韻義同。

〈衛風‧考槃〉：一章「永矢弗諼」，二章「永矢弗過」，三章「永矢弗告」。「諼」，忘也；「過」，去也；「告」，告人也，三字義本不同。然「弗過」、「弗告」均引申有弗忘之義，與「弗諼」為協韻同義詞也。

〈鄭風‧有女同車〉：一章「有女同車」，二章「有女同行」。「車」、「行」義本不同，在此「同車」、「同行」協韻義同也。

〈鄭風‧丰〉：三章「駕予與行」，四章「駕予與歸」。「行」，離去也；「歸」，返回也。二字義本不同；然此「與行」、「與歸」協韻義同也。

〈魏風‧陟岵〉：一章「猶來無止」，二章「猶來無棄」，三章「猶來無死」。「止」、「棄」、「死」義本不同，在此「無止」、「無棄」均引申有「無死」之義。

〈小雅‧常棣〉：六章「兄弟既具」，七章「兄弟既翕」。「具」，《集傳》：「俱也。」[71]「翕」，《傳》云：「合也。」。二字義本不同，在此「既具」、「既翕」協韻義同，皆聚合也。

以上「義同」協韻的疊詠句，有「義本同」八十八組，「協韻義同」十七組，共計一百零五組疊詠句。其變換同義字詞以協韻，不論是義本同，或是因協韻而義連及，均是相同句義、詩義的重複；然因變換了新的字詞、新的聲韻，仍給人以一種新鮮感。同時，在反覆詠嘆中，詩人的情感、詩歌的主題，亦得到很好的闡發與加強。

71　同註 12，卷九，頁 103。

　　除以上單一的運用某一種協韻藝術外，亦有混合運用者。

　　其一，有「同句交錯」與「異句交錯」混合運用者。即：

〈召南・羔羊〉：

一章：退食自公，委蛇委蛇。

二章：委蛇委蛇，自公退食。

三章：委蛇委蛇，退食自公。

一、二章上下兩句語次交錯外，句中兩詞「退食」、「自公」之詞序亦交錯疊詠，可謂雙重交錯也。二、三章則僅句中交錯，將「自公」、「退食」之詞序，又交錯疊詠爲「退食」、「自公」，雖無深意，然其變文以協韻，錯落有致。朱守亮先生云：「退食委蛇兩句，往復變換，上下顛倒換韻，以生往複申詠作用，變化奇妙。」[72]此即「同句交錯」與「異句交錯」混合運用也。

　　其二，有「義本同」與「協韻義同」混合運用者。如：

〈鄘風・干旄〉：

一章：何以畀之？

二章：何以予之？

三章：何以告之？

《傳》云：「畀，予也」是一、二章義本同；三章之「告」，謂告之以言語，亦引申有「贈予」之義，與一章之「畀」、二章之「予」，協韻義同也。此即「義本同」與「協韻義同」混合運用也。

---

[72]　朱守亮《詩經評釋》（上），頁82，臺灣學生書局，1984年。

〈曹風・蜉蝣〉：

一章：於我歸處

二章：於我歸息

三章：於我歸說

「處」，息也，是一、二章義本同；三章之「說」，謂車之止息也，亦引申有止息義，與一章之「處」，二章之「息」，協韻義同。此亦「義本同」與「協韻義同」混合運用也。

其三，有「交錯」與「義同」混合運用者。如：

〈周南・桃夭〉：

一章：宜其室家。

二章：宜其家室。

三章：宜其家人。

一、二章「室家」與「家室」交錯疊詠以協韻；而三章之「家人」，則與「室家」、「家室」義本同。此即「交錯」與「義同」混合運用也。

又如〈小雅・魚麗〉：

一章：旨且多。

二章：多且旨。

三章：旨且有。

一章「旨且多」，二章易為「多且旨」，乃交錯疊詠也；三章「旨且有」，《集傳》云：「有，猶多也。」[73]是三章與一章義本同。此亦「交錯」與「義同」混合運用者。

---

[73]　同註12，卷九，頁109。

以上混合式協韻計有六組疊詠句，此法之運用，益顯出「協韻」藝術之變化靈活、錯落有致，更增「協韻」之藝術價值。

第三節 小結——重章協韻的藝術效用

《詩經》重章運用「協韻」藝術的疊詠句，有「交錯」協韻二十一組，「義同」協韻一百零五組，及「混合式」協韻六組，共計一百三十二組疊詠句，亦受到相當廣泛地運用，僅次於重章「平列」藝術。蓋詩人交錯語次、變換字面，以新的聲韻反覆疊詠，在重複中而有變化，是有其巧思與匠心的。

其所發揮的藝術效用如下：

一、富音樂美

《詩經》有百分之九十八的作品都押韻，押韻能使聲音和諧協調，增加詩的音樂節奏，使前後一氣，便於吟唱，極富音樂美感。「重章協韻」其句義不變，專以協韻為其變文之目的，此種音樂美感則更加彰顯。或上下兩句交錯協韻，如〈唐風‧葛生〉：一章「夏之日，冬之夜」，二章「冬之夜，夏之日」；或以同義字詞變文協韻，如〈王風‧君子陽陽〉：一章「君子陽陽」，二章「君子陶陶」，「陽陽」、「陶陶」義同，變文以協韻，均使各章前後緊湊和諧，富有音樂美。陸時雍《詩鏡總論》以為詩歌「有韻則生，無韻則死；有韻

則雅，無韻則俗；有韻則響，無韻則沉；有韻則遠，無韻則局。」[74]
則重章「協韻」，使詩歌更加的「生」、「雅」、「響」、「遠」，達到聲
情和諧、聲情並茂的音樂美。

二、避免重複

　　「協韻」即在疊詠的詩句中，變換同義的字詞以求韻協，從修
辭的角度而言，就是爲了避免重複，這在《詩經》重章中，對於調
整聲律、變化字面，都具有積極的作用。如「交錯」協韻中的〈小
雅・魚藻〉：一章「豈樂飲酒」，二章「飲酒樂豈」，「豈樂」、「飲酒」
交錯，變換詞序；「豈樂」、「樂豈」交錯，變換字序。又如「義同」
協韻中的〈鄭風・緇衣〉：一章「敝予又改爲兮」，二章「敝予又改
造兮」，三章「敝予又改作兮」。「爲」、「造」、「作」義本同，變文
以協韻也。此種疊詠藝術與「重複疊詠」交錯運用著，更能顯示出
《詩經》語言之美。

三、加強意象

　　「協韻」運用同義之字詞以變換疊詠，來反覆強調同一意象。
如「交錯」協韻之〈齊風・東方未明〉：一章「顛倒衣裳」，二章「顛
倒裳衣」，經由字的交錯疊詠，強調了句中顛倒、慌亂的意象。又
如「義同」協韻之〈小雅・隰桑〉：一章「其葉有難」，二章「其葉
有沃」，三章「其葉有幽」，「有難」、「有沃」、「有幽」爲協韻同義

---

[74]　陸時雍《詩鏡總論》，頁 18，臺灣商務印書館：四庫全書第 1411 冊。

詞，經由三章的疊詠，強化了樹葉茂盛的意象。同樣的意象，不斷地印入惱海中，使人餘味無窮，記憶深刻。

四、充分抒情

運用重章「協韻」，反覆抒發同一情感，亦能收到一唱三嘆的抒情效果。如「交錯」疊詠之〈鄘風・蝃蝀〉：一章「遠父母兄弟」，二章「遠兄弟父母」，「父母」、「兄弟」交錯疊詠，突出了詩人孤獨無依之心境。又如「義同」疊詠之〈魏風・伐檀〉：一章「不素餐兮」，二章「不素食兮」，三章「不素飧兮」，「餐」、「食」、「飧」義本同，經由再三的歌詠，似有無窮的幽怨，傾瀉而出，充分抒發了詩人的情感。

《詩經》重章「協韻」的藝術，乃同一字詞的交錯變化；或異詞同義的靈活運用，以變文的方式，表達同一個意思、同一份情感，既避免重複，又能加強句中之意象，達到一唱三嘆、充分抒情的效果。同時，由於專以變文協韻爲目的，使得詩歌聲情合一，充滿了節奏與和諧的音樂美，具有豐富的藝術效用。

第七章　《詩經》重章承接的藝術

　　「承接」是就材料排列的方式而言，其「排列的各項前後銜接，井然有序。」[1]

　　《詩經》重章在安排材料時，亦多運用「承接」的藝術手法，使前後章彼此銜接，井然有序。經學大師馬瑞辰、姚際恆在爲《詩經》做注解時，即已注意到此點，馬氏所云：「此詩之次也。」[2]姚氏所云：「此則詩之章法也。」[3]皆已點明此重章之「承接」藝術也。

　　今人曹文安、沈祥源則明言：「《詩經》重章之中多相因之辭。」[4]即謂《詩經》重章中，運用了許多「承接」的藝術手法。

　　「承接」與「漸層」類似，都有一章接著一章往前發展的意味。然「漸層」著重在漸進，彼此有淺深之不同；「承接」則著重在銜接，彼此之間是平列的三個個體，並無淺深之不同。

　　依照承接內容之不同，可以分爲「相次」與「相承」兩類。

---

[1]　謝文利《詩歌語言的奧秘》，頁 332，哈爾濱：北方文藝出版社，1991 年。

[2]　馬瑞辰《毛詩傳箋通釋》卷三之〈召南・鵲巢〉：「首章往迎，則曰御之；二章在途，則曰將之；三章既至，則曰成之，此詩之次也。」頁 122，藝文印書館，1957 年。下文第二節「相承」式亦有引釋。

[3]　姚際恆《詩經通論》之〈周南・麟之趾〉：「惟是趾、定、角由下而及上，子、姓、族由近而遠及遠，此則詩之章法也。」卷一，頁 30，河洛圖書出版社，1978 年。

[4]　曹文安、沈祥源〈說詩經重章互足法〉，頁 104，刊於《西南師院學報》，1983 年第 2 期。

第一節　相次

所謂「相次」，是指所承接的內容，乃依照空間、人倫等次序加以排列。

一、空間相次

即疊詠時，按照空間的順序依次排列，分置于各章中。

其一，由上而下依序排列。如：

〈檜風・素冠〉：

一章：庶見素冠兮

二章：庶見素衣兮

三章：庶見素韠兮

「素冠」、「素衣」、「素韠」皆為大夫之服，以此指代「大夫」，既避免用詞重複，亦巧妙地刻畫出大夫頭戴白冠，身穿白衣，下著白裳，全身縞素的形象。其由「冠」而「衣」而「韠」，即由上而下依次詠嘆，承接有序。

其二，由下而上依序排列。如：

〈周南・麟之趾〉：

一章：麟之趾

二章：麟之定

三章：麟之角

　　三章皆以麟爲象徵，分詠其「趾」、「定」、「角」。姚際恆《詩經通論》：「趾、子，定、姓，角、族，弟取協韻，不必有義，亦不可以趾若何喻子若何，定若何喻姓若何，唯是趾、定、角由下而及上，……此則詩之章法也。」[5]詩人由麟之足，至額、角，由下而上依次詠嘆，顯其章法井然有序。

　　又如〈衛風‧有狐〉：

　　　　一章：之子無裳
　　　　二章：之子無帶
　　　　三章：之子無服

　　「裳」、「帶」、「服」的變化，表現了抒情主人公的心理動態。先想到丈夫無下裳；次想到丈夫無衣帶；又想到丈夫無衣服，從下而上，遍體全身，關心得多麼周全而細緻。

　　其三，由外而內依序疊詠。如：

　　　　〈小雅‧斯干〉：
　　　　三章：君子攸芋
　　　　四章：君子攸躋
　　　　五章：君子攸寧

　　方玉潤《詩經原始》于三章曰：「此下三章皆築室事，先垣次堂次室，層次井然。須玩他鍊字有法：垣則曰攸芋，堂則曰攸躋，室則曰攸寧。一一分貼細膩處。」[6]裴普賢先生亦加以闡發曰：「三章寫牆垣堅固，則謂『君子攸芋』，四章寫房屋氣勢，則謂『君子

5　同註3，卷一，頁30。
6　方玉潤《詩經原始》卷十，頁383，北京：中華書局，1986年。

俢躋』，五章寫內室居寢，則謂『君子攸寧』。」[7]則「芋」、「躋」、「寧」之變換，乃各承上句所言：「垣、堂、室」由外而內之順序而來。

二、人倫相次

在人倫的安排上，《詩經》能顧全倫理之次序，余師培林云：「凡詩言及父、母、兄者，必先言父，次言母，末言兄，毫不相亂，於此可見周時倫理之教也。」[8]如：

〈王風・葛藟〉：
一章：謂他人父
二章：謂他人母
三章：謂他人昆

此詩一章言「父」，二章言「母」，三章言「昆」，即為《詩經》倫理之次序也。
又如〈魏風・陟岵〉：

一章：瞻望父兮。父曰：嗟予子
二章：瞻望母兮。母曰：嗟予季
三章：瞻望兄兮。兄曰：嗟予弟

此詩一章言「父」，二章言「母」，三章言「兄」，亦為《詩經》倫理之次序也。至如次句「子」、「季」、「弟」之變化，乃各承首句

---

[7]　裴普賢《詩經評註讀本》（下），頁138，三民書局，1991年。
[8]　余師培林《詩經正詁》（上），頁206，三民書局，1993年。

而變言，一章爲「父曰」，故言「子」；二章爲「母曰」，故言「季」；三章爲「兄曰」，故言「弟」，此則另一承接之法。

至如〈秦風・黃鳥〉：

> 一章：子車奄息
> 二章：子車仲行
> 三章：子車鍼虎

詩中所詠分別爲子車氏之三子「奄息」、「仲行」、「鍼虎」，此三人即春秋時爲秦穆公殉葬的三個大夫，稱爲「三良」。詩人在三章內容相同的基礎上，變換了此三人之名以反覆詠嘆，似爲異體平列之藝術；然仔細推敲，實寓有「相次」之意味，余師培林云：「當是依其長幼之序，此於仲行列於次章，可以索之。」[9]是也。

以上「相次」承接的疊詠句，有「空間相次」四組，「人倫相次」四組，共計八組疊詠句。雖然，其數量極少，然由此少數的疊詠句，即可看出《詩經》之章法有序，重章疊詠時，能注意到空間上的依序排列，亦能顧全倫理之次序，前後毫不相亂。

第二節　相承

「相承」是就時間而言，即所承接的內容，是按照時間先後的順序排列，將一人、事、物發展之全過程分置于各章中。依承接內容之不同，可分爲「動態承接」與「靜態承接」兩項：

9　同註8，頁359。

一、動態相承

即將人、事、物各個時期的發展動態，依時間順序分置于各章中，使各章之間的動態彼此銜接。

其一，行為動態之相承。如：

〈周南・芣苢〉：

一章：薄言采之。……薄言有之。

二章：薄言掇之。……薄言捋之。

三章：薄言袺之。……薄言襭之。

此乃詠婦女採芣苢之詩，《正義》：「首章言采之、有之，采者始往之辭；有者，己藏之稱，總其終始也。二章言采時之狀，或掇拾之；或捋取之。卒章言所盛之處，或袺之或襭之。」詩中「采」、「有」；「掇」、「捋」；「袺」、「襭」六動詞，都是描寫採摘的動作，然有時間先後之不同。余師培林即進一步云：「掇、捋事殊，袺、襭用別，先後井然有次。」[10]詩人將此六個動詞，按照時間先後的順序分置于各章之中，描繪具有連續性的動作，聯繫起來看，則婦女採摘芣苢的過程，完整而形象地躍然紙上。

又如〈召南・鵲巢〉：

一章：百兩御之

二章：百兩將之

三章：百兩成之

馬瑞辰《傳箋通釋》:「首章往迎,則曰御之;二章在途,則曰將之;三章既至,則曰成之,此詩之次也。」[11]由「御」而「將」而「成」,巧妙地反映出由迎親、送親、成親的整個過程,先後有序,完整而具象。

他如:

〈小雅・瓠葉〉:一章「酌言嘗之」,二章「酌言獻之」,三章「酌言酢之」,四章「酌言醻之」。一章「嘗」之,始揭開燕飲之序幕;其後「獻」、「酢」、「醻」,則依序爲主人與賓客相敬酒之燕飲進程[12],前後亦相承也。

〈魯頌・有駜〉:一章「鷺于下。……醉言舞。」;二章「鷺于飛。……醉言歸」。「下」、「飛」均爲舞姿,《正義》:「以上言於下,此言於飛,是既下而飛去。」是「下」、「飛」乃爲前後相承之兩種舞姿也。而「舞」、「歸」之關係亦相承也,言酒者醉而舞,直至酩酊大醉才歸。

至如〈鄭風・大叔于田〉則前後章八句相承:

二章:叔善射忌,又良御忌。抑磬控忌,抑縱送忌。
三章:叔馬慢忌,叔發罕忌。抑釋掤忌,抑鬯弓忌。

此二章之四句,乃述出獵之詳情,可見叔之善於田獵也;三章之四句,乃述田獵將畢之況,其前後相承也。

---

[11] 同註2,卷三,頁122。

[12] 「獻」,《集傳》:「獻之於賓也。」(卷十五,頁173)則飲酒之禮,主人始酌酒敬賓曰獻。

「酢」,《箋》:「賓既卒爵,洗而酌主人也。」謂賓受主人獻酒,既飲,乃酌以敬主人也。

「醻」,《箋》:「主人既卒酢爵,又酌自飲,卒爵,復酌進賓。猶今俗之勸酒。」謂主人復酌自飲,然後再酌以飲賓也。

　　其二，心理動態之相承。如：

　　〈邶風‧燕燕〉：
　　一章：泣涕如雨。
　　二章：佇立以泣。
　　三章：實勞我心。

三章均言別後「瞻望弗及」傷痛之情態，輔廣曰：「泣涕如雨，初別時也；佇立以泣，已別而久立以泣也；實勞我心，既去而思之不忘也。」[13]三章雖均言別情，然分別為三個不同時期之心理動態，所表現出來之情貌亦有所不同。此三章即心理動態之相承也。

　　又如〈鄭風‧野有蔓草〉：

　　一章：適我願兮。
　　二章：與子偕臧。

兩章均詠「邂逅相遇」欣喜之情，然「適我願兮」為初遇之驚嘆；「與子偕臧」則為久遇之喜樂，「歡樂之情盡在其中」[14]，只有到這個時候，喜劇才算有個圓滿的結局，二章相承，為主人公心理變化之真實寫照。

二、靜態相承

　　即將人、事、物各個時期的靜止狀態，依時間順序分置于各章中，使各章間的靜態彼此承接。

---

[13]　輔廣《詩童子問》卷一，頁318，臺灣商務印書館：四庫全書第74冊。
[14]　同註8，頁257。

　其一，描繪形貌靜態之相承。如：

〈衛風‧淇奧〉
一章：綠竹猗猗。
二章：綠竹青青。
三章：綠竹如簀。

一章「猗猗」，指「新生之竹柔弱而且茂盛」[15]；二章「青青」，則指竹漸長成，「堅剛而且茂盛」[16]；三章「如簀」，則竹已盛極，如竹席之密也。三章相承，描繪綠竹由柔盛、剛盛，而至盛極的生長過程，具象而又生動。

又如〈小雅‧采薇〉：

一章：薇亦作止
二章：薇亦柔止
三章：薇亦剛止

「作」，《傳》：「生也」；「柔」，《集傳》：「始生而弱也」[17]；「剛」，《集傳》：「既成而剛也」[18]。由「作」而「柔」、「剛」，形象地展現了薇從發芽、長苗到成熟的過程，亦相承也。

他如〈王風‧大車〉：一章「毳衣如菼」，二章「毳衣如璊」。余師培林云：「言車行既久，毳衣已由青色變為赤色。」[19]即毳衣

---

[15]　周嘯天主編《詩經鑑賞集成》，頁 203，五南圖書公司，1994 年初版。
[16]　裴普賢《詩經評註讀本》（上），頁 210，三民書局，1990 年。
[17]　朱熹《詩集傳》卷九，頁 105，中華書局，1989 年。
[18]　同上註，頁 106。
[19]　同註 8，頁 210。

初爲茭（青）色，車行既久後，則變爲璊（赤）色，「茭」、「璊」相承也。

其二，名稱狀態之靜態相承。即直指人、物不同時期之名稱，依序分置于各章中。如：

〈邶風・凱風〉：
一章：吹彼棘心。
二章：吹彼棘薪。

「棘心」指棘初生之嫩芽，「棘薪」則謂棘已長大爲薪，故嚴粲《詩緝》曰：「棘心，喻子之幼小。棘薪，喻子之成立，凱風吹彼棘心，至於成薪，可見長養之功。」[20]是「心」、「薪」相承也，分指棘之初生與長大兩個不同的時期。

又如〈王風・黍離〉：

一章：彼黍離離，彼稷之苗。
二章：彼黍離離，彼稷之穗。
三章：彼黍離離，彼稷之實。

三章之首二句乃詩人途中之所見，此三章上、下句均運用了互文的手法，如一章當云：「彼黍、稷之苗離離」也。此三章即描繪出黍、稷經過出苗到秀穗、結實的全過程，「苗」、「穗」、「實」的變化，形象地顯示出時序的推移與遷徙，三章相承，大有「多去春來」、「花開花謝」之意，如同電影中之特寫鏡頭。

他如：

20　嚴粲《詩緝》卷三頁 19，廣文書局，1960 年。

〈周南‧汝墳〉：一章「伐其條枚」，二章「伐其條肄」。《傳》：「斬而復生曰肄。」是一章「伐其條枚」，乃伐條之枝，首伐也；二章「伐其條肄」，乃伐其斬而復生之枝，再伐也。「枚」、「肄」相承。

〈秦風‧車鄰〉：二章「逝者其耋」，三章「逝者其亡」。「耋」，《傳》：「老也。八十曰耋。」此乃勸人及時行樂，勿至他日衰老、死去。先言「耋」後言「亡」，相承也。

〈檜風‧隰有萇楚〉：一章「猗儺其枝」，二章「猗儺其華」，三章「猗儺其實」。三章逐次詠「萇楚」之「枝」、「華」、「實」之美盛，相承也。

其三，地點位置之靜態相承。即將人、物不同時間所處之位置分置于各章中。如：

〈鄭風‧出其東門〉：
一章：出其東門。
二章：出其闉闍。

裴普賢先生曰：「闉，曲城，城門之外，復為環牆以障城門者，即所謂甕城也。」[21]是「闉闍」位於「東門」之外。主人公由「東門」而至「闉闍」，顯示著時間的遞進，兩章相承也。

又如〈唐風‧綢繆〉：

一章：三星在天。
二章：三星在隅。
三章：三星在戶。

---

[21]　同註 16，頁 339。

「三星在天」爲初民極準確的時間概念，三星由「天」而「隅」而
「戶」的變動著，正表示了時間的轉移，「由首章的初夜，到夜久，
以至夜半。」[22]三星所在位置的不同，正巧妙而準確地顯示了時間
的轉移，三章相承也。

其四，語意、字詞之靜態相承者。如：

〈召南・何彼襛矣〉：
一章：唐棣之華。
二章：華如桃李。

一章言「唐棣之華」，二章言此唐棣之「華」，如桃李之襛，鮮豔動
人。不僅在語意上二章相承；在字面上，二章之首字「華」，乃承
一章之末字「華」而來，亦相承也。

至如〈小雅・大田〉則是將動態與靜態合併運用：

一章：既種既戒。
二章：既堅既好。

一章「種」、「戒」，寫農人春播時選種、備具之勞作動態；二章「堅」、
「好」，則描繪夏季時果實豐滿堅挺的可喜現象。一章言其動態，
二章轉以形貌相承之，此亦相承也。

以上「相承」藝術的疊詠句，有「動態相承」十二組，「靜態
相承」十一組，及混合式相承一組，共計二十四組疊詠句。其以「動
態相承」的方式，展現人事物發展的進程，不僅使得重章成爲詩意
發展的重要橋樑，更使人從而領會一種律動的承接美感。「靜態相
承」則以較爲含蓄的手法，展現出人事物各個時期的不同靜態；然

22　魏耕原〈唐風・杕杜〉賞析，同註15，頁414。

其背後正代表著一連串進展的過程，可說是喻動於靜中，同樣具有律動的承接美感。

第三節　小結——重章承接的藝術效用

　　《詩經》重章運用「承接」藝術的疊詠句，有「相次」八組；「相承」二十四組，共計三十二組疊詠句，是所有重章藝術中最少的一種。然而，其數量雖少，卻鮮明地展現出重章之章法藝術，各章之間成為有機的聯繫，彼此相次、相承的合為一個整體，呈現出秩序的、承接的藝術美感。

　　其所發揮的藝術效用如下：

一、聯繫緊密

　　「相次」即將所詠之事物依序排列，如〈周南・麟之趾〉：一章「麟之趾」，二章「麟之定」，三章「麟之角」，其「趾」、「定」、「角」由下而上的依序排列。「相承」則是將事物發展的進程逐一排列，如〈衛風・淇奧〉：一章「綠竹猗猗」，二章「綠竹青青」，三章「綠竹如簀」，「猗猗」、「青青」、「如簀」乃依綠竹生長的進程排列。這都使得章與章之間的內在聯繫極為緊密，毫無鬆散、拖沓之累，既各自獨立，又相互關涉，形成一個合成體。

二、條理清晰

同樣的，這種在空間上、時間上的依序排列，也使得章與章之間的章法井然，疊詠各句之間內容相關、相承接，各句之間亦條分縷析，毫不紊亂。如「相次」中之〈王風・葛藟〉：一章「謂他人父」，二章「謂他人母」，三章「謂他人昆」，其「父」、「母」、「昆」乃依人倫次序排列，不僅顯示出《詩經》重章之章法有序，毫不相亂，更反映出人倫之教化，乃深植於詩人之心中。又如「相承」中之〈唐風・綢繆〉：一章「三星在天」，二章「三星在隅」，三章「三星在戶」，其「天」、「隅」、「戶」所處位置的變化，乃依時間之序而疊詠，亦使得篇章條理清晰。

三、發展詩意

「相承」常常是將一事物的發展過程依序分置于各章中，因而詩意也在此得到了相當的發展。如「動態相承」的〈周南・茉苢〉，詩中的「采」、「有」；「掇」、「捋」；「袺」、「襭」六個動詞，乃為時間先後不同的三組採摘茉苢的動作，將整個採摘的過程形象地表現出來。又如「靜態相承」的〈王風・黍離〉：一章「彼稷之苗」，二章「彼稷之穗」，三章「彼稷之實」，其「苗」、「穗」、「實」三個時期的變化，正代表著時序的推移與進展。在此，詩意都得到了充足的發展。

四、提高興趣

　　「相承」的疊詠句，展現出人、事、物之發展過程，婉如富有情節之敘事詩，能提高讀者歌詠之興趣。如〈召南・鵲巢〉：一章「百兩御之」，二章「百兩將之」，三章「百兩成之」。百兩「御」、「將」、「成」的動態變化，展現出整個迎親、送親、成親的過程，富有故事性情節，故能引人入勝，大大地提高了讀者歌詠之興趣。

　　《詩經》重章「承接」的藝術，使得詩歌章與章之間的聯繫更為緊密，疊詠之章法條理清晰、井然有序，而「相承」的藝術亦能發展詩意，造成動態、靜態的承接美感，提高了讀者歌詠之興趣，可說在篇章組織上發揮了極大的藝術功效。

第八章　《詩經》重章錯綜的藝術

　　前五章已分析《詩經》重章「漸層」、「互足」、「並列」、「協韻」、「承接」五大藝術。這些重章藝術，不僅單一地運用於重章中；有時，亦將兩種或兩種以上的重章藝術合併運用，或在某一種重章藝術外，又加上一章提起、總結的疊詠句以概括全體，而形成《詩經》重章「錯綜」的藝術。

　　原則上，「錯綜」藝術必須是三章以上的疊詠句，因而其往往運用於章數較多的重章中，以表達較為複雜、多樣的內容情感。

　　依「錯綜」方式的不同，可分為「凡目」與「綜合」兩大類。

第一節　凡目

　　所謂「凡目」，即疊詠句之間有凡、目之分。其一章為「凡」以概括全體，或引起下文，或總結上文；他數章則為其下的數個「子目」。疊詠的方式，即運用任何一種重章藝術外，再加上一章概括言之的疊詠句，而成為「凡」、「目」相互錯綜的疊詠藝術。依照凡、目順序之不同，而有不同的疊詠方式。

一、先凡後目

即疊詠句中，首一章先總括全體，後數章則分別詠歌之。而後數章「目」的疊詠法，可靈活運用以上所分析的五大重章藝術，呈現了多樣的面貌。

其一，「目」爲「平列」疊詠。如：

〈鄭風·大叔于田〉：
一章：兩驂如舞
二章：兩驂雁行
三章：兩驂如手

一章言兩驂「如舞」，《傳》云：「驂之與服和諧中節」；二章「雁行」，《經義述聞》：「謂在旁而差後，如雁行然。」[1]；三章「如手」，《集傳》：「兩驂在旁稍次其後，如人之兩手也。」[2]是一章「如舞」，言驂之與服和諧中節，總言之；二、三章「雁行」、「如手」言兩驂隨兩服差後而行，如雁行然、如人之兩手，皆用以比喻驂與服和諧中節之況，平列也。此即先凡後目，而「目」爲平列疊詠也。

〈陳風·澤陂〉：
一章：有蒲與荷
二章：有蒲與蕑
三章：有蒲菡萏

---

[1]　王引之《經義述聞》卷五，頁 13733，漢京文化事業公司：皇清經解第 18 冊。

[2]　朱熹《詩集傳》卷四，頁 49，中華書局，1989 年。

「萏」,《箋》云:「當作蓮。蓮,芙蕖實也」;「菡萏」,《傳》云:「荷花也」。是一章言「荷」,乃總言之,二、三章「萏」與「菡萏」,乃平列荷之「實」與「花」以疊詠。此亦先凡後目,「目」為平列疊詠也。

他如:

〈鄘風‧桑中〉:一章「沬之鄉矣」,二章「沬之北矣」,三章「沬之東矣」。一章總言沬之「鄉」,二、三章則分別以沬之「北」、「東」平列疊詠之。

〈小雅‧庭燎〉:一章「庭燎之光」,二章「庭燎晰晰」,三章「庭燎有煇」。一章「庭燎之光」,乃總言之,二、三章「晰晰」、「有煇」則平列疊詠,形容此「庭燎之光」之明亮。

〈小雅‧無將大車〉:一章「祇自塵兮」,二章「維塵冥冥」,三章「維塵雍兮」。一章言將大車適為塵土所污,總言之;二章「冥冥」,《集傳》:「昏晦也」[3];三章「雍兮」,《箋》:「猶蔽也」,二、三章平列疊詠,形容其為塵土所污之況。

〈小雅‧鼓鍾〉:一章「懷允不忘」;二章「其德不回」;三章「其德不猶」。一章「言淑人君子守信不已,二章言其德正而不邪,三章言其德與常不同,此一章總言之,二、三章則平列疊詠也。

〈小雅‧緜蠻〉:一章「道之云遠,我勞如何」;二章「豈敢憚行,畏不能趨」三章「豈敢憚行,畏不能極」。一章言道之遠,甚勞苦也,總言之;二、三章則分別言其非畏勞苦,恐不能疾行、不能到達,平列也。

3　同註2,卷十三,頁151。

〈大雅・泂酌〉：一章：「民之父母」，二章「民之攸歸」，三章「民之攸墍」。一章言豈弟君子為民之父母，總言之；二、三言其為民之「攸歸」、「攸墍」，平列也。

〈大雅・民勞〉：一章「憯不畏明」，二章「無俾民憂」，三章「無俾作慝」，四章「無俾正敗」，五章「無俾正反」。一章「憯不畏明」，謂此等寇虐，不畏懼光明之正道，總言之；二至五章言遏此寇虐，無使其「作慝」，亦無使「民憂」、「正敗」、「正反」，平列也。

至如〈小雅・彤弓〉，則全篇皆以凡目式的手法疊詠：

彤弓弨兮，受言藏之。我有嘉賓，中心貺之。鐘鼓既設，一朝饗之。（一章）

彤弓弨兮，受言載之。我有嘉賓，中心喜之。鐘鼓既設，一朝右之。（二章）

彤弓弨兮，受言櫜之。我有嘉賓，中心好之。鐘鼓既設，一朝醻之。（三章）

余師培林曰：「一章為綱，二、三章皆申述其事。『載之』、『櫜之』，申述『藏之』之事；『喜之』、『好之』，申述『貺之』之心；『右之』、『醻之』，申述『饗之』之禮。」[4]是一章為「凡」，二、三章平列疊詠申述之。

其二，「目」為「協韻」疊詠。如：

〈鄭風・大叔于田〉：

一章：執轡如組，（兩驂如舞）

二章：兩服上襄，（兩驂雁行）

三章：兩服齊首，（兩驂如手）

4　余師培林《詩經正詁》（下），頁 61，三民書局，1995 年。

一章「執轡如組」，言執馬韁齊一不亂也。蓋「轡」當指六轡，「執轡如組」，不僅指「兩服」言，亦兼指「兩驂」言。兩驂「雁行」、「如手」，前已言，乃平列疊詠驂與服和諧中節之況，亦所以形容「執轡如組」之況也。至如兩服「上襄」、「齊首」，《經義述聞》云：「上者，前也。上襄，猶言前駕，謂並駕於車前，即下章之兩服齊首也。」[5]余師培林則以為王氏釋上襄為前駕是也，然「此乃對驂馬而言，謂稍前於驂馬，非謂在車之前也。」[6]此一章總言其駕馭技術之精良，二、三章則以協韻同義詞比況之。

又如〈唐風·鴇羽〉：

　　一章：父母何怙
　　二章：父母何食
　　三章：父母何嘗

一章「父母何怙」，《傳》：「怙，恃也。」言父母何所依憑，總言之；二、三章「何食」、「何嘗」乃舉例言之，《集傳》云：「嘗，食也。」[7]「食」、「嘗」義本同。此亦先凡後目；而「目」為協韻疊詠也。

其三，「目」為「互足」疊詠。即：

　　〈魏風·汾沮洳〉：
　　一章：美無度
　　二章：美如英
　　三章：美如玉

5　同註1。
6　余師培林《詩經正詁》（上），頁223，三民書局，1993年。
7　同註2，卷六，頁72。

一章：「美無度」，《正義》云：「其美信無限度矣，非尺寸可量也。」
總言其美無倫比；二、三章則分別比況其「美如英」、「美如玉」。「如
英」，言其貌美；「如玉」，言其質美，互體也。此即先凡後目；而
「目」爲互足疊詠也。

二、先目後凡

即在疊詠句中，前數章先分別疊詠，後一章則總括言之。而前
數章「目」的疊詠，亦可靈活運用前所分析的五大重章藝術。

其一，「目」爲「平列」疊詠。如：

〈邶風・終風〉：
一章：終風且暴，顧我則笑。
二章：終風且霾，惠然肯來。
三章：終風且曀，不日有曀。
四章：曀曀其陰，虺虺其靁。

此詩以風暴、陰霾、雷聲起興，表達詩人的怨懟和思念之情。「暴」、
「霾」、「曀」平列疊詠風起之況，四章「曀曀其陰，虺虺其靁」，
極言其陰風之陰，甚而有虺虺之雷聲。此前三章平列，末章概括言
之，情境於末章爲之升高、擴展，達到情景交融、渾然一體的境界。
此即前三章爲目，末章爲凡；而「目」爲平列疊詠也。

又如〈大雅・鳧鷖〉：

一章：公尸來燕來寧，……福祿來成。
二章：公尸來燕來宜，……福祿來爲。
三章：公尸來燕來處，……福祿來下。

　　四章：公尸來燕來宗，……福祿是崇。

　　五章：公尸來止熏熏，……無有後艱。

上組疊詠句言「公尸來燕」，一至四章分別詠其「來寧」、「來宜」、「來處」、「來宗」，平列疊詠也，五章「來止熏熏」，則總言其「和說」[8]之情態。下組疊詠句言「公尸燕飲」，前四章分別言福祿「來成」、「來爲」、「來下」、「是崇」，亦平列疊詠也，五章則總言其自此「無有後艱」，既有福祿成之、助之、與之、崇高之，則無有後患也。此兩組疊詠句皆前四章平列疊詠，後一章概括言之，則公尸之頌語，皆至末章而凝聚爲最高點。

　　他如：

　　〈鄭風・清人〉：一章「二矛重英」，二章「二矛重喬」，三章「左旋右抽」。二、三章「重英」、「重喬」，平列也，指矛上裝飾，乃言其徒具虛文也；三章「左旋右抽」，則總此二章而言，謂持此徒有裝飾之二矛，左旋矛，右抽矛，非眞練習武事，乃作樂而已。

　　〈唐風・蟋蟀〉：一章「職思其居」，二章「職思其外」，三章「職思其憂」。一章言「居」，指家中之事；二章言「外」，指家外之事；三章言「憂」，則兼指內外之事。蓋一、二章分別平列疊詠，三章則概括言之，給予讀者更爲整體的詩意。

　　〈秦風・無衣〉：一章「修我戈矛」，二章「修我矛戟」，三章「修我甲兵」。一、二章「戈矛」、「矛戟」，平列個別之兵器名；三章「甲兵」，則概括言鎧甲及兵器之總稱。

　　〈曹風・鳲鳩〉：一章「其儀一兮」，二章「其帶伊絲」，三章「其儀不忒」，四章「正是國人」。一、三章詠君子之儀「一兮」、「不

8　《傳》云：「熏熏，和說也。」

戎」，二章「其帶伊絲」，亦詠其儀也，此一、二、三章乃平列疊詠；四章「正是國人」，即總言其儀之若此，正可做天下人之法則也。

〈小雅・鴻雁〉：一章「之子于征，劬勞于野」；二章「之子于垣，百堵皆作」；三章「維此哲人，謂我劬勞」。一章述「出使之任務」，二章述「賙濟之工作」[9]平列也；末章總言其勞苦，以表其哀訴之意。

其二，「目」爲「協韻」疊詠。即：

〈鄭風・清人〉：
一章：河上乎翺翔。
二章：河上乎逍遙。
三章：中軍作好。

就嚴格的重章定義言，三章不與首二章複疊；然語意實與之相連。「翺翔」猶「逍遙」，義本同；三章「中軍作好」即合前二章而言，謂其於軍中作樂也。此即前二章爲目，末章爲凡；而「目」爲協韻疊詠也。

其三，「目」爲「互足」疊詠。即：

〈周南・卷耳〉：
二章：我馬虺隤
三章：我馬玄黃
四章：我馬瘏矣

二、三章言馬「虺隤」、「玄黃」，《正義》：「虺隤者，病之狀；玄黃者，病之變色。二章互言之也。」而四章言「馬瘏」，言其病矣，

9　參見同註4，頁91。

總括前二章。此二、三章爲「目」，末章爲「凡」；而「目」爲互足
疊詠也。

　　除以上「先凡後目」、「先目後凡」二項外，另有前、後章爲「目」，
而「凡」居中者。即：

　　〈邶風・燕燕〉：
　　一章：遠送于野
　　二章：遠于將之
　　三章：遠送于南

二章「遠于將之」，乃總言其送之遠也；一、三章「于野」、「于南」
則平列疊詠，點明其遠送之處，其二章總言之，一、三章則平列疊
詠，如天平般。

　　以上「凡目」式疊詠句，有「先凡後目」十六組，「先目後凡」
十二組，及「天平式凡目」一組，共計二十九組疊詠句。「凡目」
式的錯綜，在數章分別疊詠的基礎上，再加上一章概括全體的疊詠
句，其或在前、或在後、或在中，與不同的重章藝術錯綜疊詠，呈
現了多種的面貌；雖然如此，其疊詠時能提綱挈領，詩意的表達因
而更加清晰、明確。

第二節　綜合

　　所謂「綜合」，即在一組疊詠句中，將兩種或兩種以上的重章
藝術，相互重疊、相互交替著運用，以表達更爲豐富、多彩的內容
情感。

一、重疊式

即兩種重章藝術相互重疊、滲透、包含，同時運用於同一組疊
詠句中，使疊詠句之涵義更加豐富。如：

〈周南・樛木〉：

一章：葛藟纍之。……福履綏之。

二章：葛藟荒之。……福履將之。

三章：葛藟縈之。……福履成之。

胡承珙《毛詩後箋》云：「今案之詩義，亦自有淺深次第，葛藟始
生延蔓，漸長蒙密，愈久則更盤結，此纍之、荒之、縈之相次之序
也。」[10]由此，則「纍」、「荒」、「縈」的變換，不僅以相承的手法，
展現了葛藟生長的動態；同時，亦以層遞的手法，展現了葛藟愈長
愈密的狀態。此乃「相承」與「層遞」重疊運用也。

至如下組的疊詠句，胡氏又云：「君子之福祿，始而安吉，繼
而盛大，終而成就，此綏之、將之、成之相次之序也。」[11]則「綏」、
「將」、「成」之變化，不僅是以相承的手法，展現福祿對君子的影
響；亦以層遞的方式，展現福祿隨著時間愈來愈多的景況。

此亦「相承」與「層遞」重疊之綜合藝術也。

又如〈周南・螽斯〉：

一章：詵詵兮。……振振兮。

二章：薨薨兮。……繩繩兮。

三章：揖揖兮。……蟄蟄兮。

---

[10] 胡承珙《毛詩後箋》卷一，頁24，新文豐出版公司：叢書集成續編第111冊。
[11] 同上註。

《傳箋通釋》云：「詵詵、薨薨、揖揖，皆形容羽聲之眾多耳。」[12]
是「詵詵」、「薨薨」、「揖揖」，義本同。而《詩記》引王（安石）
氏曰：「詵詵，言其生之眾」；「薨薨，言其飛之眾」；「揖揖，言其
聚之眾」[13]又引呂（大臨）氏曰：「螽斯始化，其羽詵詵然，比次
而起；已化則齊飛，薨薨然有聲；既飛復歛羽，揖揖然而聚。歷言
眾多之狀，其變如此也。」[14]是「詵詵」、「薨薨」、「揖揖」不僅為
同義詞，皆狀羽聲之眾多；其中，亦隱含螽斯動態變化之描述。此
乃「協韻」與「相承」重疊之綜合藝術也。

　　至如下組疊詠句，「振振」，《集傳》：「盛貌」[15]；「繩繩」，《集
傳》：「不絕貌」[16]；「蟄蟄」，《傳》：「和集也。」三詞義本不同，
然在此皆狀子孫之眾多，為協韻同義詞也。余師培林進而云：「振
振，眾多而信厚也；繩繩，眾多而不絕也；蟄蟄，眾多而和集也。」[17]
是「振振」、「繩繩」、「蟄蟄」不僅協韻義同；其中，亦隱含有多方
面的祝福，須合三章觀之，乃知其含意豐富。此乃「協韻」與「互
足」重疊之綜合藝術也。

　　他如〈周南‧桃夭〉：一章「灼灼其華」，二章「有蕡其實」，
三章「其葉蓁蓁」。首章「灼灼其華」，寫出眼前情景，以滿樹鮮明
的桃花，渲染出「之子于歸」的歡樂氣氛。二、三章則由新婚而遙
祝將來，「有蕡其實」預祝生子；「其葉蓁蓁」預祝子孫繁衍眾多、
家庭興旺，將桃之三個不同形態的變換依次描寫，展現出時間的推

[12]　馬瑞辰《毛詩傳箋通釋》卷二，頁89，藝文印書館，1957年。
[13]　呂祖謙《呂氏家塾讀詩記》卷二，頁24，臺灣商務印書館：四部叢刊廣編
　　　第4冊。
[14]　同上註。
[15]　同註2，卷一，頁4。
[16]　同上註。
[17]　同註6，頁20。

移，亦逐層深化了祝頌之意。此亦「承接」與「層遞」重疊之綜合
藝術也。

二、交替式

即在一組疊詠句中，某數章運用某重章藝術；某數章又運用他
種重章藝術，使得兩種或三種重章藝術，在同一組疊詠句中交替運
用著。

其一，「協韻」與「並列」交替。如：

〈齊風・南山〉：
一章：曷又懷止！
二章：曷又從止！
三章：曷又鞠止！
四章：曷又極止！

三章之「鞠」，《傳》曰：「窮也」；四章之「極」，《集傳》曰：「亦
窮也」[18]，是「鞠」、「極」義同，三、四章協韻疊詠。此三、四章
又與一章之「懷」、二章之「從」平列疊詠，同申其驚疑、質問之
意。蓋此「曷又」之句式，不僅發出了詩人之驚訝，更隱含了詩人
質問的意味，經由「平列」與「協韻」交替疊詠，更含蓄而有力地
揭露了襄公的醜行。此即「協韻」與「並列」交替之綜合藝術也。

又如〈小雅・鴛鴦〉：

---

[18]　同註2，頁60。

一章：福祿宜之

二章：宜其遐福

三章：福祿艾之

四章：福祿綏之

　一章「福祿宜之」與二章「宜其遐福」交錯以協韻，其祝福之意同。而一章福祿「宜之」又與三章「艾之」、四章「綏之」平列疊詠，祝福之詞稍作變化，祝福之意亦同也。前二章交錯變文以協韻，首章又與三、四章平列疊詠，經由如此反覆地詠唱，更凸顯其美好的祝願。此亦「協韻」與「並列」交替之綜合藝術也。

　　他如：

　　〈魏風·汾沮洳〉：一章「殊異乎公路」，二章「殊異乎公行」，三章「殊異乎公族」。《集傳》云：「公行，即公路也。」[19]一、二章義本同，協韻疊詠；此又與三章「公族」平列疊詠。

　　〈唐風·鴇羽〉：一章「不能蓺稷黍」，二章「不能蓺黍稷」，三章「不能蓺稻粱」。一章「稷黍」與二章「黍稷」交錯以協韻；又與三章「稻粱」平列疊詠。

　　〈小雅·南有嘉魚〉：一章「嘉賓式燕以樂」，二章「嘉賓式燕以衎」，三章「嘉賓式燕綏之」，四章「嘉賓式燕又思」。《傳》云：「衎，樂也」；「以樂」、「以衎」義本同，變文以協韻也；又與「綏之」、「又思」平列疊詠。

　　〈小雅·瓠葉〉：一章「采之亨之」，二章「炮之燔之」，三章「燔之炙之」，四章「燔之炮之」。一章言「瓠葉」，即云「采之」、

「亨之」；二、三、四章言「有兔斯首」，即云「炮之」、「燔之」、「炙之」。此二、四章交錯以協韻；又與一、三章平列疊詠也。

〈大雅‧泂酌〉：一章「可以餴饎」，二章「可以濯罍」，三章「可以濯溉」。《經義述聞》云：「罍與概（溉）皆尊名。」[20]二章「濯罍」與三章「濯溉」乃同義詞；又與一章之「餴饎」平列疊詠。

〈大雅‧民勞〉：一章「以謹無良」，二章「以謹惛怓」，三章「以謹罔極」，四章「以謹醜厲」，五章「以謹繾綣」。「罔極」猶「無良」也，變文以協韻；又與「惛怓」、「醜厲」、「繾綣」平列疊詠。

〈魯頌‧駉〉：一章「思無疆」，二章「思無期」，三章「思無斁」，四章「思無邪」。《集傳》云：「無期，猶無疆也。」此一、二章協韻疊詠；又與三章「思無斁」、四章「思無邪」平列疊詠。

其二，「協韻」與「互足」交替。如：

〈齊風‧載驅〉：
一章：齊子發夕。
二章：齊子豈弟。
三章：齊子翱翔。
四章：齊子遊敖。

王先謙《集疏》引《韓》說曰：「發，且也。」[21]以為發夕即旦夕也。又，歐陽修《詩本義》：「文姜安然樂易無慚恥之色也。」[22]楊合鳴以為此二訓極當，故云：「這四句應合為一句讀，即：文姜日夜尋歡作樂，遊逛放蕩。」[23]依此，「發夕」與「豈弟」、「翱翔」、

[20]　同註1，卷七，頁13759。
[21]　王先謙《詩三家義集疏》，頁391、392，明文書局，1988年。
[22]　歐陽修《詩本義》卷十三，頁285，臺灣商務印書館：四庫全書第70冊。
[23]　楊合鳴《詩經句法研究》，頁243，武漢大學出版社，1993年1版。

「遊敖」互文見義也；而「翱翔，猶遨遊、逍遙。」[24]三、四章亦變文以協韻。此即「互足」與「協韻」交替之綜合藝術也。

又如〈小雅・南山有臺〉：

> 一章：萬壽無期
> 二章：萬壽無疆
> 三章：德音不已
> 四章：德音是茂
> 五章：保艾爾後

一、二章言萬壽「無期」、「無疆」，「無期」猶「無疆」，皆祝「君子」長壽無盡，變文以協韻也。三、四章言德音「不已」、「是茂」，一為否定語、一為肯定語，皆祝「君子」聲譽不止，協韻疊詠也。五章「保艾爾後」，乃祝「君子」子孫之無窮。此一、二章；三、四章與五章平行互體也，各從君子之「壽命」、「聲譽」、「子孫」三方面申其祝福之意。此亦「協韻」與「互足」交替之綜合藝術也。

又如〈小雅・頍弁〉：

> 一章：實維伊何？
> 二章：實維何期？
> 三章：實維在首。

一章「實維伊何」，二章「實維何期」，《箋》：「何期，猶伊何也。」一、二章變文以協韻；末章「實維在首」則以肯定句答之，與其相應，此乃二問一答之「相應互體」也。黃焯《詩說》即云：「意謂

24　同註6，頁284。

有頍然者之皮弁實維伊何乎，宜在于首，以爲表飾也。」[25]此亦「協韻」與「互足」交替之綜合藝術也。

他如：

〈鄭風‧風雨〉：一章「雞鳴喈喈」，二章「雞鳴膠膠」，三章「雞鳴不已」。「喈喈」猶「膠膠」，義同也，一、二章協韻疊詠，皆狀雞鳴之聲；又與三章「雞鳴不已」互文，言雞鳴「喈喈」、「膠膠」的叫個不停。

〈唐風‧蟋蟀〉：一章「歲聿其莫」，二章「歲聿其逝」，三章「役車其休」。一章「莫」、二章「逝」義同，變文以協韻，與三章「役車其休」互體，言歲之將盡時節，行役之車亦將休矣。

〈秦風‧蒹葭〉：一章「白露爲霜」，二章「白露未晞」，三章「白露未已」。「未已」與「未晞」義同，皆言露未乾也，與一章「爲霜」互體，言白露未乾，凝戾爲霜也。

〈秦風‧無衣〉：一章「與子同仇」，二章「與子偕作」，三章「與子偕行」。三章「偕行」猶二章「偕作」，易詞以協韻；又與首章「同仇」相應互體，蓋「同仇」乃爲「偕作」、「偕行」之原動力也。

〈陳風‧月出〉：一章「月出皎兮」，二章「月出皓兮」，三章「月出照兮」。「皎」、「皓」義同，皆言月光之潔白，「照」則與之互體，言月光之明亮。此乃協韻與互體之綜合藝術，詩人巧妙地加以組合，編織成一個潔白明亮、空明剔透的朦朧詩境。

〈檜風‧羔裘〉：一章「羔裘逍遙，狐裘以朝」；二章「羔裘翔，狐裘在堂」；三章「羔裘如膏，日出有曜」。《箋》云：「翶翔，猶逍遙也」；《毛詩傳疏》曰：「首章適朝（以朝），二章在堂，其實

---

[25]　黃焯《詩說》，頁35，長江文藝出版社，1981年。

一也。」[26]是一、二章義同，協韻疊詠也。三章「羔裘如膏，日出有曜」形容羔裘之形貌，與前二章之形容服此羔裘者之形態爲互體也。

〈小雅・伐木〉：一章「伐木丁丁，鳥鳴嚶嚶」；二章「伐木許許，釃酒有藇」；三章「伐木于阪，釃酒有衍」。「丁丁」、「許許」，皆伐木聲，義同也；三章「伐木于阪」，言伐木之地點，與前二章互體。又，「藇」與「衍」，《傳》皆訓爲「美貌」，變文以協韻；又與首章「鳥鳴嚶嚶」互體，既狀鳥鳴，亦狀酒美。

〈小雅・鼓鍾〉：一章「鼓鍾將將，淮水湯湯」；二章「鼓鍾喈喈，淮水湝湝」；三章「鼓鍾伐鼛，淮有三洲」；四章「鼓鍾欽欽」。「將將」、「喈喈」、「欽欽」義同，皆爲鼓鐘之聲，變文以協韻也；又與三章「伐鼛」互體，言鐘聲中出現有節奏之鼓點，隆隆的伐鼛聲伴隨著鐘聲長鳴。下組疊詠句則由人爲之樂聲轉而描寫自然之聲響，一章言「淮水湯湯」，二章言「淮水湝湝」，《傳》云：「湝湝，猶湯湯。」皆爲水流聲，易詞以協韻；又與三章「淮有三洲」互體，點明鼓鐘伐鼛之地點。此亦「協韻」與「互足」交替之綜合藝術也。

〈小雅・瞻彼洛矣〉：一章「福祿如茨」，二章「鞸琫有珌」，三章「福祿既同」。「如茨」、「既同」義同，皆以喻福祿之眾多，二章「鞸琫有珌」，則從另一角度言君子佩刀之「鞸琫」有文飾也。

至如〈小雅・菁菁者莪〉：

一章：樂且有儀
二章：我心則喜

26　陳奐《詩毛詩傳疏》卷十三，頁 3582，漢京：皇清經解續編第 5 冊。

三章：錫我百朋
四章：我心則休

此一、三章寫「君子」，二、四章寫「我心」。二、四章我心「則喜」、
「則休」，《經義述聞》云：「休，亦喜也。」[27]變文以協韻也，又
同與三章平行互體，謂君子「賜我百朋」也。而首章「樂且有儀」，
謂此君子「樂易而有威儀也。」[28]與後三章互爲因果，乃相應互體
也。此即「互足」與「協韻」交替之綜合藝術；而「互足」中，又
包含「平行式互體」與「相應式互體」兩類。

　　其三，「並列」與「互足」交替。如：

〈曹風·鳲鳩〉：
一章：其子七兮
二章：其子在梅
三章：其子在棘
四章：其子在榛

一章「七兮」，言鳲鳩子之數；二、三、四章則言其子或「在梅」，
或「在棘」，或「在榛」，狀其子之處境，此後三章平列疊詠，又與
首章互體，即「並列」與「互足」交替之綜合藝術也。

〈周南·兔罝〉：
一章：椓之丁丁
二章：施于中逵
三章：施于中林

27　同註 1，卷六，頁 13743。
28　同註 22，卷十三，頁 282。

首章言擊木橛以固定兔罝，而發出「丁丁」之響聲，二、三章則從
另一角度，言施兔罝之地點。「逵」，《傳》：「九達之道」，余師培林
以爲「世本無九達之道，道能九達，必爲郊野無疑，下章『施于中
林』可爲參證。」[29]「中林」，《傳箋通釋》則云：「猶云中野，與
上章中逵爲一類。」[30]蓋「逵」、「林」皆爲郊野之地，是二、三章
平列又與首章互體。此亦「並列」與「互足」交替之綜合藝術也。

　　他如：

　　〈小雅·無將大車〉：一章「衹自底兮」，二章「不出于熲」，
三章「衹自底兮」。一、三章「底」、「重」平列疊詠，言思百憂徒
自尋病、疲累而已；二章「不出于熲」，言不能離於憂，與一、三
章互體也。

　　〈小雅·裳裳者華〉：一章「其葉湑兮」，二章「芸其黃矣」，
三章「或黃或白」。一章言葉之盛，二章言華之盛，此平列疊詠也；
三章「或黃或白」，言華之色或黃或白，與前二章互體也。

　　〈小雅·都人士〉：二章「綢直如髮」，三章「謂之尹吉」，四
章「卷髮如蠆」，五章「髮則有旟」。二章言髮直，四章言髮卷，五
章言髮揚，皆詠女子其髮之美，平列疊詠也；三章「謂之尹吉」，
則從另一側面疊詠，道出此女子之名稱，是二、四、五章又與三章
互體也。此亦「並列」與「互足」交替之綜合藝術也。

　　其四，「互足」與「漸層」交替。如：

　　〈小雅·瞻彼洛矣〉：
　　一章：以作六師

29　同註6，頁23。
30　同註12，卷二，頁100。

二章：保其家室
三章：保其家邦

由「家室」易為「家邦」，乃上疊之翻疊藝術，以漸次擴大其祝頌之意；而「保其家室」、「保其家邦」又為「以作六師」之目的，是二、三章翻疊，又與首章互體。此即「互足」與「漸層」交替之綜合藝術也。

又如〈小雅・青蠅〉：

一章：豈弟君子，無信讒言。
二章：讒人罔極，交亂四國。
三章：讒人罔極，構我二人。

首章從「君子」之角度而言，戒君子「無信讒言」；二、三章則從「讒人」的角度而言，數落「讒人」之「罔極」，此互體也。而二章「交亂四國」，從大處言；三章「構我二人」，從小處言，則又為下疊之翻疊藝術。此亦「互足」與「漸層」交替之綜合藝術也。

他如：

〈小雅・頍弁〉：一章「兄弟匪他」，二章「兄弟具來」，三章「兄弟甥舅」。一、二章互文，言與宴者皆兄弟而無他；三章則推親親之思，由兄弟以及甥舅，使詩意向上翻疊。此亦「互足」與「漸層」交替之綜合藝術也。

其五，「承接」與「互足」交替。如：

〈小雅・采薇〉：
一章：歲亦莫止
二章：心亦憂止
三章：歲亦陽止

一章「歲亦莫止」，三章「歲亦陽止」，喻示著時間的變化，乃相承也；二章「心亦憂止」此二章之中，顯示出在這樣的時間變化中，主人公的心情一直是憂悶的，則一、三章又與二章互體也。此即「承接」與「互足」交替之綜合藝術也。

又如〈小雅·都人士〉：

> 一章：狐裘黃黃。
> 二章：臺笠緇撮。
> 三章：充耳琇實。
> 四章：垂帶而厲。
> 五章：帶則有餘。

五章各從不同的角度來描寫「都人士」的服飾裝扮，一章「狐裘黃黃」，寫其衣著之美盛，二至四章則分別以所配戴之物來烘托其美：頭戴著黑帶的斗笠；耳掛著鑲美石的充耳；腰繫著長長下垂的配帶，五章則承四章，續寫其垂帶有餘之況。此一至四章互體，五章則與四章相承，亦「互足」與「承接」交替之綜合藝術也。

其六，「協韻」與「承接」交替。即：

> 〈鄭風·大叔于田〉：
> 一章：火烈具舉。
> 二章：火烈具揚。
> 三章：火烈具阜。

一章言「火烈具舉」，二章言「火烈具揚」，「揚」猶「舉」，起也，為同義字，變文以協韻也；三章「火烈具阜」，「阜」，同富，盛也，承前二章來，言火之既已升起，熊熊之烈火隨著時間，愈燒而愈旺盛。此即「協韻」與「承接」交替之綜合藝術也。

其七，多種交替。如：

〈邶風・日月〉：
一章：寧不我顧
二章：寧不我報
三章：俾也可忘
四章：報我不述

一章「寧不我顧」，二章「寧不我報」，「顧」、「報」平列，以申夫
之變心，三章「俾也可忘」，則從己身而言，願己能忘卻此些不善
言語，與一、二章互體也；四章「報我不述」，則又承二章來，謂
其不報我，即有所報者，又不以正道。此乃「並列」、「互足」與「承
接」交替之綜合藝術。

又如〈小雅・四牡〉：

一章：我心傷悲
二章：不遑啟處
三章：不遑將父
四章：不遑將母

三、四章不遑「將父」、「將母」乃依人倫次序疊詠，同與二章「啟
處」平列，以申「王事靡盬」所帶來之苦況。首章「我心傷悲」，
則為此後三章之果，與後三章相應互體。此乃「互足」、「並列」與
「承接」交替之綜合藝術也。

以上「綜合」藝術的疊詠句，有「重疊式」五組，「交替式」
三十八組，共計四十三組疊詠句。多種重章藝術錯綜運用，可以使
得詩意的表達更加靈活而有變化，詩歌的內涵亦更加豐富而多彩。

第三節　小結──重章錯綜的藝術效用

　　《詩經》重章運用「錯綜」藝術的疊詠句，有「凡目」式二十九組，「綜合」式四十三組，共計七十二組疊詠句。其將漸層、互足、並列、協韻、相承等重章藝術，靈活地錯綜運用，使得內容、情感的表達更充足而自由，除兼具以上五種重章藝術的效用外，更由於「錯綜」的特點，而發揮了其他的效用。

一、提綱挈領

　　「凡目」式的疊詠藝術，在一般疊詠藝術之外，又加上一組總體言之的疊詠句，具有提綱挈領的作用。如「先凡後目」的〈鄭風・大叔于田〉：一章「兩驂如舞」，二章「兩驂雁行」，三章「兩驂如手」。首章總言驂與服之和諧中節，二、三章則言此和諧中節之況，詩歌結構發展的脈絡清楚，使讀者於章首就得到一整體的概念，有助於對其下疊詠句的瞭解。

　　又如「先目後凡」的〈秦風・無衣〉：一章「修我戈矛」，二章「修我矛戟」，三章「修我甲兵」，首二章平列疊詠，皆從局部而言，末章則總言其修整所有之兵器，讀者於章末得到一整體的概念，體現了戰士們積極備戰的情勢。

　　以上二例，除具有平列藝術之效用外，亦發揮了提綱挈領的效用，使讀者更易於理解詩意。

二、豐富多彩

「綜合」式的疊詠藝術，同時運用數種疊詠句，相互重疊、交替地綜合運用，使得詩歌表現的意涵更爲豐富，而其所呈現出來的樣式也更爲多彩多姿。如「互足」與「協韻」交替的〈秦風‧無衣〉：一章「與子同仇」，二章「與子偕作」，三章「與子偕行」，二、三章變文以協韻，反覆重申其並肩作戰之決心，又與首章相應互體，互爲因果，將此事歌詠得更豐富多彩。

又如「多種交替」的〈小雅‧四牡〉：一章「我心傷悲」，二章「不遑啓處」，三章「不遑將父」，四章「不遑將母」，首章爲後三章之果，互體也；後三章則以平列疊詠法，重複抒發其苦況；其中，三、四章又以相次疊詠法，表現人倫之道德觀。此各章間的關係更爲複雜，表現的內容亦更爲豐富。

以上二例，除分別發揮了「互足」、「協韻」；「互足」、「並列」、「承接」的藝術效用，更由於「錯綜」而使得詩歌內容豐富、多彩多姿。

重章「錯綜」的藝術，能表達更爲多樣而複雜的內容情感，「凡目」式的疊詠，在多樣、複雜中，能提綱挈領，使讀者易於理解詩意；而「綜合」式的疊詠，在多樣、複雜中，使詩歌的內涵、意蘊更爲豐富多彩，從而增強了詩歌的藝術魅力。

第九章　結論

　　「重章疊詠」是《詩經》主要的和代表性的表達形式與創作方式，詩人依照內容、情感的需要，巧妙而靈活地運用「重複疊詠」與「變換疊詠」兩大方式，呈現出「完全重章」與「不完全重章」兩大形式，及一些零星運用的疊詠句；而在「變換疊詠」的內容表達上，則有「漸層」、「互足」、「並列」、「協韻」、「承接」、「錯綜」等六大藝術手法。《詩經》重章，就在章法、形式與內容高度的配合下，發揮了多方面的效用，也給《詩經》帶來了獨具的藝術風格。

　　本章將歸納分析《詩經》「重章」，在章法形式上、內容表達上的各種藝術表現，及其在各方面所發揮的效用，以從中得到一些啟示與證明。

第一節　藝術表現

一、形式方面

　　茲就第二章重章「章法」形式之分類，加以歸納統計，製成下列表格：

　　（各類之「％」，乃指其佔總分章篇數的百分比；各體之百分比，乃指其佔此體總分章數的百分比。分章的二七一篇中，〈國風〉一六〇篇，〈小雅〉七四篇，〈大雅〉三一篇，〈魯頌〉四篇全都分章，〈商頌〉僅二篇分章。」）

表二：《詩經》章法形式的分類統計表

類別＼體裁			國風	小雅	大雅	魯頌	商頌	總計	％
完全重章	一種重章	二章	35	1	0	0	0	36	13.3
		三章	63	10	1	1	0	75	27.7
		四章	2	3	0	1	0	6	2.2
		五章	0	1	2	0	0	3	1.1
	二種重章	四章	5	3	0	0	0	8	3.0
		五章	1	0	0	0	0	1	0.4
		六章	0	1	0	0	0	1	0.4
	合計		106	19	3	2	0	130	48.0
	％		66.3	25.7	9.7	50	0		
不完全重章	重加部分重		8	10	2	1	0	21	7.7
	前重後獨		13	8	0	0	0	21	7.7
	前獨後重		4	1	0	0	0	5	1.8
	中重前後獨		2	1	0	0	1	4	1.5
	前後重中獨		0	1	0	0	0	1	0.4
	上重		1	2	0	0	0	3	1.1
	合計		28	23	2	1	1	55	20.3
	％		17.5	31.1	6.5	25	50		
部分複疊	部分重複		3	4	6	0	0	13	4.8
	部分變換		6	11	3	0	0	20	7.4
	部分重＋變		4	11	6	0	0	21	7.7
	合計		13	26	15	0	0	54	19.9
	％		8.1	35.1	48.4	0	0		

由上表之歸納統計，茲分析如下：

其一，分章的二百七十一篇中，以「完全重章」爲最多，佔48.0%；「不完全重章」亦有20.3%，則知《詩經》中近七成的作品採用了重章的形式。若再加上「部分複疊」的19.9%，則高達88.2%；而通篇無一運用疊詠手法的，僅有11.8%的少數篇章。可見，「重章疊詠」確爲《詩經》主要的和顯著的表達形式與創作方式。

其二，據屈萬里先生《先秦文史資料考辨》一書，《詩三百》創作之年代，大體以〈大雅〉爲先，〈小雅〉次之，〈國風〉較晚；而〈魯頌〉、〈商頌〉則同於〈國風〉晚出的作品。由此創作年代的早晚及詩體的不同，配合重章形式的分類，可以尋出「重章疊詠」之發展脈絡。由於〈商頌〉、〈魯頌〉的篇數較少，且內容性質較爲特殊，暫將二者與〈國風〉、〈小雅〉、〈大雅〉分別討論。

重章中，「部分複疊」的詩篇，以〈大雅〉運用最多，有48.4%；其次爲〈小雅〉的35.1%；再次爲〈國風〉的8.1%。而「不完全重章」則以〈小雅〉運用最多，有31.1%；其次爲〈國風〉的17.5%；再次爲〈大雅〉的6.5%。至於通篇整齊的「完全重章」，則以〈國風〉運用最多，有66.3%；其次爲〈小雅〉的25.7%；再次爲〈大雅〉的9.7%。由此，正說明了《詩經》重章的寫作手法，乃隨著時間、詩體、音樂等發展，由「部分複疊」，漸進爲「不完全重章」，最後才發展爲獨樹一格、富藝術性的「完全重章」。

其三，〈魯頌〉與〈商頌〉，雖然是宗廟祭祀的頌歌，然由於時代晚，重章疊詠的寫作手法已相當普遍，因此在〈商頌〉分章的二篇裡，即有「不完全重章」一篇；而〈魯頌〉的四篇中，更有「完全重章」兩篇，「不完全重章」一篇，其採用重章的形式，分別高達50%、75%的比率，僅次於〈國風〉的83.8%。此亦說明了「重章疊詠」的藝術，是隨著時代、詩體與音樂的進展而漸趨成熟的；

且此種寫作手法，不僅流行於〈國風〉、〈小雅〉、〈大雅〉之一般抒情、敘事、宴樂詩，更登上了〈魯頌〉、〈商頌〉宗廟文學的大殿。

二、內容方面

《詩經》重章運用「重複疊詠」與「變換疊詠」兩種章法藝術，以表達豐富的思想情感。茲分別就此二方面，歸納分析《詩經》內容表達之藝術。

（一）「重複疊詠」方面，茲依照第二章之分類，製表如下：

表三：《詩經》重複疊詠的分類統計表

類型		篇數	總計
間隔重複		109	109
單一重複	章首	18	84
	章中	61	
	章末	5	
連續重複	篇首	10	41
	篇中	6	
	篇末	19	
	交錯	6	

由上表之歸納統計，茲分析如下：

其一，《三百篇》運用「重複疊詠」的手法，以「間隔重複」最多，有一百零九篇，這些詩歌隨著間歇的重複，增加了詩歌的節奏感與韻律感。其次則為「單一重複」，有八十四篇，其中又以「章中重複」的六十一篇最多，詩人依據其內容、情感的需要，於章中的某一句特加重複之，具有承上啟下的作用。至於最少的「連續重複」，則有四十一篇，其中以「章末連續重複」的十九篇最多，章

末連續能使詩的後半部遙相呼應，充分發揮一唱三歎的效果；而較為特殊的「交錯疊詠」亦有六篇，此種重複疊詠法，仔細玩詠之，自有一番情味與新意。在詩篇中，詩人往往是選擇某一種或某數種的「重複疊詠」法綜合運用著，以恰到好處地展現詩歌的內容、情感。

其二，在以精練為主的詩歌中，詩人之所以不惜筆墨，不避重複累贅之嫌；而大量運用「重複疊詠」的手法，實在有抒情與表達上的需要。其往往為了突出某一語意、意象；或強調某一思想、感情，而特加重複之。同時，各種的「重複疊詠」均有其不同程度的規律性可循，其條理性、節奏感及章與章之間的內在聯繫，均被明顯地強化了。因而《詩經》「重複疊詠」的運用，非但不是一種無病呻吟的語病；相反的，是一種高明的藝術表現手法。

（二）「變換疊詠」方面，茲依第三至八章之分類，製表如下：

（各類之「％」，指其佔總「變換疊詠」五百六十一組的百分比。各體之「平均」，指其佔各體總分章數的比率）

表四：《詩經》重章疊詠的分類統計表（一）

類別＼體裁			國風	小雅	大雅	魯頌	商頌	小計	合計	總計	％
漸層	翻疊	上疊	8	4	0	0	0	12	23	66	11.8
		下疊	8	1	2	0	0	11			
	層遞	遞升	27	2	3	0	0	32	43		
		遞降	6	2	3	0	0	11			
互足	互文	完全	9	8	0	0	0	17	27	89	15.9
		不完全	9	1	0	0	0	10			
	互體	相應	4	2	0	1	0	7	59		
		平行	41	6	3	2	0	52			
	混合		3	0	0	0	0	3			
並列	對列	一體兩面	6	2	0	0	0	8	14	170	30.3
		兩體對列	5	1	0	0	0	6			
	平列	同體異部	11	3	0	0	0	14	156		
		異體平列	89	38	8	5	2	142			
協韻	交錯	同句交錯	5	2	0	0	0	7	21	132	23.5
		異句交錯	12	2	0	0	0	14			
	義同	義本同	67	17	3	0	1	88	105		
		協韻義同	13	3	1	0	0	17			
	混合		5	1	0	0	0	6			
承接	相次	空間	3	1	0	0	0	4	8	32	5.7
		人倫	4	0	0	0	0	4			
	相承	動態	9	1	0	2	0	12	24		
		靜態	10	1	0	0	0	11			
	混合		0	1	0	0	0	1			
錯綜	凡目	先凡後目	6	8	2	0	0	16	29	72	12.8
		先目後凡	8	2	2	0	0	12			
		天平式	1	0	0	0	0	1			
	綜合	重疊式	5	0	0	0	0	5	43		
		交替式	15	20	2	1	0	38			
總計			389	129	29	11	3		561		
平均（組／篇）			2.43	1.74	0.94	2.75	1.50		2.07		

由上表之歸納統計，茲分析如下：

其一，《詩經》重章以「變換疊詠」表達詩義時，有「漸層」、「互足」、「並列」、「協韻」、「承接」、「錯綜」六大藝術手法，此六大類之下，又各分為兩小類，分別是「翻疊」、「層遞」，「互文」、「互體」，「對列」、「平列」，「交錯」、「義同」，「相次」、「相承」，「凡目」、「錯綜」等十二小類，而此十二小類之下，又可各細分兩種，合計有二十四種。此外，「互足」、「協韻」、「承接」中另有彼此混合運用者；「錯綜」中，亦有中一章為「凡」，前後章為「目」的「天平式」一組。而此二十四種藝術，又可依人、事、時、地、物等不同的內容，換字、換詞、換句疊詠等不同的「變換疊詠」方式，組合成多種樣式的疊詠句，這些變化多樣的疊詠句，再配以「間隔重複」、「單一重複」、「連續重複」等不同的「重複疊詠」法，及「完全重章」、「不完全重章」、「部分複疊」等不同的形式，因而締造了林林總總、多彩多姿的《詩經》「重章」藝術。

其二，《詩經》運用六大重章藝術以變換疊詠者，計有五百六十一組疊詠句。其中，以「並列」藝術的一百七十組為最多，佔30.3%；其次，為「協韻」藝術的一百三十二組佔 23.5%，二者合計，共三百零二組，佔總數的 53.8%，超過半數以上。足見，「並列」與「協韻」此種同一詩意、同一句義的複沓疊詠，為《詩經》「重章」藝術之大宗，無怪乎後人研究《詩經》，常以「一唱三嘆」來總括《詩經》之「重章」藝術。

其三，「並列」與「協韻」之外，另有 46.2%的重章藝術，在「一唱三嘆」的充分抒發外，另富有很深的意涵在裡面，是不容忽視的。其中，以前後章相互補足的「互足」為最多，有八十九組，佔 15.9%；其次，為將各種藝術加以靈活運用的「錯綜」，有七十二組，佔 12.8%；再次，為前後章互有深淺、層次的「漸層」，有

六十六組，佔 11.8%；最末，則是前後章有先後、接續的「承接」，有三十二組，佔 5.7%。這樣看來，《詩經》重章不僅僅在「抒情」、「音韻」上有很大的助益，在「詩義」、「詩境」、「主題」等的發展與創造上，亦具有極大的功效，「一唱三嘆」又不足以總括《詩經》重章之藝術。

其四，從各體分章詩篇運用重章疊詠句的比率來看，時代最早的〈大雅〉，平均每篇有 0.94 組；時代稍晚的〈小雅〉，平均每篇有 1.74 組；時代較晚的〈國風〉，則平均每篇有 2.43 組。而〈魯頌〉與〈商頌〉，雖為宗廟祝頌之詩樂，因時代亦晚，平均每篇運用的疊詠句，亦分別高達 2.75 與 1.50。從這些數據，亦足以證明《詩經》重章的發展，不僅在「形式」上；在「內容」上，亦是隨著詩體、音樂、時代的發展，而有漸為廣泛、普及的趨勢。

其五，各個重章藝術在各體中運用的情形，為清楚起見，茲另列表如后：

（此「%」，乃指各類重章藝術佔各體總變換疊詠句的百分比，依表四，〈國風〉三八九組；〈小雅〉一二九組；〈大雅〉二九組；〈魯頌〉一一組；〈商頌〉三組）

表五：《詩經》重章疊詠的分類統計表（二）

類別＼體裁		國風	小雅	大雅	魯頌	商頌
漸層	總數	49	9	8	0	0
	％	12.6	7.0	27.6	0	0
互足	總數	66	17	3	3	0
	％	17.0	13.2	10.3	27.3	0
並列	總數	111	44	8	5	2
	％	28.5	34.1	27.6	45.5	66.7
協韻	總數	102	25	4	0	1
	％	26.2	19.4	13.8	0	33.3
承接	總數	26	4	0	2	0
	％	6.7	3.1	0	18.2	0
錯綜	總數	35	30	6	1	0
	％	9.0	23.3	20.7	9.1	0

由上表可知：

1、「並列」在各體中，均是運用最多的一種重章藝術。

2、「層遞」在〈大雅〉中運用最多，則知其在早期時即有突
　出的表現。

3、將〈大雅〉、〈小雅〉、〈國風〉相較，「互足」、「協韻」、「承
　接」均是隨時代的發展、詩體的不同，而逐漸增多其運用
　的比率。

4、「錯綜」在〈小雅〉、〈大雅〉中均有較多的運用，而在〈國
　風〉中則明顯地減少。

5、〈大雅〉中僅有五種重章藝術，〈小雅〉、〈國風〉則六種
　俱全；且〈國風〉時代，各種重章藝術的運用也較為平均，
　此正與〈國風〉多彩多姿的內容、情感相映成趣。

　　以上，不僅可以看出各種重章藝術在各體中運用的情形；亦可知，重章藝術的發展乃由少而多、由疏而密、由寬而嚴、由粗而密、由偏而全的漸進發展。

　　在我們爲《詩經》重章形式的呈現與內容的表達上，做了相當的歸納與分析後，對於重章藝術的創作應有相當清楚地瞭解。然而，在還原詩人創作之初衷時，不可倒果爲因，以爲詩人創作時，早已有了定式和定法；事實上，每一篇詩歌，都是詩人巧思與匠心的結晶，然又是不著痕跡、渾然天成的。因而，在各種藝術手法之下，又有多種的組合與變化，其豐富的內容決定了多樣的形式，而多樣的形式則反映了豐富的內容，二者相輔相成，呈現出五彩繽紛的藝術風采。

第二節　重章效用

　　本節歸納分析重章之效用，不僅就作品欣賞而言，歸納「重章疊詠」對於詩歌本身所造成的藝術效用；亦就讀者理解而言，探討「重章藝術」研究，對於吾人解詩所發生的訓詁效用。

一、藝術效用

　　《詩經》「重章疊詠」之起因，既本是歌謠之特徵，基於作者內心之需求；又是爲了入樂之需要，配合樂章之重奏複沓，故而產生了多方面的藝術效用。

（一）章法方面

1、使詩歌成篇。

2、使篇章結構緊湊勻稱，複沓回環。

3、使各章緊密聯繫，渾然爲一整體。

4、多彩多姿，造成視覺美感。

（二）詞句方面

1、使字詞靈活豐富，搖曳多姿。

2、使詞句簡短有力，意涵豐富。

3、使句式變化多樣，錯落有致。

（三）抒情方面

1、充分抒發情感。

2、使抒情的氣氛更加濃烈。

3、加深感情，加強某種情緒。

（四）內容方面

1、充分抒發思想，加強詩歌主題。

2、使詩歌內容向深度與廣度發展。

3、使詩歌內容含蓄、豐富、周密而有條理。

4、發展詩意，展現事物、情感的發展脈絡。

5、強化詩歌意象與意境。

（五）音韻方面

1、增加詩的音樂性、節奏感。

2、使歌詞與曲調密切結合，融爲和諧的一體。

3、使詩作具有抑揚頓挫、流暢迴環的韻律美，順口動聽。

4、使詩歌回旋跌宕，造成聽覺美感。

（六）欣賞方面

1、增強意趣，提高讀者歌詠的興趣。

2、留給讀者深刻鮮明的印象。

3、便於記憶，利於傳唱。

4、一唱三嘆，含意雋永，餘味無窮。

二、訓詁效用

《詩經》豐富的內容、情感，藉由「重章藝術」的運用，而能表達得淋漓盡致，因此，明瞭《詩》的「重章藝術」，即能適切地掌握詩中之字詞義、句義、詩意與詩旨，在《詩經》訓詁上，發揮了極大的效用。

（一）確定字詞義

運用「重章藝術」，能在具有多義性的字詞間，確定一最爲適切的意義。如：

又如〈召南‧江有汜〉：

一章：其後也悔

二章：其後也處

三章：其嘯也歌

二章「處」之義，歷來說解歧異，《傳》：「處，止也。」《集傳》：「處，安也。」[1]觀乎詩文，一章言「其後也悔」，謂以後將後悔也；三章言「其嘯也歌」，謂「狂歌當哭」[2]也，則「處」字訓止、訓安皆未當，與前後章文義不律。蓋此三章前後相貫，以「層遞」的手法，描寫主人公憂傷之情，愈往而愈重，故當以聞一多《詩經新義》訓「處」爲「憂病」之意爲佳。此即運用「重章漸層」藝術以確定字義也。

又如〈曹風·蜉蝣〉：

一章：蜉蝣之羽
二章：蜉蝣之翼
三章：蜉蝣掘閱

「掘閱」一詞歷來說解較有歧異，《傳箋通釋》：「按《廣雅》：『掘，穿也』……閱，讀爲穴。」[3]依此，「蜉蝣掘閱」便成了「蜉蝣穿穴而出」；高亨《詩經今注》：「掘，挖。閱，穴。詩以蜉蝣挖穴，比喻貴族們營造宮室。」[4]依此，「蜉蝣掘閱」便成了「蜉蝣挖穴」，以上二訓，與前二章云蜉蝣之「羽」、「翼」毫無相關。若依裴學海《古書虛字集釋》所云：「言蜉蝣之羽翼閱澤也。」[5]釋其與上二文「羽」、「翼」互文足義，則較爲允當。此即運用「重章互足」藝術以確定詞義也。

---

[1]　朱熹《集傳》卷一，頁 12，中華書局，1989 年。
[2]　屈萬里《詩經詮釋》，頁 35，聯經出版社，1983 年。
[3]　馬瑞辰《毛詩傳箋通釋》卷十五，頁 680，藝文印書館，1957 年。
[4]　高亨《詩經今注》，頁 194，里仁書局，1981 年。
[5]　裴學海《古書虛字集釋》卷五，頁 360，廣文書局，1962 年。

（二）確定句義

運用「重章藝術」，對於含混不清的句義，能有正確的解說。如：

〈召南・小星〉：
一章：三五在東
二章：維參與昴

「三五在東」，《集傳》：「三、五言其稀，蓋初昏或將旦時也。」[6]此大謬矣，蓋不知「三」、「五」在東，乃分別舉「參星」與「昴星」之數，及其在東之況，與二章「互體」，非言初昏或將旦時也。此即運用「重章互足」藝術以確定句義也。

又如〈鄭風・風雨〉：

一章：雞鳴喈喈
二章：雞鳴膠膠
三章：雞鳴不已

《傳》：「興也，風且雨淒淒然，雞猶守時而鳴喈喈然。」《箋》：「興者，喻君子雖居亂世，不變改其節度。」謂此三句之句義乃從正面讚美，觀乎詩文，並無此喻義。其乃以「協韻」與「互文」錯綜的手法，實寫雞鳴「喈喈」、「膠膠」叫個「不停」的景況，應為反面之句義，正與上組疊詠句描寫「風雨」之景象相映成趣，以象徵環境惡劣、局勢不安也。此即運用「重章互足」藝術以確定句義也。

6　同註1。

（三）確定詩意

運用「重章藝術」，對於似是而非的詩意，能有較精確的理解。如：

〈鄭風・大叔于田〉：
一章：叔于田，乘乘馬。
二章：叔于田，乘乘黃。
三章：叔于田，乘乘鴇。

歷代訓詁家訓釋此三句詩，多是索字爲訓，分別發義，似乎「叔于田」時，途中曾三易其乘馬。若能指明其間「互文」的關係，則此三句詩應合起來理解，即：用來拉車的四匹馬，有黃馬，也有黑白相間的馬。此即運用「重章互足」藝術以確定詩意也。

又如：

〈齊風・著〉：
一章：充耳以素乎而，尚之以瓊華乎而。
二章：充耳以青乎而，尚之以瓊瑩乎而。
三章：充耳以黃乎而，尚之以瓊英乎而。

充耳以「素」、以「青」、以「黃」，乃以顏色代成品，平列疊詠懸瑱之絲繩也；尚之以「瓊華」、「瓊瑩」、「瓊英」，皆指美玉雕刻之花，協韻疊詠其所以爲瑱者。若不明乎其所運用的藝術手法，而以爲此詩乃寫三人之服飾；或謂一人而三易其服，則失之謬矣。此乃分別運用「平列」疊詠與「協韻」疊詠，以達到變文協韻、一唱三嘆的效果。此即運用「重章平列」與「重章協韻」藝術以確定詩意也。

（四）確定詩旨

運用「重章藝術」，對於曖昧難明的詩旨，能有眞確的認識。如：

〈魏風‧汾沮洳〉：
一章：美無度
二章：美如英
三章：美如玉

本詩之詩旨，《詩序》與《集傳》皆謂：「刺儉」，或以爲一章「美無度」乃反諷「彼己之子」之語。然觀乎詩文，二章「美如英」，言其貌美；三章「美如玉」，言其質美，則此二章「互體」，同申首章之意，「美無度」總言其美，當爲讚語，此乃「凡目」式之「錯綜」藝術手法。明乎此，則本詩應是「詩人美己氏之子，而刺公之嫡、庶子明矣。」[7]即運用「重章錯綜」藝術以確定詩旨也。

又如〈小雅‧瞻彼洛矣〉：

一章：以作六師
二章：保其家室
三章：保其家邦

本詩之詩旨，《詩序》：「刺幽王也。思古明王能爵命諸侯，賞善罰惡焉。」《集傳》：「此天子會諸侯於東都以講武事，而諸侯美天子之詩。」[8]觀乎詩文，全詩無一刺語；而「會諸侯於東都」又與時地不合，此二說皆未善。蓋首章「以作六師」，乃全詩之重心，二、三章「保其家室」、「保其家邦」，乃以「翻疊」的手法，漸次擴大

7　余師培林《詩經正詁》（上），頁294，三民書局，1993年。
8　同註1，卷十三，頁158。

其祝頌之意；且又爲「作六師」之目的，與首章「相應互體」。明乎此，則詩旨自得，即《箋》所云：「時有征伐之事」也。此即運用「漸層」與「互足」交替之「錯綜」藝術，以確定詩旨也。

　　《文心雕龍‧情采》云：「故立文之道，其理有三：一曰形文，五色是也；二曰聲文，五音是也；三曰情文，五性是也。」[9]《詩經》「重章」，運用疊詠的方式，將「形式」與「內容」，合爲一個藝術整體，完美的構成情、聲、色三個要素，成爲兼具內在美與外在美的文藝作品。同時，重章藝術亦發揮了多方面的效用，對於後世文學、藝術均具有深遠的影響；而此種影響是啓示，不是範則。我們去研究它、分析它，不僅可以使我們對於詩的內容有較爲眞切的理解，也可以使這一詩歌創作之藝術源泉，無限地湧現著。

---

[9]　王師更生《文心雕龍讀本》（下），頁77，文史哲出版社，1991年。

參考書目

壹、專書：

一、詩經類

（舊題）漢・毛亨傳、鄭玄箋、唐・孔穎達正義：《毛詩正義》，臺北：
　　藍燈文化事業公司：十三經注疏
宋・歐陽修：《詩本義》，臺北：臺灣商務印書館：四庫全書第 70 冊
宋・蘇轍：《詩集傳》，臺北：臺灣商務印書館：四庫全書第 70 冊
宋・李樗、黃櫄：《毛詩集解》，臺北：漢京文化事業公司：通志堂經
　　解第 16 冊
宋・王柏：《詩疑》，臺北：漢京文化事業公司：通志堂經解第 17 冊
宋・王質：《詩總聞》，臺北：臺灣商務印書館：四庫全書第 72 冊
宋・范處義：《詩補傳》，臺北：臺灣商務印書館：四庫全書第 72 冊
宋・朱熹：《詩集傳》，臺北：中華書局（題為《詩經集註》），1989 年
　　十二版
宋・呂祖謙：《呂氏家塾讀詩記》，臺北：臺灣商務印書館：四部叢刊
　　廣編第 4 冊
宋・輔廣：《詩童子問》，臺北：臺灣商務印書館：四庫全書第 74 冊
宋・嚴粲《詩緝》，臺北：廣文書局，1960 年初版
宋・謝枋得：《詩傳注疏》，臺北：新文豐出版公司：叢書集成新編第
　　56 冊
元・朱公遷：《詩經疏義會通》，臺北：臺灣商務印書館：四庫全書第
　　77 冊
明・朱善：《詩經解頤》，臺北：臺灣商務印書館：四庫全書第 78 冊
明・季本：《詩說解頤》，臺北：臺灣商務印書館：四庫全書第 79 冊
明・陳第：《毛詩古音考》，臺北：廣文書局 1966 年初版
明・何楷：《詩經世本古義》，臺北：臺灣商務印書館：四庫全書第
　　81 冊

清・顧炎武：《詩本音》，臺北：臺灣商務印書館：四庫全書第 241 冊

清・陳啓源：《毛詩稽古編》，臺北：臺灣商務印書館：四庫全書第 85 冊

清・姚際恆：《詩經通論》，臺北：河洛圖書出版社，1978 年初版

清・姜炳璋：《詩序補義》，臺北：臺灣商務印書館：四庫全書第 89 冊

清・崔述《讀風偶識》，臺北：學海出版社，1979 年初版

清・戴震《詩經補注》，臺北：漢京文化事業公司：皇清經解第 6 冊重編本

清・段玉裁：《詩經小學》，臺北：漢京文化事業公司：皇清經解第 6 冊重編本

清・段玉裁：《毛詩詁訓傳》，臺北：漢京文化事業公司：皇清經解第 6 冊重編本

清・胡承珙：《毛詩後箋》，臺北：新文豐出版公司：叢書集成續編第 111 冊

清・馬瑞辰：《毛詩傳箋通釋》，臺北：藝文印書館，1957 年初版

清・陳奐：《詩毛氏傳疏》，臺北：漢京文化事業公司：皇清經解續編第 5 冊

清・方玉潤：《詩經原始》，北京：中華書局，1986 年一版

清・陳壽祺撰、陳喬樅述：《三家詩遺說考》，臺北：新文豐出版公司：叢書集成續編第 109 冊

清・陳喬樅：《韓詩遺說考》，臺北：漢京文化事業公司：皇清經解續編第 7 冊

清・陳喬樅：《詩經四家異文考》，臺北：新文豐出版公司：叢書集成續編第 108 冊

清・王先謙：《詩三家義集疏》，臺北：明仁書局，1988 年初版

于省吾：《澤螺居詩經新證》，北京：中華書局，1982 年一版

中國叢書編輯委員會編著、姜濤主編：《中國文學欣賞全集》（二），臺北：莊嚴出版社，1985 年再版

文幸福：《詩經周南召南發微》，臺北：學海出版社，1986 年初版

王靖獻著、謝謙譯：《鐘與鼓──詩經的套語及其創作方式》，成都：四川人民出版社，1990 年一版

王靜芝：《詩經通釋》，臺北：輔仁大學文學院，1969 年再版

向熹：《詩經語言研究》，成都：四川人民出版社，1987 年一版

朱守亮：《詩經評釋》，臺北：臺灣學生書局，1984 年初版

余師培林：《詩經正詁》（上），臺北：三民書局，1993 年初版

余師培林：《詩經正詁》（下），臺北：三民書局，1995 年初版

吳宏一：《白話詩經》（一、二），臺北：聯經出版事業公司，1993 年初版

吳闓生：《詩義會通》，臺北：中華書局，1970 年臺初版

李辰冬：《詩經通釋》，臺北：水牛出版社，1971 年初版

汪中：《詩經朱傳斠補》，臺北：臺灣學生書局，1964 年初版

周滿江：《詩經》，臺北：國文天地雜誌社，1990 年一版

周嘯天主編：《詩經鑑賞集成》（上、下），臺北：五南圖書公司，1994 年初版

周錦：《詩經的文學成就》，臺北：智燕出版社，1973 年初版

季旭昇：《詩經古義新證》，臺北：文史哲出版社，1994 年初版

屈萬里：《詩經詮釋》，臺北：聯經出版事業公司，1983 年初版

林師慶彰編：《詩經研究論集》，臺北：臺灣學生書局，1987 年二版

冼焜虹：《詩經述論》，太原：山西人民出版社，1986 年一版

夏傳才：《詩經研究史概要》，臺北：萬卷樓圖書公司，1993 年初版

夏傳才：《詩經語言藝術》，臺北：雲龍出版社，1990 年臺一版

袁寶泉、陳智賢：《詩經探微》，廣州：花城出版社，1987 年一版

馬茂元等撰寫、先秦漢魏六朝詩鑑賞辭典編委會編：《先秦漢魏六朝詩鑑賞辭典》，西安：三秦出版社，1990 年初版

高亨：《詩經今注》，臺北：里仁書局，1981 年

張晉稀：《詩經蠡測》，蘭州：甘肅人民出版社，1993 年一版

張啓成：《詩經入門》，貴陽：貴州人民出版社，1991 年一版

盛廣智：《論三百篇精義述要》，長春：東北師大出版社，1988 年一版

符顯仁：《詩經欣賞》，臺北：莊嚴出版社，1982 年初版

陳子展、杜月村：《詩經導讀》，成都：巴蜀書社，1990 年初版

陳子展：《國風雅頌選譯》，新竹：仰哲出版社，1987 年出版

陳子展：《詩經直解》，上海：復旦大學出版社，1983 年初版

陳鐵鑌：《詩經解說》，北京：書目文獻出版社，1985 年

傅斯年：《詩經講義稿》，《傅斯年全集》（一），臺北：聯經出版事業公司，1980 年初版

程俊英、蔣見元：《詩經注析》（上、下），北京：中華書局，1991 年一版

程俊英主編：《詩經賞析集》，成都：巴蜀書社，1989 年一版

黃振民：《詩經研究》，臺北：正中書局，1982 年初臺版

黃焯：《詩疏平議》，上海：上海古籍出版社，1985 年一版

黃焯：《詩說》，武漢：長江文藝出版社，1981 年一版

楊合鳴：《詩經句法研究》，武漢：武漢大學出版社，1993 年一版

聞一多：《風詩類鈔》，《聞一多全集》（四），北京：新華書店，1982
　　年一版
聞一多：《詩經通義》，《聞一多全集》（二），北京：新華書店，1982
　　年一版
聞一多：《詩經新義》，《聞一多全集》（二），北京：新華書店，1982
　　年一版
裴普賢：《詩經相同句及其影響》，臺北：三民書局，1974 年初版
裴普賢：《詩經研讀指導》，臺北：東大圖書公司，1977 年初版
裴普賢：《詩經評註讀本》（上），臺北：三民書局，1990 年五版
裴普賢：《詩經評註讀本》（下），臺北：三民書局，1991 年五版
糜文開、裴普賢：《詩經欣賞與研究》（共四冊），臺北：三民書局，1987
　　年改編版
謝无量：《詩經研究》，臺北：華聯出版，1967 年初版
日・白川靜著、杜正勝譯：《詩經研究》，臺北：幼獅月刊社，1978 年
　　再版
日・竹添光鴻：《毛詩會箋》，臺北：大通書局，1975 年再版
瑞典・高本漢著、董同龢譯：《高本漢詩經注釋》（上、下），臺北：國
　　立編譯館中華叢書編審委員會中華叢書，1960 年再版

二、經部

（舊題）漢・孔安國傳、唐・孔穎達正義：《尚書正義》，臺北：藍燈
　　書局：十三經注疏
漢・鄭玄注、唐・賈公彥疏：《周禮注疏》，臺北：藍燈文化事業公司：
　　十三經注疏
漢・鄭玄注、唐・賈公彥疏：《儀禮注疏》，臺北：藍燈文化事業公司：
　　十三經注疏
漢・鄭玄注、唐・孔穎達疏：《禮記正義》，臺北：藍燈文化事業公司：
　　十三經注疏
魏・何晏集解、宋・邢昺疏：《論語注疏》，臺北：藍燈文化事業公司：
　　十三經注疏
漢・趙歧注、宋・孫奭疏：《孟子注疏》，臺北：藍燈文化事業公司：
　　十三經注疏
晉・郭璞注、宋・邢昺疏：《爾雅注疏》，臺北：藍燈文化事業公司：
　　十三經注疏
唐・陸德明：《經典釋文》，臺北：臺灣商務印書館：四庫全書第 182 冊

清・王引之:《經義述聞》,臺北:漢京文化事業公司:皇清經解第 18 冊
清・王引之:《經傳釋詞》,臺北:漢京文化事業公司:皇清經解第 19 冊
清・郝懿行:《爾雅義疏》,臺北:鼎文書局,1972 年初版
楊伯峻:《經書淺談》,臺北:國文天地雜誌社,1990 年再版
裴普賢:《經學概述》,臺北:中華書局 1969 年初版

　三、史部

秦・呂不韋輯:《呂氏春秋》,臺北:臺灣商務印書館:四部叢刊正編
　　第 22 冊
日・瀧川龜太郎:《史記會注考證》,臺北:洪氏出版社,1986 年

　四、小學

漢・揚雄:《方言》,臺北:臺灣商務印書館:四部叢刊正編第 3 冊
漢・許慎著、清・段玉裁注:《說文解字注》,臺北:黎明文化事業公
　　司,1992 年九版
宋・陳彭年等修、民林尹校訂:《宋本廣韻》,臺北:黎明文化事業公
　　司,1981 年四版
清・桂馥:《說文義證》,臺北:臺灣商務印書館:四部叢刊廣編第 7 冊
清・江永:《古韻標準》,臺北:臺灣商務印書館:四庫全書第 242 冊
清・孔廣森:《詩聲類》,臺北:廣文書局,1966 年初版
清・俞樾:《古書疑義舉例》,臺北:臺灣商務印書館印書館,1978 年
　　初版
裴學海:《古書虛字集釋》,臺北:廣文書局,1962 年初版

　五、美學:

伍蠡甫:《美學與藝術》,臺北:木鐸出版社,1985 年初版
李澤厚:《華夏美學》,臺北:時報文化出版,1989 年初版
宗白華:《美學的散步》,臺北:洪範書局,1974 年三版
意・柯羅齊(B.croce)著、傅東華譯:《美學原論》,臺北:臺灣商務
　　印書館印書館,1965 年臺一版
德・黑格爾著、朱孟實譯:《美學》(四),臺北:里仁書局,1983 年

六、詩美學：

朱先樹等編著：《詩歌美學辭典》，成都：四川辭書出版社，1989 年
　　一版
李元洛：《詩美學》，臺北：東大圖書出版社，1990 年初版
周振甫：《詩文鑑賞方法二十講》，臺北：國文天地，1989 年初版
邵毅平：《中國詩歌：智慧的水珠》，臺北：國際村文庫書店，1993 年
　　初版
禹克坤：《中國詩歌的審美境界》，臺北：中國廣播電視出版社，1992
　　年一版
袁行霈：《中國詩歌藝術研究》，北京：北京大學出版社，1987 年一版
盛子潮、朱水漏：《詩歌形態美學》，廈門：廈門大學出版社，1987 年
　　一版
黃永武：《詩與美》，臺北：洪範書局，1984 年初版
蕭馳：《中國詩歌美學》，北京：北京大學出版社，1986 年一版
謝文利：《詩歌語言的奧秘》，哈爾濱：北方文藝出版社，1991 年一版
魏怡：《詩歌鑑賞入門》，臺北：國文天地雜誌社，1989 年初版

七、文學理論、概論、心理學

梁‧劉勰著、民‧王師更生注譯：《文心雕龍讀本》，臺北：文史哲出
　　版社，1991 年初版四刷
王春元：《文學原理──作品論》，北京：社會科學文獻出版社，1989
　　年一版
朱光潛：《文藝心理學》，臺北：開明書店，1993 年新三版
杜書瀛：《文學原理──創作論》，北京：社會科學文獻出版社，1989
　　年一版
溫洪隆、涂光雍：《先秦兩漢魏晉南北朝文學攬勝》，武漢：湖北教育
　　出版社，1988 年一版
趙雅博著：《中外藝術創作心理學》，臺北：中華文化復興運動推行委
　　員會，1983 年
劉兆吉主編：《文藝心理學綱要》，重慶：西南師大出版社，1992 年一版
錢中文：《文學原理──發展論》，北京：社會科學文獻出版社，1989
　　年一版
日‧青木正兒：《中國文學概說》，重慶：重慶出版社，1982 年

八、詩學、詩論

明・陸時雍:《詩鏡總論》,臺北:臺灣商務印書館:四庫全書第 1411
　　冊
清・袁枚:《隨園詩話》,臺北:宏葉書局,1983 年
朱自清:《中國歌謠》,臺北:世界書局,1958 年初版
朱光潛:《詩論》,臺北:漢京文化事業公司,1982 年
周振甫:《詩詞例話》,臺北:長安出版社,1987 年再版
陳新璋:《詩詞鑑賞概論》,廣州:廣東人民出版社,1991 年一版
黃永武:《中國詩學——設計篇》,臺北:巨流圖書公司,1976 年初版
黃永武:《中國詩學——鑑賞篇》,臺北:巨流圖書公司,1976 年初版
日・荻原朔太朗著、徐復觀譯:《詩的原理》,臺北:臺灣學生書局,
　　1989 年三版

九、修辭學

白春仁:《文學修辭學》,長春:吉林教育出版社,1993 年二版
成傳鈞、唐仲揚、向宏業主編:《修辭通鑒》,北京:中國青年出版社,
　　1992 年
唐松波、黃建霖主編:《漢語修辭格大辭典》,北京:中國國際廣播出
　　版社,1990 年
徐芹庭:《修辭學發微》,臺北:臺灣中華書局,1974 年初版
黃師慶萱:《修辭學》,臺北:三民書局,1975 年初版
楊子嬰、孫若銘、王宜早:《文學和語文裡的修辭》,香港:中國麥克
　　米倫出版社,1987 年
楊樹達:《中國修辭學》,臺北:世界書局,1961 年初版
董季棠:《修辭學》,臺北:文史哲出版社,1992 年增定初版
黎運漢、張維耿編著:《現代漢語修辭學》,臺北:臺灣商務印書館,
　　1986 年一版

十、文學史

孟瑤:《中國文學史》,臺北:大中國出版社,1976 年二版
洪順隆:《中國文學史論集》(一),臺北:文史哲出版社,1983 年初版
林傳甲:《中國文學史》,臺北:學海出版社,1986 年初版
王小虹:《中國文學史探索》,臺北:新文豐出版公司,1986 年一版

游國恩：《中國文學史》，臺北：五南圖書公司，1990 年出版
褚斌杰編著：《中國文學史綱要》（一），北京：北京大學出版社，1993
　　年六版
郭預衡主編：《中國古代文學史長編》，北京：北京師院出版社，1992
　　年一版
馬積高、黃鈞主編：《中國古代文學史》，長沙：湖南文藝出版，1992
　　年一版

　十一、其他

唐・韓愈著清・馬其昶校注、民・馬茂元編次：《韓昌黎文集校注》，
　　臺北：漢京文化事業公司，1983 年初版
清・顧炎武：《日知錄》，臺北：臺灣商務印書館，1956 年初版
清・章太炎：《國學略說》，臺北：學藝出版社，1975 年初版
屈萬里：《先秦文史資料考辨》，《屈萬里全集》（四），臺北：聯經出版
　　事業公司，1983 年
陳滿銘：《國文教學論叢》，臺北：國文天地雜誌社，1991 年初版
楊蔭瀏：《中國古代音樂史稿》，臺北：人民音樂出版社，1990 年第
　　三版
顧頡剛編：《古史辨》，臺北：明倫出版社，1970 年初版

貳、論文：

　一、學位論文

文幸福：《詩經毛傳鄭箋辨異》，國立臺灣師大國研所博士論文，1986 年
文鈴蘭：《詩經中草木鳥獸意象表現之研究》，國立政治大學中研所碩
　　士論文，1985 年
林佳珍：《詩經鳥類意象及其原型研究》，國立臺灣師大國研所碩士論
　　文，1993 年
林奉仙：《十五國風章節之藝術表現》，國立臺灣師大國研所碩士論文，
　　1989 年
賴師明德：《毛詩考釋》，國立臺灣師大國研所博士論文，1972 年

二、單篇論文

丁忱：〈詩經互文略論〉，武漢師院學報，1982 年第 3 期

中文系先秦詩歌研究小組：〈論詩經中民歌的思想性和藝術性〉，山東
　　大學學報，1960 年第 1 期

支菊生：〈詩經與詩律〉，天津師大學報，1984 年第 5 期

王正武：〈詩經新解（三）〉，中國文化月刊第 160 期，1983 年 2 月

王廷珍、袁家浚：〈我國第一部音樂文學總集──詩經〉，貴州民族學
　　院學報，1986 年第 1 期

王德培：〈略論詩經的起源、性質、流變和史料意義〉，天津師大學報，
　　1984 年第 3 期

王曉平：〈詩經疊詠體淺論〉，內蒙古師院學報，1982 年第 2 期

王靜芝：〈詩經的創作方法和形式〉，文學論集，華岡出版，1978 年 7 月

古添洪：〈國風藝術形式的簡繁發展〉，德明學報第 1 期，1973 年 5 月

朱炯遠：〈杜甫如何學習詩經中民歌的表現手法〉，瀋陽師院學報，1988
　　年第 1 期

朱崇才：〈國風章法系統初探〉，江海學刊，1985 年第 2 期

余師培林：〈三百篇分章歧異考辨〉，國立臺灣師大國文學報第 20 期，
　　1991 年 6 月

克冰：〈談詩的音樂美〉，內蒙古師院學報，1978 年第 2 期

李辰冬：〈詩經的形式研究〉，革命思想月刊第 2 卷第 5 期，1957 年 5 月

李坤棟：〈說蒹葭詩的朦朧美〉，成都大學學報，1993 年第 3 期

李錫瀾：〈互文辨〉，上海師大學報，1984 年第 4 期

辛志賢：〈複沓是否是歌謠的突出特點辨〉，聊城師院學報，1986 年第
　　4 期

夏宗禹：〈音樂與詩歌、舞蹈的關係〉，西北大學學報，1990 年第 2 期

夏曉虹：〈古代民歌表現手法對早期詩人創作的影響〉，北京大學學報，
　　1984 年第 5 期

張震澤：〈論詩經的藝術〉（上、下），社會科學輯刊 1979 年第 4、5 期

曹文安、沈祥源：〈說詩經重章互足法〉，西南師院學報，1983 年第
　　2 期

陳新雄：〈毛詩韻譜、通韻譜、合韻譜〉，中國學術年刊第 10 期，1989
　　年 2 月

程俊英：〈略談詩經的表現方法〉，語文教學，1957 年第 8 期

黃振民：〈詩三百篇修辭之研究〉，國文學報第 7 期，1978 年 7 月

黃振民：〈詩經詩篇篇章結構形式之研究〉，中華文化復興月刊第六卷
　　第 1－3 期，1973 年 1－3 月
黃素芬：〈試論詩經的藝術表現手法〉，廣西師院學報，1983 年第 1 期
黃焯：〈詩義重章互足說〉，武漢大學學報，1959 年第 6 期
楊亦鳴：〈詩伐檀、伐輻、伐輪正義〉，徐州師院學報，1984 年第 3 期
趙沛霖：〈詩經藝術成就研究的歷史與現狀〉，青海師大學報，1989 年
　　第 3 期
糜文開：〈詩經的基本形式及其變化〉，文壇月刊 43 期，1964 年 1 月

國家圖書館出版品預行編目

詩經重章藝術 / 朱孟庭著.
-- 一版. -- 臺北市：秀威資訊科技，2007[民 96]
面 ； 公分. -- (語言文學類 ；AG0055)

參考書目：面
ISBN 978-986-6909-30-6(平裝)

1. 詩經 – 研究與考訂

831.18   95026419

語言文學類　　AG0055

詩經重章藝術

作　　者 / 朱孟庭
發 行 人 / 宋政坤
執行編輯 / 詹靚秋
圖文排版 / 陳穎如
封面設計 / 莊芯媚
封面題字 / 吳啟禎
數位轉譯 / 徐真玉　沈裕閔
銷售發行 / 林怡君
網路服務 / 徐國晉
出版印製 / 秀威資訊科技股份有限公司
　　　　　台北市內湖區瑞光路 583 巷 25 號 1 樓
　　　　　電話：02-2657-9211　　　傳真：02-2657-9106
　　　　　E-mail：service@showwe.com.tw
經 銷 商 / 紅螞蟻圖書有限公司
　　　　　台北市內湖區舊宗路二段 121 巷 28、32 號 4 樓
　　　　　電話：02-2795-3656　　　傳真：02-2795-4100
　　　　　http://www.e-redant.com

2007 年 1 月 BOD 一版
定價：300 元

讀　者　回　函　卡

感謝您購買本書，為提升服務品質，煩請填寫以下問卷，收到您的寶貴意見後，我們會仔細收藏記錄並回贈紀念品，謝謝！

1. 您購買的書名：_____

2. 您從何得知本書的消息？

　　□網路書店　□部落格　□資料庫搜尋　□書訊　□電子報　□書店

　　□平面媒體　□ 朋友推薦　□網站推薦　□其他_____

3. 您對本書的評價：(請填代號　1.非常滿意 2.滿意 3.尚可 4.再改進)

　　封面設計____　版面編排____　內容____　文/譯筆____　價格____

4. 讀完書後您覺得：

　　□很有收獲　□有收獲　□收獲不多　□沒收獲

5. 您會推薦本書給朋友嗎？

　　□會　□不會，為什麼？_____

6. 其他寶貴的意見：_____

_____

_____

_____

讀者基本資料

姓名：_____　年齡：_____　性別：□女 □男

聯絡電話：_____　E-mail：_____

地址：_____

學歷：□高中(含)以下　□高中　□專科學校　□大學

　　　□研究所(含)以上 □其他_____

職業：□製造業 □金融業 □資訊業 □軍警 □傳播業 □自由業

　　　□服務業 □公務員 □教職　□學生 □其他_____

秀威與 BOD

BOD（Books On Demand）是數位出版的大趨勢，秀威資訊率先運用 POD 數位印刷設備來生產書籍，並提供作者全程數位出版服務，致使書籍產銷零庫存，知識傳承不絕版，目前已開闢以下書系：

一、BOD 學術著作—專業論述的閱讀延伸
二、BOD 個人著作—分享生命的心路歷程
三、BOD 旅遊著作—個人深度旅遊文學創作
四、BOD 大陸學者—大陸專業學者學術出版
五、POD 獨家經銷—數位產製的代發行書籍

BOD 秀威網路書店：www.showwe.com.tw
政府出版品網路書店：www.govbooks.com.tw

　　永不絕版的故事‧自己寫‧永不休止的音符‧自己唱